Muito Além do Tempo

ALEXANDRA MONIR

Muito Além do Tempo

O Que Você Faria se o Grande Amor da sua Vida Vivesse em Outro Tempo?

Tradução:
MARTHA ARGEL
HUMBERTO MOURA NETO

JANGADA

Título do original: *Timeless*.

Texto de acordo com as novas regras ortográficas da língua portuguesa.

1ª edição 2015.

Editor: Adilson Silva Ramachandra
Editora de texto: Denise de C. Rocha Delela
Coordenação editorial: Roseli de S. Ferraz
Preparação de originais: Alessandra Miranda de Sá
Produção editorial: Indiara Faria Kayo
Editoração eletrônica: Fama Editora
Revisão: Wagner Giannella Filho e Yociko Oikawa

Dados Internacionais de Catalogação na Publicação (CIP)
(Câmara Brasileira do Livro, SP, Brasil)

Monir, Alexandra
Muito além do tempo / Alexandra Monir ; tradução Martha Argel, Humberto Moura Neto. — 1. ed. — São Paulo : Jangada, 2015.

Título original: Timeless.
ISBN 978-85-64850-92-7
1. Ficção — Literatura juvenil I. Título.

15-00365 CDD-028.5

Índices para catálogo sistemático:
1. Ficção : Literatura juvenil 028.5

Jangada é um selo editorial da Pensamento-Cultrix Ltda.
Direitos de tradução para o Brasil adquiridos com exclusividade pela EDITORA PENSAMENTO-CULTRIX LTDA., que se reserva a propriedade literária desta tradução.
Rua Dr. Mário Vicente, 368 — 04270-000 — São Paulo, SP
Fone: (11) 2066-9000 — Fax: (11) 2066-9008
http://www.editorajangada.com.br
E-mail: atendimento@editorajangada.com.br
Foi feito o depósito legal.

A meus pais, a quem amarei
e respeitarei para sempre.

1

Michele estava sozinha no centro de um salão de espelhos. O reflexo revelava uma moça idêntica a ela, com o mesmo cabelo castanho, a mesma pele de marfim e os olhos castanhos; ela até vestia a mesma roupa: jeans escuros e camisa regata preta. Mas, quando Michele se moveu para a frente, a moça no espelho continuou imóvel. E, enquanto o pescoço de Michele estava nu, no reflexo do espelho uma chave estranha pendia de uma corrente de ouro, uma chave diferente de todas as que ela já vira.

Era uma chave dourada, em formato de cruz, embora com haste circular, na qual encontrava-se gravada a imagem de um relógio de sol. A chave parecia gasta e, de certa maneira, repleta de sabedoria, como se não fosse inanimada, e sim um ser vivo com mais de um século de histórias para contar. Michele sentiu um impulso súbito de estender a mão e tocar a estranha chave. Mas tudo o que sentiu foi a superfície fria do espelho, e a garota de rosto igual ao seu não deu sinais de ter se dado conta de sua presença.

— Quem é você? — Michele sussurrou. Mas a imagem no espelho não respondeu, tampouco pareceu ter ouvido. Michele estremeceu, nervosa, e fechou os olhos com força. O que era aquilo?

E então, de repente, o silêncio foi rompido. Alguém assoviava uma melodia lenta que provocou arrepios na nuca de Michele. Os olhos dela se abriram, e ela observou, em choque, um rapaz se juntar à garota do espelho. Michele reteve a respiração. Sentiu-se paralisada, incapaz de qualquer coisa a não ser olhar fixamente para ele através do espelho.

Os olhos dele eram de um azul tão intenso que pareciam reluzir em contraste com os fartos cabelos escuros. Olhos da cor de safiras. E, embora parecesse ter mais ou menos a mesma idade que ela, vestia-se de modo diferente em comparação a todos os rapazes que conhecia. Usava uma camisa branca de colarinho, engomada, sob um colete branco de veludo, além de gravata, calça preta social e sapatos pretos de verniz.

Nas mãos, envolvidas em luvas brancas, segurava uma cartola negra forrada com seda. As roupas formais lhe caíam bem. Era mais do que bonito, muito mais do que poderia ser expresso pela palavra belo. Michele sentiu uma dor desconhecida ao observá-lo.

Com o coração aos saltos, ficou olhando enquanto ele, com naturalidade, tirou as luvas e soltou a cartola, as três peças caindo ao chão numa pilha. Depois, segurou a mão da moça no reflexo. E, para espanto de Michele, ela sentiu o toque. Olhou depressa para baixo e, embora houvesse apenas sua mão ali, pôde sentir os dedos dele se entrelaçando aos dela, a sensação provocando--lhe um frio na barriga.

O que está acontecendo comigo?, Michele pensou, angustiada. Mas de repente não conseguia mais pensar, pois, ao ver o rapaz e a moça se abraçando no espelho, sentiu que braços fortes enlaçavam a própria cintura.

— Estou esperando por você — ele murmurou, abrindo um sorriso lento e familiar que parecia ser indício de um segredo entre eles.

E, pela primeira vez, Michele e seu reflexo entraram em sincronia quando sussurraram:

— Eu também.

Michele Windsor acordou assustada e ofegante. Na medida em que se situava no quarto escuro, o coração foi desacelerando, e ela se lembrou: era só o Sonho. O mesmo sonho estranho e inebriante que a perseguia, de modo intermitente, há anos. Como sempre, o despertar lançava Michele à dor da decepção assim que sentia a ausência dele — dessa pessoa que nem mesmo existia.

Era uma criança quando começou a sonhar com ele, tão nova que ainda não se parecia com a adolescente no espelho. Os sonhos eram raros nessa época; só aconteciam uma ou duas vezes por ano. Mas, à medida que crescia e se tornava a gêmea da moça no espelho, os sonhos começaram a vir com intensidade cada vez maior, como se tentassem lhe dizer algo. Michele franziu o cenho e se largou nos travesseiros, perguntando-se se algum dia entenderia aquilo. Mas, por outro lado, a Confusão e o Mistério haviam sido protagonistas em sua vida desde o dia em que havia nascido.

Michele virou de lado na cama, ficando de frente para a janela, e ouviu as ondas que quebravam na praia, do lado de fora do chalé de Venice Beach, em Los Angeles. Em geral, o som a fazia adormecer rápido, mas não naquela noite. Não parecia ser capaz de tirar da cabeça os olhos cor de safira. Olhos que conhecia de memória, sem nunca tê-los visto quando estava acordada.

See that I'm everywhere, everywhere, shining down on you... [Veja-me por todo lado, por todo lado, iluminando você...].

A batida pulsante do *hip-hop* de Lupe Fiasco, *Shining Down*, tocava alto no alarme do iPod de Michele. Ela desenterrou a cabeça das cobertas e apertou o botão de "soneca". Como já podia ser de manhã?

Tinha a impressão de ter conseguido dormir de novo fazia só alguns instantes.

— Michele! — soou uma voz vinda de outro cômodo. — Já acordou? Fiz panquecas! Venha comer antes que esfriem.

Os olhos de Michele se abriram. Dormir ou comer panquecas? Decisão fácil. A boca já estava cheia d'água só de pensar na especialidade da mãe. Vestiu um roupão e chinelos felpudos, cruzando a casa modesta até chegar à cozinha aconchegante. Marion Windsor fazia o mesmo de todas as manhãs: tomava café enquanto estudava os mais recentes esboços de roupas em seu bloco de rascunhos. O som meio chiado do disco favorito de *jazz* de Marion, cantado por ninguém menos que a avó dela, Lily Windsor, vinha de um antigo toca-discos.

— Bom dia, querida — disse à filha, levantando os olhos do bloco de rascunhos com um sorriso.

— Bom dia.

Michele se debruçou para dar um beijo na mãe e deu uma olhada no esboço no qual ela trabalhava. Um vestido longo e esvoaçante, com um quê de Pocahontas versão 2010, bem ao estilo das demais peças boêmio-chiques da marca da mãe, Marion Windsor Designs.

— Gostei — disse Michele, aprovando. Sentou-se à mesa diante de um prato de panquecas douradas cobertas com morangos. — E *disso* aqui, então, eu gostei de verdade!

— *Bon appétit.* — Marion sorriu. — E, por falar em comida, você combinou alguma coisa com as garotas para o almoço hoje?

Michele deu de ombros enquanto engolia a primeira garfada da deliciosa panqueca.

— Só o de sempre, nada especial.

— Bem, tenho a tarde livre, por isso pensei que poderia te apanhar na hora do almoço para irmos comer hambúrgueres no Píer de Santa Monica. O que acha?

Michele lançou à mãe um olhar de esguelha.

— Ainda sente pena de mim, não sente?

— Eu? Não! — disse Marion, fazendo-se de inocente.

Michele arqueou uma das sobrancelhas.

— Tá, tudo bem — Marion se entregou. — Não sinto *pena* de você, porque sei que está muito melhor sem ele. Mas não aguento ver você sofrer.

Michele assentiu com a cabeça e desviou o olhar. Fazia duas semanas que Jason, seu primeiro namorado de verdade, havia terminado com ela, bem na véspera do primeiro dia de aula. As palavras exatas dele haviam sido: "Gata, você sabe que pra mim você é a maior e tal, mas é meu último ano no ensino médio e não posso carregar a bagagem de um relacionamento. Preciso viver intensamente, conhecer todas as opções. Você entende, não entende?". *Bem, na verdade, não.* Assim, Michele teve que começar o terceiro ano com o coração partido, que tinha ficado ainda mais ferido na semana anterior, quando haviam circulado rumores de que Jason estava saindo com uma garota do segundo ano, Carly Marsh.

Marion segurou a mão de Michele e a apertou.

— Querida, sei que é duro ver seu primeiro namorado com outra. Vai demorar um tempinho para superar isso.

— Mas, puxa, eu *já devia* ter superado — Michele desabafou. — Afinal, ele só falava de polo aquático e era tão romântico quanto um palito de dente. Só sinto falta de... sei lá...

— Daquela sensação gostosa de frio na barriga, de querer estar com alguém e saber que o outro sente a mesma coisa? — adivinhou Marion.

— É — admitiu Michele meio sem jeito. — Isso mesmo.

— Bom, posso garantir que você vai sentir isso de novo, mas com alguém muito melhor — Marion falou com convicção.

— E como é que você sabe? — perguntou Michele, desconfiada.

— Porque nós, mães, temos intuição para essas coisas. Portanto, quando encontrar Jason e Carly, faça o que puder para ignorá-los e pense em como você teve sorte de ficar livre para um cara que realmente te mereça.

Michele balançou a cabeça, encantada. Sempre ficava impressionada com a visão tão otimista da mãe sobre sua vida amorosa, e até mesmo com o fato de ela *ainda* acreditar no amor, depois de tudo pelo que tinha passado nesse quesito.

— Estou falando sério — insistiu Marion. — E, nesse meio-tempo, você está usando essa situação como inspiração para escrever?

— Ah, você sabe, apenas montes de letras de música e poemas angustiados.

— Essa é minha garota — Marion a encorajou. — Quero ler alguns deles, assim que puder.

— Depois que eu tiver trabalhado neles até ficarem perfeitos? Com certeza — disse Michele com um sorriso. — E acho que vou aceitar seu convite para comer hambúrgueres na praia.

Apesar do ceticismo em relação às previsões de Marion sobre sua vida amorosa, Michele sempre se sentia melhor depois de contar as coisas para ela. Desde que Michele nascera, tinham sido as duas contra o mundo, e nunca houvera um problema ou angústia do coração que Marion não conseguisse resolver com seu caráter decidido e seu senso de humor.

— Querida, você está muito pálida — observou Marion, olhando-a com preocupação. — Você dormiu bem?

— Na verdade, não. Acordei no meio da noite depois de sonhar com o Homem Misterioso e demorei muito para dormir de novo.

— Então você voltou a vê-lo — disse Marion, os olhos brilhando. — Conta!

— Mãe, sei que você acha que sonhos são legais e essas coisas, mas eu nunca vou conseguir encontrar esse cara na vida real. Tudo isso é muito irritante e chato.

— Bom, eu acho romântico. Talvez seja o seu subconsciente avisando para não pensar em Jason, porque você *vai* encontrar alguém especial. — Marion olhou para o relógio. — Nossa, são sete e meia! Melhor você se aprontar.

— Tá, volto em quinze minutos.

Michele correu para o quarto e vestiu uma camiseta branca justa, *jeans* com um cinto metálico fino e um par de sapatilhas pretas. Passou a escova no cabelo rapidamente e aplicou um pouco de base e brilho labial antes de jogar esses três itens essenciais dentro da bolsa.

Marion já a esperava no Volvo diante do chalé. Quando partiram rumo a Santa Monica, a mãe ligou o som do carro.

— Quero que você ouça minha última descoberta. Bom, talvez essa não seja a melhor forma de descrever, porque é uma artista que ganhou um Grammy e já está por aí há décadas. Mas só ouvi falar nela faz pouco tempo. Talvez seja minha nova cantora favorita. Depois da minha avó, claro.

Michele aguardou, curiosa, pelo início da canção. O gosto da mãe era tão eclético, que nunca sabia o que esperar. Aquela música a surpreendeu. Conseguia ser densa e leve ao mesmo tempo, descontraída e também um pouco doida. Assim que ouviu os dois violões e o ritmo envolvente, Michele teve a sensação de ser transportada para um paraíso exótico. Mas, quando uma mulher com uma voz profunda e rouca começou a entoar uma melodia em português, repleta de acordes menores, Michele soube de imediato que ela cantava sobre a dor, embora, de modo surpreendente, a música não fosse exatamente triste.

— Nostalgia — explicou Marion. — A palavra que ela fica repetindo, *sodade,* no dialeto cabo-verdiano, é a palavra para uma nostalgia tão intensa quanto a da nossa *saudade*.

— Uau.

Michele pegou a capa do CD e observou a foto da cantora, que parecia ter uns 60 ou 70 anos. Seu nome era Cesária Évora. As duas ouviram o resto da canção em silêncio e, quando soaram os últimos acordes, Michele perguntou:

— No que essa música faz você pensar?

Marion ficou em silêncio por um instante.

— Na minha casa — respondeu ela, mas tão baixo, que Michele quase pensou ter entendido errado.

Olhou fixamente para a mãe.

— Sério?

Elas acabavam de parar em frente à escola dela, Crossroads High. Marion não respondeu; só sorriu e alisou os cabelos da filha.

— Vejo você no almoço, querida.

— Tchau, mãe. — Deu um rápido abraço nela. — Te amo.

— Também te amo. Boa sorte com... você sabe. — Marion esboçou um sorriso cúmplice antes de partir, os longos cabelos castanho-avermelhados esvoaçando pelo caminho.

Michele correu até o armário e encontrou as amigas esperando por ela: Amanda teclando no iPhone e Kristen se examinando num espelhinho de maquiagem. Alguns segundos depois, as garotas se dirigiam à sala de aula de braços dados. Michele tinha consciência dos olhares que se voltavam para elas quando passavam, mas eles se concentravam principalmente nas suas duas melhores amigas. Amanda era uma loira de pernas longas, que prometiam ser como as de uma modelo, e Kristen, a estrela do time de futebol. Michele precisava admitir que crescer com a garota mais bonita da escola e com a estrela do atletismo tinha provocado nela uma terrível sensação de ser alguém bastante comum. Em suas fantasias mais secretas, imaginava-se voltando das férias de verão como uma Michele nova e melhor. Ela se transformaria, de uma garota sem graça, numa beldade misteriosa e deslumbrante, e por fim teria a coragem de seguir os conselhos da mãe: mandaria suas letras de música para gravadoras e cantoras, tornando-se uma jovem letrista prodígio...

— Alô, Terra chamando Michele! — Amanda sacudiu a mão diante do rosto da amiga. — Você ouviu o que eu acabei de dizer?

Michele abriu um sorrisinho amarelo. Precisava urgentemente parar de sonhar acordada e em público.

— Desculpe, não. O que foi que você disse?

— Perguntei se sua mãe tem alguma ideia para a nossa fantasia do Dia das Bruxas este ano.

— Ah, tá. Hoje ela vem me pegar no almoço, aí vou aproveitar para perguntar. Mas ainda falta mais de um mês.

— Eu sei, mas, como seremos nós que organizaremos a festa este ano, nossas fantasias têm que ser *muito* demais — Amanda disse, cheia de importância. — Afinal, as pessoas sempre esperam que os modelos da sua mãe sejam o máximo!

Michele riu.

— Tá, não precisa se preocupar. Você sabe que ela vai estar à altura das expectativas.

As três sempre tinham coordenado suas fantasias com Marion desenhando e costurando tudo. Desde crianças, quando saíam para pedir doces, até aquele momento, quando, mais velhas, frequentavam festas do Dia das Bruxas, Michele adorava a sensação de *fraternidade* que sentia ao sair à noite com as amigas, os braços dados, vestindo, cada uma, sua linda fantasia.

As três garotas entraram na aula de economia no momento em que tocava o último sinal. Quando sentou em seu lugar, Michele não pôde deixar de olhar para Jason. Tentou ignorar a pontada familiar no peito ao ver os cabelos loiro-escuros e os olhos castanhos, que já não olhavam mais para ela.

— Bom dia, turma — cumprimentou a professora, a sra. Brewer. — Então, dando continuidade ao estudo da história do comércio, hoje falaremos sobre um dos maiores comerciantes da história dos Estados Unidos.

Michele ficou gelada. Tinha certeza absoluta de a quem a sra. Brewer se referia.

— August Charles...

Michele sentiu todo o corpo se contrair, como sempre acontecia quando aquele nome era mencionado.

— ...Windsor — a sra. Brewer completou. — Da famosa família Windsor. Foi o primeiro multimilionário dos Estados Unidos. August Charles nasceu numa família holandesa pobre em 1760, mas desde a infância ficou conhecido por sua mente brilhante e ambição voraz. Aos 21 anos, começou sua carreira no comércio de peles, que deu início a uma ascensão meteórica rumo à fortuna por meio de transações no mercado imobiliário. Seus descendentes ampliaram ainda mais seu império ao assumirem o controle da florescente ferrovia de Nova York...

A voz da sra. Brewer pareceu sumir enquanto Michele fitava os colegas, alguns dos quais escutando e tomando notas, enquanto outros nitidamente saíam do ar. Mas nenhum deles acreditaria que Michele Windsor de Crossroads High havia nascido nessa família.

Marion costumava dizer que sua história era um alerta para todas as herdeiras de Manhattan: o privilégio vem sempre acompanhado de um lado negro que poucos conseguem perceber. Todos os vizinhos na descontraída Venice Beach viam Marion e Michele Windsor como a típica mãe solteira na companhia da filha, sem nenhuma conexão com a famosa família de mesmo nome da Costa Leste. E era exatamente assim que Marion gostava que fossem: anônimas. Assim, enquanto tias, tios e avós de Michele viviam no esplendor de Nova York, passando os verões na Europa e recebendo convites para jantares na Casa Branca e estreias na Broadway, Marion e Michele lutavam para pagar as contas com o modesto salário de Marion como estilista, suplementado pelo trabalho de Michele como garçonete depois da aula.

Teria sido fácil guardar ressentimentos quanto à injustiça disso tudo durante os tempos difíceis de sua infância, quando não havia grana suficiente para que Michele fosse à colônia de férias com as amigas, ou para comprar roupas legais e os aparelhos eletrônicos de última geração que todo mundo tinha. Mas Michele sabia que não tinha o direito de reclamar, pois nunca teria nascido se não fosse pelo exílio de Marion.

Quando Michele tinha idade para entender, Marion contara a ela a história, uma só vez. Uma história que deixou uma marca permanente na mente de Michele, e cujos detalhes ela conseguia relembrar num instante, sem precisar causar dor à mãe ao tocar no assunto.

Em 1991, aos 16 anos, a herdeira Marion Windsor se apaixonou por Henry Irving, um rapaz de 19 anos do Bronx. Conheceram-se num curso de fotografia no Museu de Arte Moderna, e Marion imediatamente ficou fascinada por ele.

— *Ele era tão diferente dos outros rapazes que eu conhecia. Era como se tivesse vindo de outro mundo. Tudo nele, até seu nome, parecia especial e único para mim.*

Michele se lembrava de como a mãe se interrompera bem no início da história, engolindo em seco e respirando fundo algumas vezes, como se criasse coragem para prosseguir.

— *Ele morava sozinho, pois os pais estavam longe, e isso o fazia parecer muito mais velho e mais maduro que os demais. Eu tinha me acostumado tanto aos caras desleixados dos anos noventa, com calças lá embaixo, quase arrastando pelo chão, a postura envergada e o jeito grosseiro com que tratavam as meninas. Bom, naquele primeiro dia de aula, ali estava Henry, alto e bem-vestido, e ele chegou a tirar o boné quando se apresentou, como um cavalheiro. Me apaixonei naquele momento.*

À medida que o curso continuava, Marion passou a amar o olhar de feroz concentração de Henry enquanto ele analisava fotos, a maneira como ele enxergava beleza e valor em objetos e cenários que mais ninguém se daria o trabalho de fotografar. Ele tinha um modo diferente de enxergar o mundo, que atraiu Marion como um ímã.

— *Estava doida para conhecê-lo melhor. Então, um dia, resolvi encarar e me sentei ao lado dele na aula. E, olha só, justo nesse dia o professor nos fez trabalhar em dupla com a pessoa que estivesse sentada ao lado.* — Marion contara isso a Michele numa voz trêmula que nem parecia ser a sua. —

Lá pelo meio da aula, de alguma forma, eu sabia que ele estava tão fascinado por mim quanto eu por ele. Pediu meu telefone, e saímos pela primeira vez na noite do sábado seguinte.

O relacionamento logo ficou sério, e Marion não pôde acreditar em sua sorte por Henry também ter se apaixonado por ela. Mas os pais dela, conservadores e rigorosos, consideraram aquele rapaz que vinha do outro lado dos trilhos como uma escolha pavorosa para a única filha.

— *No início, acharam que era só uma paixão adolescente, uma fase que passaria. Assim, embora não aprovassem, não me proibiram de sair com ele. Ficamos juntos durante os dois últimos anos do ensino médio. Mas, no meu último ano, meus pais me forçaram a sair com os filhos de amigos e a comparecer àquelas festas ridículas de debutantes para conhecer rapazes que eles tinham aprovado de antemão. Henry e eu sabíamos que eu estava cada vez mais perto de virar prisioneira do meu sobrenome e do que ele significava.*

Quando Marion tinha 18 anos e a formatura se aproximava, Henry decidiu resolver o problema de ambos pedindo-a em casamento. Estava pronto para começar uma vida a dois. Marion sempre soubera que ele era a pessoa certa para ela, e aceitou o pedido, deslumbrada.

— *Não esperava que meus pais ficassem exatamente felizes... mas nunca poderia imaginar a reação deles quando dei a notícia* — Marion havia dito, o olhar sombrio com a lembrança. — *Mamãe chorou a noite toda, e papai esbravejou e vociferou sobre como eu era a última numa linhagem centenária e como um casamento com Henry traria a desgraça ao nome da família. Eu não tinha irmãos, e o esperado era que eu casasse com um empresário que comandaria o império dos Windsor, alguém de uma família sólida e tradicional, que permitiria aos Windsor prosseguir seu reinado sobre a sociedade de Manhattan.*

Nem é preciso dizer que Henry estava longe disso. Mas Marion o amava, e recusou-se a desistir dele.

— *O relacionamento de vocês nunca vai dar certo. Nova York não vai aceitar, e nós também não* — afirmara a mãe de Marion.

E, assim, Marion e Henry decidiram que não tinham escolha a não ser deixar Nova York... e os Windsor. Como Marion explicou a Michele, como ela poderia, aos 18 anos, sequer considerar a ideia de passar o resto da vida sem a pessoa que ela mais amava no mundo? Henry havia economizado algum dinheiro de seu trabalho de meio período, e um amigo do curso de fotografia, que havia pouco se mudara para Los Angeles, ofereceu hospedagem aos dois até conseguirem um lugar próprio. Henry e Marion começaram, então, a planejar uma nova vida na Costa Oeste.

Na noite de 10 de junho de 1993, o dia seguinte à formatura de Marion no ensino médio, ela enfiou seus pertences mais importantes numa mochila discreta o suficiente para não ser notada pelos empregados e esperou, nervosa, que os pais saíssem para um jantar. Meia hora depois, Henry passou para pegá-la. Marion deu uma última olhada no lindo quarto onde havia vivido dezoito anos e atravessou a casa às escondidas. Deixou um recado na sala de visitas da mãe, no segundo andar, e depois fugiu pela porta da frente para cair nos braços de Henry.

A princípio tiveram que se adaptar a Los Angeles, e tanto Marion quanto Henry se sentiam deslocados na Califórnia, ambos com saudade de casa. Apesar dos conflitos com os pais, Marion ainda sentia falta deles e lutava contra a culpa de tê-los magoado. Mas jamais ela ou Henry se arrependeram da decisão.

— *Sempre soubemos que tínhamos feito a coisa certa. E, quando nos mudamos para nossa própria casa, foi como eu sempre imaginei que seria o paraíso doméstico* — Marion recordou com um sorriso triste. — *Henry era tão brilhante que eu o encorajei a aceitar um cargo não remunerado como assistente de um professor de física na Universidade da Califórnia em troca de aulas gratuitas por lá. Ele trabalhava longas horas, enquanto eu tinha um emprego de garçonete numa lanchonete, mas éramos jovens e apaixonados, e planejávamos ir a Las Vegas para casar assim que tivéssemos dinheiro para a viagem. Tínhamos a sensação de que podíamos ter, fazer ou ser qualquer coisa, desde que estivéssemos juntos.*

Mas poucas semanas depois o sonho virou pesadelo. Marion voltou tarde do trabalho e não encontrou Henry em casa. Quando ele enfim chegou, parecia distraído e aturdido, como se estivesse em outro mundo. Sim, ele a abraçou e a beijou como de costume — mas sem de fato *vê-la*. Quando Marion perguntou qual era o problema, ele abriu um sorriso tenso e disse que não era nada, só cansaço.

— *Era como se estivesse preocupado com algo enorme, algo que não podia dividir comigo.*

No dia seguinte, Marion encontrou o apartamento vazio outra vez. Não pensou muito a respeito no início, supondo que ele estivesse trabalhando até tarde outra vez. Mas ele não voltou para casa. Em pânico, Marion ligou para todo mundo em quem podia pensar — o chefe dele, o amigo com quem haviam ficado quando se mudaram para Los Angeles, pessoas que tinham conhecido no curto tempo em que viviam na Califórnia —, mas ninguém havia tido notícias dele naquele dia. Por fim, ligou para a polícia e todos os hospitais locais, mas não havia sinal dele. Enquanto Marion lutava para não se desesperar, o telefone tocou. Ela pulou para atender, com a certeza de que *era* Henry. Porém, o coração se apertou ao ouvir a voz do chefe dele, o excêntrico professor de física Alfred Woolsey.

— *Não, ele não veio trabalhar hoje* — Alfred disse devagar. — *Mas... quero que você saiba, Marion, que acredito sinceramente que ele está bem.*

— *Onde ele está?* — Marion perguntou, a voz alterada. — *Como o senhor pode saber que ele está bem?*

— *Não sei onde ele está* — Alfred dissera, pesaroso. — *Mas... acho que você deve saber que ontem seus pais ligaram para o meu escritório para falar com ele. Conversaram por quase uma hora e, quando Henry desligou, parecia... bem, transtornado.*

Marion mal podia respirar. Então seus pais haviam ligado para ele? Será que estavam envolvidos naquele sumiço? Ela se despediu rápido de Alfred, mal ouvindo o que ele havia dito sobre algo que Henry deixara no escritório.

— Liguei para os meus pais na mesma hora. Eles admitiram ter oferecido a Henry um milhão de dólares para terminar nosso noivado. Mas disseram que na verdade ele tinha recusado *a oferta, e quase se sentiram aliviados, pois estavam morrendo de culpa com a ideia.* — Marion fungou, furiosa. — *Sei reconhecer uma mentira; se haviam sido capazes de fazer a oferta, também eram capazes de levá-la adiante e de mentir para me despistar. Sei que foi por isso que ele me deixou. Meus pais podem ter pensado que comprá-lo me faria voltar para casa, mas só fez cortar nossos laços permanentemente.*

Duas semanas depois, enquanto Marion ainda estava aturdida com a traição de seu noivo e dos pais, descobriu que estava grávida. Agora Henry não a havia apenas abandonado. Ele havia deixado a filha sem um pai.

— Tenho que admitir que, quando descobri, cheguei ao fundo do poço. Mas então caiu a ficha de que eu havia perdido tudo — meu noivo, minha família, meu lar —, e que agora Deus me dava algo pelo que viver — dissera Marion, pegando a mão de Michele. — *Havia uma razão para toda essa dor. Talvez eu tivesse que conhecer Henry Irving e me apaixonar por ele para trazer você ao mundo. E, quando a vi, foi amor à primeira vista. Prometi a mim mesma que seria uma mãe de verdade para você. Seria tudo que seu pai e seus avós não puderam ser.*

E foi exatamente o que Marion fez. Ela era mais do que uma mãe — era a melhor amiga de Michele. E, sempre que Michele ia à casa dos amigos e encontrava uma família tradicional, com ambos os pais, e os avós dos dois lados, as relações em geral tensas entre pais e filhos ajudavam Michele a perceber que ela tinha saído no lucro.

Marion não tivera nenhum relacionamento sério depois de Henry, dedicando-se a ser mãe e estilista, e parecia estar realizada nesses papéis. Poderia se dizer que, no final, as coisas tinham se arranjado surpreendentemente bem. Ainda assim, era doloroso para Michele ler ou ouvir falar nos famosos Windsor. Enquanto outros os viam como símbolos do sonho norte-americano, Michele os via como de fato eram: pessoas cruéis e autoritárias, que quase haviam arrasado com sua mãe.

Depois de ouvir a história, Michele tinha feito a pergunta que mais a incomodava:

— *Como... como conseguiu* sobreviver? *Tudo isso não te fez desejar morrer?*

Ao ouvir isso, Marion segurara os ombros de Michele e olhara dentro de seus olhos.

— *Me escuta, Michele. Não existe nada nesta vida capaz de te destruir, a não ser você mesma. Coisas ruins acontecem com todo mundo e, quando acontecem, você não pode simplesmente desmoronar e morrer. Você tem que lutar. Senão, é você quem perde no final das contas. Mas, se for em frente e lutar, você ganha. Assim como eu ganhei tendo você.*

Embora fosse só uma criança, Michele percebera naquele momento que a mãe era mais forte que os outros. Que ela era especial.

— Michele? Michele!

Michele levantou a cabeça bruscamente. A professora a olhava com severidade.

— Vamos ver se você estava prestando atenção. Qual é o nome da família que se tornou a maior rival dos Windsor no mundo dos negócios e na sociedade, e por quê?

— A família Walker — Michele respondeu de modo automático. — Eles detinham a maioria das ações de certas redes ferroviárias que os Windsor queriam controlar. E as mulheres das duas famílias estavam sempre competindo para ver quem aparecia mais.

A sra. Brewer arqueou as sobrancelhas, claramente surpresa com o conhecimento de Michele.

— Isso mesmo — comentou, devagar.

Kristen e Michele trocaram um olhar de cumplicidade. Havia sido Kristen quem contara a Michele sobre os Walker. Ela e Amanda eram as únicas amigas que conheciam o segredo de Michele e, curiosas sobre a famosa família, haviam feito algumas pesquisas. Mas tinham guardado bem o segredo. Ninguém mais poderia imaginar que Michele Windsor, uma garota tão comum, havia nascido numa família rica.

2

Quando o sinal do almoço tocou, algumas horas depois, Michele saltou da cadeira, aliviada pela aula de cálculo ter terminado. A matemática com certeza não era um dos seus pontos fortes. Jogou o livro e o fichário dentro da bolsa e saiu rápido da sala, em direção à entrada principal da escola. Marion ainda não havia chegado, e Michele sentou num banco para esperá-la. Os amigos saíam aos poucos para almoçar, parando para dar um oi e comentar as principais fofocas do dia.

Dez minutos depois, ainda não havia nem sinal de sua mãe. Michele tirou o celular da bolsa e ligou para ela, mas a chamada caiu na caixa postal. Quando estava a ponto de deixar um recado, sua atenção foi atraída por um carro de polícia que estacionava em frente à escola. Michele olhou para o policial que saiu do carro, o semblante tenso. Com uma ponta de curiosidade, perguntou-se qual dos seus colegas estaria encrencado.

Os olhos do policial encontraram os dela, e ele olhou para algo que tinha nas mãos. Agora com uma pontada de medo, viu que ele se dirigia a ela. *Provavelmente ele só vai me pedir informação sobre algo ou alguém*, ela se reconfortou, mexendo-se no banco, nervosa. Mesmo assim, não conseguiu conter a imaginação enquanto ele se aproximava. Tentou manter a calma, enquanto visões de drogas plantadas em seu armário e crimes desse tipo dançavam em sua mente.

— Bom dia. Você é Michele Windsor? — perguntou o policial, um homem de meia-idade e rosto corado.

Michele acenou, trêmula, com a cabeça e se pôs de pé. Estremeceu ao pensar que a mãe poderia chegar a qualquer momento e vê-la sendo interrogada pela polícia.

O policial colocou a mão gentilmente em seu ombro.

— Lamento ter que lhe dar más notícias. É melhor você se sentar.

Michele ficou gelada. Caiu estatelada no banco e olhou do policial para o estacionamento, dividida entre a necessidade urgente de saber o que havia acontecido e o desejo igualmente urgente de sair correndo.

— Estou vindo do hospital de Santa Monica — continuou ele baixinho. — Não posso dizer o quanto lamento ter de informar isto, mas sua mãe sofreu um acidente de carro às oito e quinze da manhã. Um motorista em excesso de velocidade avançou o sinal e bateu no carro dela. Sinto muito, mas... ela não sobreviveu.

— O quê? — Michele perguntou, aturdida. Havia entendido mal. Não podia ser...

— Sua mãe... — o policial olhou para o chão, desconfortável — ... faleceu.

Não. *Não, não, não, não, não, não*. Michele balançou a cabeça, histérica, e pôs-se de pé num salto. As palavras da mãe, naquela manhã, ecoavam em sua cabeça: "*Vejo você no almoço, querida*".

— Não! — Michele gemeu. — Impossível. Você se confundiu; é outra pessoa! Vi minha mãe esta manhã. Ela me deixou aqui e vai voltar a qualquer minuto para me levar pra almoçar...

Olhou desesperada ao redor, desejando que o carro da mãe estacionasse em frente à escola.

— Você vai ver, ela vai chegar a qualquer minuto!

— Senhorita Windsor, entendo que seja um choque terrível — o policial disse, com voz grave. — Ela sofreu o acidente logo depois de deixá-la aqui. Gostaria que não fosse verdade, mas... Fomos chamados ao local imediatamente, junto com a ambulância. Todos fizeram o melhor possível, mas não conseguimos salvar nenhum dos dois motoristas. Encontramos a carteira da sua mãe na bolsa dela, e foi assim que localizamos a senhorita.

Entregou a ela o objeto em sua mão — a carteira de couro marrom desbotado de Marion, com a foto escolar de Michele numa das divisórias. Enquanto olhava, incrédula, para a carteira da mãe, Michele perdeu a noção de si mesma. A cabeça parecia rodar, a visão não era mais do que pontos pretos e brancos diante dos seus olhos, e o único som audível era um zumbido horrível nos ouvidos.

— Não é verdade. — Ela engoliu, tentando reter a bile que subia pela garganta.

O policial tentou consolá-la, mas Michele o afastou. Se ela pudesse sair da escola... Se pudesse encontrar a mãe e fazer tudo ficar bem... Mas, quando tentou correr, o chão pareceu tremer sob seus pés. Com um grito, caiu no asfalto. E tudo se transformou em escuridão.

— Michele? — soou uma voz hesitante.

Michele não respondeu; continuou de olhos fechados, deitada na cama. Era o décimo dia depois do enterro de Marion, e Michele passava o dia do mesmo jeito que passara o tempo todo desde então: enfurnada no quarto de hóspedes da casa de Kristen. Não podia nem pisar na própria casa; não suportaria vê-la, agora que Marion se fora. As amigas haviam trazido suas coisas, e ela recebia visitas na casa de Kristen todos os dias, mas nada aliviava aquela dor insuportável. Michele pouco havia falado ou comido depois da morte da mãe. Perdera quase cinco quilos, e em algum recanto da mente sabia que seu comportamento vinha assustando a todos. Os pais de Kristen tinham implorado para que ela os deixasse levá-la ao Centro Médico Cedars--Sinai, mas Michele havia se recusado. Não queria *melhorar*. Só queria que sua mãe voltasse.

— Michele? — insistiu a voz de Kristen.

Michele abriu os olhos, relutante, e virou de lado para ver a amiga. Amanda estava ao lado dela. As duas tinham olheiras fundas por falta de sono.

— Desculpe, mas a senhora Richards está aqui e exige que a gente deixe-a te ver — Kristen disse, constrangida. — Ela tem novidades... Vou ter que deixar entrar.

Michele enterrou a cara no travesseiro. A sra. Richards era a assistente social que tinha entrado de repente na vida de Michele depois da morte de Marion, aparentemente para ajudar a justiça a decidir onde Michele deveria morar dali em diante. *Porque agora sou uma órfã.* Michele havia pensado nessas palavras vezes e mais vezes nas duas últimas semanas, mas elas nunca deixavam de soar irreais.

— Não vou morar aqui, vou? — Michele perguntou a Kristen, a voz inexpressiva.

Kristen parecia estar à beira das lágrimas.

— Você sabe que a gente quer! Meus pais estão dispostos a se tornar seus tutores neste instante!

— Os meus também — acrescentou Amanda, sentando-se na cama ao lado de Michele. — Mas não é a gente que decide... Você sabe.

Michele não respondeu, e, depois de um instante, Kristen levantou e deixou a assistente social entrar. A sra. Richards, uma mulher miúda de cabelos castanhos encaracolados e olhar suave, entrou no quarto e puxou uma cadeira para se sentar ao lado de Michele. Amanda e Kristen se sentaram na ponta da cama, ansiosas.

— Como você está, querida? — a sra. Richards perguntou. Michele nem se deu o trabalho de responder. A mulher abriu a pasta e tirou o dossiê de Michele. — Bom, tenho boas notícias.

— Vou morar com Kristen ou Amanda?

— Bem... não. A boa notícia é que o advogado e eu fizemos contato com os tutores que sua mãe indicou no testamento para terem sua guarda, e eles querem receber você de imediato. Tenho aqui uma carta deles.

— O quê? — Michele se sentou, ereta. — Que tutores? Não sabia que minha mãe tinha designado tutores para mim e, se ela fez isso, sei que seriam os pais da Amanda ou da Kristen.

— O testamento é muito claro e não menciona nenhum tutor alternativo. Somente os pais de Marion, Walter e Dorothy Windsor.

— *O quê*? — Michele, Amanda e Kristen exclamaram em uníssono. A mente de Michele girava, enquanto pela primeira vez em semanas ela sentia algo além de pesar.

— Só pode ser um engano — Michele disse, trêmula. — Minha mãe cortou contato com os pais desde antes de eu nascer. Eles fizeram meu pai ir embora. Nunca vi nenhum deles! De jeito nenhum ela lhes daria a guarda...

— Já vi casos assim antes — interrompeu a sra. Richards. — Muitas vezes, uma mãe ou um pai não tem boa relação com seus pais, mas mesmo assim sabe que são as pessoas mais indicadas para tomar conta do filho, caso algo lhe aconteça.

— Não pode ser. — Michele sacudiu a cabeça, incrédula. — Não sou obrigada a ir, sou? Você não pode me forçar!

— Como você é menor de idade, está sob controle das varas de família — informou a sra. Richards, cautelosa. — Para contestar o testamento neste caso, é preciso que você viva com os Windsor por um mínimo de três meses. E, mesmo depois desse período, tenho que alertá-la de que levar isso a juízo pode ser um processo bem longo. Você tem quase 17, e o melhor seria viver com seus avós até completar 18.

— Mas então... Michele tem que se mudar para Nova York? — Amanda perguntou, perplexa.

— Sim. — A sra. Richards entregou a Michele um pacote do correio. — Não sei explicar, mas foi o que Marion pediu.

Michele olhou o pacote fino por um instante antes de abri-lo. Dentro havia um envelope cor de creme com seu nome escrito numa caligrafia elegante. O endereço do remetente era um carimbo que dizia: *Mansão Windsor, Quinta Avenida, 790, Nova York, NY 10022.* Michele começou a ler:

30 de setembro de 2010

Querida Michele,

É difícil crer que esta é a primeira vez que nos escrevemos. Tenho pensado em você todos os dias. Apesar de não fazermos parte da vida uma da outra, você e sua mãe sempre estiveram em meu coração, bem como no do seu avô. Queríamos tanto que as coisas entre nós tivessem sido diferentes.

Estamos arrasados com o falecimento de Marion. Ficamos muito preocupados com o que seria de você sem sua mãe, e muito nos aliviou saber que, em seu testamento, Marion nos designou como seus tutores legais. Assim sendo, já enviamos um pedido de matrícula, em seu nome, à Berkshire High School, uma das melhores escolas particulares do país. Foi a alma mater *de Marion e da maioria das mulheres da família Windsor ao longo do século passado.*

Gostaríamos de trazê-la a Nova York o quanto antes. Nesse momento doloroso, conhecer você e tê-la convivendo conosco será o raio de luz na vida do seu avô e da minha.

Com amor,
Dorothy Windsor

Michele leu a carta três vezes, esperando as palavras se tornarem reais. Será que a avó estava sendo sincera? E mais: por que sua mãe escolheria os pais dela como tutores? Ela deveria saber que Michele se rebelaria diante disso.

A sra. Richards quebrou o silêncio.

— Sei que não era o que você queria, Michele. Sei que estamos pedindo muito a você: que deixe sua escola, seus amigos e seu lar. Mas pense nisto: você vai morar na mesma casa onde sua mãe cresceu. Seus avós me informaram que você vai ficar no quarto que era de Marion e vai frequentar a escola onde ela estudou. Quem sabe sua mãe quis dar a guarda a seus avós para você se manter conectada a ela dessa forma?

Michele ficou calada enquanto digeria as palavras da sra. Richards. O que ela mais queria na vida era sentir a mãe com ela de novo. E se fosse essa a maneira?

De repente, Michele se lembrou da última vez que estivera no carro com a mãe, quando haviam escutado a música que falava de saudade.

No que essa música faz você pensar?

Na minha casa.

— Tudo bem — Michele disse depois de um tempo. — Eu aceito.

— Tripulação, preparar para o pouso — o piloto anunciou pelo sistema de comunicação.

Michele respirou fundo. Virou-se para olhar pela janela do avião bem na hora em que Nova York, uma massa de luzes brilhantes e edifícios, ficou visível abaixo das nuvens. Nervosa, enrolou uma mecha de cabelo em volta do dedo. Então era isso. Estava a ponto de conhecer sua nova cidade. Sua nova vida.

Voltou a se recostar na poltrona luxuosa, quase confortável demais. A mãe sempre tinha sido contra desperdiçar dinheiro com passagens de primeira classe, mas havia sido o que Walter e Dorothy tinham lhe mandado. Por um segundo, Michele se sentiu culpada.

Parecia impossível que ela tivesse lido a carta dos avós só uma semana antes. Tudo acontecera muito rápido depois. Amanda, Kristen e suas respectivas famílias, que insistiram em ajudar a embalar a mudança, e os Windsor haviam providenciado para que todas as coisas fossem enviadas a Nova York três dias antes de ela viajar. A sra. Richards havia reunido todos os registros escolares e médicos de Michele, cancelado a matrícula em Crossroads e feito a nova matrícula em Berkshire High, cujas aulas começariam em 11 de outubro. *Faltam só três dias*, Michele se deu conta, o estômago se contraindo só de pensar.

Na noite anterior, ela, Amanda e Kristen tinham dormido juntas para se despedirem. Imaginara que estaria inconsolável ao lhes dizer adeus, mas a perda da mãe transformava todo o resto em algo sem importância. Assim, enquanto as amigas diziam, os olhos rasos d'água, como seria estranha a vida sem ela, e prometiam ligar, mandar torpedos de celular e postar mensagens no Facebook todos os dias, Michele se limitara a ficar lá sentada, observando, como que anestesiada, aquela última etapa da desconstrução da sua vida.

Agora olhava de novo pela janela e percebeu que o avião já estava descendo. Havia quase chegado a Nova York.

Michele seguiu para o setor de bagagem no Aeroporto Internacional John F. Kennedy, o coração batendo forte. Era difícil acreditar que dali a instantes ia ver pela primeira vez seus avós maternos. Mas, para sua surpresa, em vez deles, viu um homem num terno todo engomado, postado ao lado da esteira de bagagem, segurando uma placa com seu nome.

— Oi — ela disse ao se aproximar. — Sou Michele.

O rosto do homem se iluminou, e ele fez uma mesura de brincadeira.

— É um prazer conhecê-la, senhorita Windsor. Sou Fritz, o chofer da família.

Chofer?, pensou Michele, chocada. É, ia ser diferente da Califórnia *mesmo*.

— Hã, pode me chamar de Michele. Prazer em te conhecer também. Então, acho que meus avós não vieram, não é?

— Ah, não! — Fritz olhou-a como se ela tivesse acabado de dizer algum absurdo. — Estão à sua espera em casa, claro.

— Ah, tá — Michele concordou com um gesto de cabeça. Mas não pôde evitar de se sentir magoada pelos avós não quererem vir ao aeroporto recebê-la.

Minutos depois, após pegar as duas malas, Michele estava no banco de trás de um SUV preto e reluzente. Enquanto Fritz dirigia de Queens a Manhattan, ela olhava pela janela. Viu passarem casas, lojas e restaurantes do Queens, e então o carro pegou a autopista. O East River cintilava lá embaixo, cinza-azulado, enquanto acima de sua cabeça desfilavam os letreiros luminosos que anunciavam os últimos sucessos da Broadway. Era como o primeiro ato de um espetáculo que apresentasse a cidade. *Mamãe deve ter visto dezenas de espetáculos na Broadway quando era adolescente e morava aqui*, Michele pensou, com uma pontada de tristeza.

Quando saíram da autopista, Michele ficou sem fôlego ao ter a primeira visão de Manhattan, com os cartões-postais de Nova York adquirindo vida: as longas avenidas que pareciam se estender para sempre, os arranha-céus alinhados lado a lado, as luzes brilhantes projetando um brilho teatral sobre tudo ao redor. Pouco depois, chegavam à Quinta Avenida, um quarteirão atrás do outro de hotéis cinco estrelas, restaurantes elegantes e lojas luxuosas. Nova-iorquinos em roupas descoladas entravam e saíam das lojas, usando BlackBerries e iPhones e ao mesmo tempo carregando sacolas de compras. Vendo as pessoas que passavam, Michele teve a sensação de que todos eles tinham alguém; alguém para lhes segurar a mão enquanto cruzavam a rua, alguém para lhes fazer companhia enquanto andavam apressados naquele dia frio. Naquela cidade nova e dinâmica, ela se sentiu ainda mais só.

Fritz seguiu pela Quinta Avenida, passando pela majestosa catedral gótica de São Patrício e pela arquitetura *beaux-arts* do famoso hotel Plaza. Depois se aproximou de um palacete de quatro andares de mármore branco reluzente, que se erguia orgulhoso por trás de luxuosos portões de ferro trabalhado, ornamentados com um *W*. Charretes à moda antiga, puxadas por cavalos, e riquixás transportando turistas deslumbrados passavam pela porta da imponente construção, a caminho do vizinho Central Park.

— Chegamos — anunciou Fritz. — Bem-vinda ao lar!

O queixo de Michele caiu.

— Está brincando!

Um altíssimo pórtico com quatro robustas colunas coríntias brancas circundava a entrada principal da mansão. Havia balcões curvos e janelas em arco, e, para além dos portões, Michele podia ver que o terreno ao redor era decorado com um jardim de rosas e esculturas. Do lado de fora, um grupo de turistas tirava fotos de um dos últimos resquícios da Nova York dos velhos tempos.

Os olhos de Fritz encontraram os de Michele no espelho retrovisor, e ele deu uma risadinha.

— Tinha esquecido. É a primeira vez que você vê a casa. Incrível, não? Ela foi inspirada nos *palazzi* do Renascimento italiano. O projeto foi do maior arquiteto estadunidense do fim do século XIX, Richard Morris Hunt.

Fritz abriu os portões com o controle remoto, e os turistas saíram correndo da frente, olhando com espanto o veículo. Ao percorrer o caminho circular de cascalho que levava às imponentes portas de entrada, Michele teve a estranha sensação de já ter visto antes a majestosa construção. Depois de sair do carro, deteve-se para olhar de novo o exterior da mansão, antes de subir os degraus brancos de pedra atrás de Fritz.

— Bem-vinda ao Saguão Principal — ele disse, fazendo uma mesura com a mão.

Michele prendeu a respiração.

— Meu Deus!

Estava numa sala interna, enorme e espaçosa, constituída de passagens em arco, altíssimas colunas em mármore e teto decorado com afrescos. As galerias de um andar superior abriam-se, com uma balaustrada, para esse pátio interno, dando a sensação de se estar ao ar livre. A parede leste era toda envidraçada, dando vista para o jardim dos fundos, com as colinas do Central Park ao longe. Duas tapeçarias italianas flanqueavam a entrada, e o teto fora pintado de forma a retratar um céu de verão, emoldurado em ouro decorado. Mas o elemento mais importante da sala era a grande escadaria de mármore branco, com tapete vermelho e corrimões de ferro e bronze. As escadas subiam a partir do Saguão Principal, dividindo-se em duas seções que se dobravam em curvas no primeiro patamar. Em frente às escadas, ficava uma enorme lareira toda esculpida, onde o fogo crepitava.

Nossa casa inteira de Venice Beach caberia dentro desta sala, pensou Michele, assombrada. Seus olhos mal podiam abarcar aquele espetáculo grandioso. A breve descrição que Marion fizera da imponência da Mansão Windsor não a preparara para aquilo.

Por fim, conseguiu falar:

— Não dá pra acreditar que a mamãe *cresceu* aqui.

Fritz se virou para olhá-la, sério de repente, mas, antes que pudesse dizer qualquer coisa, uma mulher vestindo um terno de *tweed* entrou na sala. Tinha cabelos loiro-escuros presos num coque que lhe dava um ar de eficiência, e olhos de um azul suave, aparentando ter uns 55 anos. Um sorriso iluminou-lhe o rosto assim que viu Michele.

— Michele! Que bom poder conhecê-la, enfim! Sou Annaleigh, a governanta-chefe. Sou responsável pelo funcionamento da Mansão

Windsor, por supervisionar os empregados e manter seus avós felizes... e agora você também!

— Muito prazer — respondeu Michele.

Quando apertou a mão de Annaleigh, pensou, pela segunda vez naquele dia, que ela só podia ter entrado num universo alternativo. A mãe nunca tivera empregados, e de repente dar de cara com todo esse batalhão de funcionários era meio assustador.

— Seus avós a esperam no estúdio. Vou lhe mostrar o caminho.

Annaleigh se pôs a andar, mas Michele permaneceu imóvel, tal era seu nervosismo. Estava mesmo pronta para conhecer os avós, que a tinham ignorado durante toda a vida? O que diria a eles? Devia abraçá-los? Trocar um cumprimento de mãos? Olhou para seus *jeans* e tênis, sentindo que não pertencia àquele mundo de jeito nenhum.

Annaleigh se virou, a expressão intrigada. Michele respirou fundo e partiu atrás dela. Enquanto a seguia por corredores decorados com pinturas francesas e italianas, sentiu um formigamento na pele. De novo teve a sensação de que aqueles corredores, aquele lugar, eram estranhamente *familiares*.

Logo chegaram a um aposento amplo, grande e formal, com painéis dourados revestindo as paredes e lustres de cristal pendendo do teto de caixotões quadrados. Na sala, um casal, ambos de cabelos grisalhos. Estavam de costas para a porta, olhando através das amplas janelas e conversando em voz baixa, e a primeira visão que Michele teve dos avós foi de dois vultos altos e esguios, envoltos em tecido negro de aparência cara.

Annaleigh pigarreou.

— Senhor e senhora Windsor, Michele está aqui.

— Michele. — A voz suave de Dorothy pronunciou o nome antes que ela se voltasse, segurando a mão envelhecida do marido.

A primeira reação de Michele foi achar que aquele casal não tinha nada a ver com a imagem que ela fizera de avós. Os avós de Amanda viviam com ela e os pais, e por isso Michele havia se apegado a eles, que tinham se tornado seu padrão de comparação. Vovó e vovô eram uma fofura só, meio como deviam ser Papai e Mamãe Noel, com vovó tricotando casaquinhos para o amado cachorrinho *shih tzu*, enquanto vovô gargalhava com as comédias favoritas da televisão. Mas os avós de Michele pareciam mais um rei e uma rainha já de idade, de porte ereto, rostos sérios e roupas feitas por estilistas. Dorothy parecia nunca ter tricotado na vida, e Michele não podia imaginar aquele homem pomposo dando gargalhadas de nada. Aliás, era bem isso: ambos davam a impressão de que não riam, em nenhuma ocasião.

Walter Windsor tinha rosto longo e estreito, com olhos azuis penetrantes, barba e bigode bem aparados, e pele de marfim, como a de Michele. Os cabelos loiros com fios grisalhos de Dorothy estavam presos num coque elegante, o rosto pálido exibindo algumas manchas de idade e as maçãs do rosto salientes. Michele ficou impressionada com os olhos castanhos da avó. *Iguaizinhos aos da mamãe... e aos meus.* Exceto que os olhos de Dorothy tinham um vazio que fez Michele recuar, incomodada.

— Olá, Michele — saudou Walter, dando alguns passos na direção dela. Ele e Dorothy pareciam não saber como se comportar, da mesma maneira que Michele. Ficaram se olhando, separados por alguns metros.

— O-oi — gaguejou Michele.

— Você é linda, querida — Dorothy disse com suavidade, estudando a jovem. — Exatamente como eu esperava.

Michele olhou para baixo, envergonhada.

— Obrigada — murmurou.

— Você não imagina o quanto seu avô e eu esperamos por este dia — continuou Dorothy com emoção. — Só desejaria que não estivéssemos nos conhecendo em circunstâncias tão terríveis.

Walter olhava para ela como se visse um fantasma.

— Você se parece tanto com... ela.

Michele não conseguia responder. Só olhava para aqueles dois estranhos, a cabeça fervilhando com dezenas de perguntas que não conseguia expressar em voz alta. Depois de alguns momentos de silêncio, Dorothy pousou uma das mãos sobre o ombro da neta, hesitante.

— Bem, você deve estar cansada da viagem. Annaleigh vai lhe mostrar seu quarto, para que se acomode. Mais tarde jantaremos juntos.

— Ah, tudo bem.

Michele ergueu os olhos e viu que Annaleigh ficara à porta o tempo todo. Era evidente que já sabia que o grande encontro duraria só alguns minutos. Michele deixou a sala atrás dela, magoada. Era isto que os avós consideravam uma recepção calorosa?

3

Annaleigh virou-se para Michele com um sorriso simpático.

— Gostaria de conhecer a casa antes de ir para o seu quarto?

— Claro, obrigada!

Michele a seguiu até o corredor adiante, decorado com tapeçarias iluminadas por candelabros.

— Não sei se notou, mas a mobília do estúdio é constituída por reproduções de peças do Petit Trianon de Versalhes — informou Annaleigh, orgulhosa, enquanto guiava Michele. — Como várias das melhores casas da Nova York dos velhos tempos, a Mansão Windsor seguiu a regra de ser construída como um *palazzo* italiano e decorada como um castelo rococó francês.

— Uau. — Michele balançou a cabeça, achando difícil acreditar que aquilo tudo estava acontecendo.

A primeira porta que Annaleigh abriu dava para um aposento com acabamento dourado. No centro do cômodo, havia um conjunto de mesa de jantar e cadeiras em mogno.

— Esta é a sala matinal.

— Sério? Vocês têm uma sala só para as manhãs? — perguntou Michele, incrédula.

Annaleigh riu.

— Não exatamente. É verdade que os Windsor sempre tomam o café da manhã aqui, mas uma sala matinal também é usada tradicionalmente para almoço, chá e outras reuniões informais ao longo do dia.

De informal este lugar não tem nada, Michele pensou enquanto seguia Annaleigh ao cômodo seguinte: uma biblioteca com paredes revestidas de madeira. Ao ver aquele templo de livros, pela primeira vez em semanas Michele esboçou um leve sorriso. Percorreu o lugar, passando os olhos pelos títulos dos volumes encadernados em couro que enchiam as estantes do chão ao teto. Havia anjos pintados no teto, do qual pendiam lustres Baccarat. Paredes e escrivaninhas eram de madeira escura, e as luxuosas poltronas de couro escuro arranjadas pelo aposento pareciam perfeitas para se acomodar e ter uma boa leitura.

— Venha, vou lhe mostrar o salão de baile. É meu lugar favorito da casa — disse Annaleigh, empolgada.

Quando entraram no salão de baile, o formigamento de Michele ficou mais intenso, e ela cruzou os braços arrepiados com força. Afastando-se de Annaleigh, passeou devagar pelo recinto. Parecia algo saído de um romance de Edith Wharton, com sua decoração romântica em branco e marfim, a pista de dança reluzente, lustres de bronze e cristal e colunas altas. Um piano Steinway estava a um canto do salão, e por cima dele havia um balcão dourado.

— Os convidados de honra se acomodavam no balcão e de lá olhavam as pessoas dançando — disse Annaleigh, a voz sonhadora. — Não é incrível?

Michele não respondeu, e Annaleigh pareceu notar a expressão estranha no rosto dela.

— O que foi, querida?

— É que... — Michele engoliu em seco — ... continuo com a sensação de que *já estive* aqui. Mas sei que é impossível.

— Estranho. Será que você viu salões de baile parecidos em algum filme?

— Pode ser. — Mas Michele sabia que não era isso.

Annaleigh a levou a outra sala, que chamou de sala de bilhar mourisca. Parecia masculina e exótica, com paredes cobertas com azulejos marroquinos e um domo de vidro no teto.

— Aqui os homens vinham fumar charutos e jogar bilhar durante as festas — explicou Annaleigh, apontando para a grande mesa de bilhar no centro do aposento.

— Meus avós dão muitas festas aqui?

— Bem... não — admitiu Annaleigh, contrariada, enquanto iam para outro cômodo. — Pelo menos não nos dez anos desde que estou aqui. Mas houve uma época em que os Windsor eram célebres pelos bailes que davam. Acho que, a partir do momento em que seus avós ficaram sós, não houve muito mais sentido em dar festas. — Ela se interrompeu quando chegaram ao pátio coberto, com vista para o jardim dos fundos. — Aqui é onde sua avó cuida das flores e palmeiras.

Michele balançou a cabeça, admirada.

— Este lugar... não existe. É como se... não pertencesse ao mundo moderno. Parece quase... encantado. Você entende o que eu quero dizer?

— Entendo sim. É por causa de tanta história que existe aqui. Quase dá para ver a alma dos antigos Windsor andando pelos corredores.

Michele parou de repente, pensando na mãe.

— Sério?

Annaleigh estremeceu.

— Ah, me desculpe, Michele. Foi rude da minha parte. Só queria dizer que... bom, que há muita história aqui, só isso.

Michele baixou os olhos.

— Tudo bem. Eu sei.

— De qualquer modo — Annaleigh continuou, nervosa —, acho que não preciso mostrar a sala de jantar, pois você estará lá daqui a uma hora. Tenho certeza de que está querendo ver o seu quarto.

Michele fez que sim e subiu a grande escadaria atrás de Annaleigh. Pararam no segundo patamar (o mezanino, como Annaleigh havia explicado) para que Michele visse o escritório de Walter e a sala de visitas de Dorothy, situados em extremidades opostas. Michele sentiu um arrepio ao entrar na sala de visitas, dando-se conta de que havia sido ali que Marion deixara o fatídico bilhete de adeus.

No andar de cima, as paredes eram de mármore rosado, combinando com o tapete vermelho dos corredores. Uma balaustrada ao redor do terceiro andar permitia ver lá embaixo a imponente escadaria e o Saguão Principal.

— Este aqui é um quarto *muito* especial — disse Annaleigh com um entusiasmo quase infantil, conduzindo Michele até um par de portas francesas. — A maioria das filhas dos Windsor usou este quarto durante a infância e a adolescência, desde o começo do século XX, entre elas... Marion.

Annaleigh abriu as portas, e Michele prendeu a respiração. O quarto era lilás, com móveis franceses antigos que pareciam mais adequados para o palácio de Versalhes do que para uma adolescente. A suntuosa cama de casal estava sobre uma plataforma elevada e tinha cabeceira cor de creme, sendo toda entalhada e adornada com um cortinado branco. Um tapete floral Aubusson realçava o conjunto. Havia até uma grande lareira cinza e branca ladeada por candelabros dourados. Sobre ela, repousava um relógio carrilhão de mesa dourado e um grande espelho.

— É como voltar no tempo — murmurou Michele, passando os dedos pelas cortinas lilases que pendiam da janela alta. — Para uma época em que ninguém usava *jeans*.

Ela percorreu o quarto, olhando a delicada penteadeira de mogno e a escrivaninha. Parou de repente, com um arrepio na espinha, ao ver que, sobre a penteadeira, havia escovas de porcelana, espelhos e frascos de perfume, todos com o monograma *MW*.

— Estas coisas... eram da minha mãe? — perguntou, a voz quase inaudível.

Annaleigh fez que sim.

— Seus avós mantiveram o quarto exatamente igual ao que era quando ela morou aqui. — Annaleigh calou-se por um instante. — Está tudo bem?

— Sim — murmurou Michele, pegando o espelho de mão da mãe. Era reconfortante estar rodeada pelas antigas coisas dela, como se Marion pudesse entrar a qualquer momento para vir pegá-las. Ao mesmo tempo, era difícil imaginar sua mãe ocupando aquele quarto de princesa, tão formal, e usando uma escova de porcelana. Michele teve a sensação de que Marion, a herdeira, era alguém totalmente diferente de Marion, sua mãe.

— Este é o único cômodo da sua suíte em que se mantiveram a mobília e a decoração originais — continuou Annaleigh. — Seus avós me pediram para adicionar uns toques modernos aos demais aposentos. Espero que você aprove!

— Meus *aposentos*? — Michele repetiu, aturdida. Foi então que notou uma porta de cada lado do quarto. Annaleigh fez sinal para que ela a acompanhasse.

A primeira porta dava para um enorme quarto de vestir — que a quantidade de roupas de Michele jamais justificaria — e um banheiro em mármore. A porta do lado oposto dava para uma espaçosa sala de estar, que continha uma estante antiga de portas de vidro (repleta de livros, como a série Harry Potter e os romances de Jane Austen), além de uma televisão de tela plana, um DVD e um aparelho de som de última geração. A um canto havia uma mesa redonda de carvalho, com uma cadeira combinando e um lugar posto para uma pessoa.

— Por que tenho uma mesa no meu quarto?

— Para suas refeições, claro. Nas horas das refeições, mandaremos um carrinho para servi-la, e toda manhã você e eu decidiremos seu menu. Veja, a TV vira para o ângulo que você quiser, assim poderá assisti-la da mesa — disse Annaleigh, feliz, mas seu sorriso se apagou ao ver a expressão confusa de Michele.

— Quer dizer que meus avós esperam que eu faça as refeições sozinha? — perguntou, incrédula. — Depois de tudo...?

— Por favor, não entenda mal! — respondeu Annaleigh com um toque de ansiedade na voz. — É só que seus avós comem em horários tão irregulares, às vezes almoçando tarde em vez de jantar, que pensamos que este seria o melhor esquema para você poder ter refeições em horários determinados.

— Não, tudo bem. Não tem importância — murmurou Michele. *Parece que a coisa vai ser ainda mais solitária do que pensei nesta casa velha e enorme.*

Michele deixou o olhar passear pelos quadros que decoravam as paredes de sua sala de estar, retratando várias jovens. Examinou com mais atenção um deles e sentiu um choque quando o reconheceu.

— Ei, essa é minha bisavó, a cantora Lily Windsor! Mas ela está diferente com esse cabelo.

— Sim, nesta pintura ela só tinha 16 anos — explicou Annaleigh. — Foi em 1925, quando as melindrosas estavam na moda.

Michele examinou o quadro. Sua bisavó parecia muito mais glamorosa do que seus 16 anos, com cabelo curtinho, rímel preto ao redor dos olhos e um gracioso vestido de paetês que realçava sua figura. O coração de Michele se apertou ao lembrar quantas e quantas vezes sua mãe punha os discos de Lily para tocar. Embora Marion fosse incapaz de cantar sem desafinar, Michele sempre tinha adorado ouvi-la cantar com os discos de Lily. Parecia que seus momentos de maior felicidade eram quando ouvia música. E Lily fora a única Windsor a quem Marion se referira com orgulho. A bisavó morrera com mais de 80 anos, quando Marion tinha 15, mas tinham sido bem próximas ao longo de toda a infância de Marion.

Michele voltou-se para a pintura seguinte, de uma moça totalmente diferente de Lily. Enquanto a bisavó estava toda maquiada e exibia um ar confiante e ousado, esta outra aparecia de cara lavada e expressão tímida. Usava um vestido de baile à moda antiga, parecido com o das princesas dos desenhos animados, e o cabelo era uma nuvem vermelha no alto da cabeça, enfeitada com prendedores com pedras preciosas.

— Quem é esta?

— Sua tia-bisavó Clara. Foi a única Windsor adotiva. Ela foi adotada pelo senhor George Windsor e ocupou estes mesmos aposentos. O retrato foi pintado quando ela debutou na sociedade, em 1910. Devia ter então a sua idade. — Os olhos de Annaleigh brilharam. — Sabia que naqueles dias as moças mais ricas do país muitas vezes se casavam com nobres ingleses? A irmã mais nova de Clara, Frances, tornou-se a duquesa de Westminster! Na verdade, querida, você é parente tanto de uma duquesa quanto de uma condessa!

Michele olhou boquiaberta para Annaleigh.

— Puxa vida, essa família não brinca em serviço, hein?

O retrato seguinte mostrava uma jovem que parecia muito mais normal: uma adolescente de cabelos escuros usando uma faixa de cabelo de pérolas e um elegante vestido azul-escuro de mangas curtas.

— E esta?

— É sua tia-avó Stella, em 1942. Este retrato também foi pintado quando ela foi apresentada à sociedade, como debutante, e ainda morava aqui na casa, nestes cômodos.

— Um momento: então todos esses retratos são de garotas que ocuparam este quarto?

Annaleigh assentiu com a cabeça.

— E onde está minha mãe? — Sem saber por qual motivo, Michele de repente sentiu dificuldade para respirar.

Annaleigh apontou para um canto na parede oposta, e Michele correu para lá. Ali estava sua mãe, como Michele nunca tinha visto em foto alguma. Seus olhos brilhavam, cheios de alegria, e a boca formava um grande sorriso, como se ela e o pintor compartilhassem alguma brincadeira. Os cabelos, normalmente lisos, estavam cacheados, e ela usava um vestido de festa colorido. Ao redor do pescoço tinha um colar delicado com uma borboleta de jade e ouro. Maravilhoso e, ainda assim, discreto. *A cara da minha mãe*, pensou Michele.

— É tão difícil imaginar minha mãe posando para um retrato — comentou Michele, um nó se formando na garganta. Espantada, deu-se conta de que Marion parecia a mais feliz de todas as Windsor, e, no entanto, fora vítima de um destino tão trágico.

Os olhos de Michele se encheram de lágrimas enquanto olhava o retrato. Devia tê-lo encarado por muito tempo, pois, quando enfim voltou a si, percebeu que Annaleigh a deixara sozinha.

Pouco antes das sete e meia da noite, Annaleigh apareceu para levar Michele à sala de jantar. A garota sentiu um frio na barriga pensando em como seria a conversa com os avós.

Quase perdeu a fala ao ver o aposento em estilo veneziano. Dez imponentes colunas de alabastro rosado flanqueavam a sala, e dois lustres Baccarat brilhavam sobre a mesa de jantar de carvalho entalhado. As cadeiras eram de bronze maciço com assentos estofados de veludo vermelho, combinando com o cortinado escarlate das janelas e as paredes de mármore rosa.

— Michele, seja bem-vinda — Dorothy sorriu. Ela e Walter já estavam sentados, e Michele acomodou-se na cadeira em frente a eles. Quase na mesma hora, uma empregada contornou a mesa para lhe servir a entrada, uma salada. Michele sentiu-se culpada. Em casa, Marion e ela sempre preparavam e serviam as próprias refeições.

— Posso ajudar com alguma coisa? — perguntou.

A empregada olhou assustada para Michele e quase derrubou a salada que colocava em seu prato. Dorothy produziu um som, metade pigarreio, metade exclamação. Assim que a empregada, totalmente ruborizada, voltou para a cozinha, Walter repreendeu-a com suavidade:

— Michele, querida, você não deve dizer essas coisas para a criadagem. Não é apropriado.

Michele olhou para ele, perplexa.

— Mas... estamos no século XXI!

— Claro que estamos — Dorothy interpôs com rapidez. — Mas, já que o emprego deles é servi-la, eles ficam envergonhados quando você se oferece para ajudar, pois é como se não estivessem fazendo bem seu serviço.

Michele olhou de soslaio para os avós. Algo devia estar muito errado num mundo em que oferecer-se para ajudar "a criadagem" era motivo para uma bronca.

— E então — disse Walter, num tom mais ameno, claramente ansioso por desanuviar qualquer tensão —, o que acha do seu novo lar?

— Eu... Bem, é fantástico, claro, parece algo saído de um conto de fadas. Mas não consigo pensar nesse lugar como *lar* quando é tão diferente do que estou acostumada — respondeu Michele com sinceridade. — Quer dizer, é quase impossível imaginar mamãe crescendo aqui. Ela não era uma herdeira sofisticada, era só... mamãe. Acho que ela não se encaixava aqui, mas, por outro lado, parecia tão feliz naquele retrato no meu quarto.

— Ela *era* muito feliz aqui — falou Dorothy com firmeza. — Se não fosse por... — ela se interrompeu quando Walter a encarou, e pareceu se recompor. — De qualquer forma, querida, você parece magra demais. Por que não tenta comer alguma coisa?

Michele franziu o cenho, intrigada com a mudança súbita do tom de Dorothy. Depois de alguns momentos de silêncio, enquanto os avós comiam e Michele olhava para o chão, Walter pigarreou.

— Dorothy, vamos nos encontrar com os Gould antes ou depois de ir ao Carnegie Hall amanhã?

Enquanto a conversa se afastava de Marion e se voltava para um concerto ao qual seus avós iriam na noite seguinte, Michele começou a sentir raiva. Quem era essa gente, com semelhante arrogância e total incapacidade de se comunicar de forma normal com ela? Michele empurrava as folhas de salada com o garfo de um lado para o outro do prato, odiando em silêncio. Sabia o que a avó estivera a ponto de dizer: que sua mãe teria continuado a ser feliz ali se não fosse pelo pai de Michele. Passou-lhe pela cabeça que seus avós, ao desejar que a mãe nunca tivesse conhecido Henry Irving, deveriam desejar também que ela nunca tivesse nascido.

De repente, ouviu Walter dizer seu nome.

— Michele, você não está comendo. O que foi?

Ela sentiu algo estourando dentro de si. Largou o garfo, que caiu no prato com um ruído alto.

— O que *foi*? Como acham que posso comer? Minha mãe morreu. Mas vocês na verdade não estão nem aí com a gente, não é? Mandaram meu pai embora, mesmo sabendo que iam partir o coração da minha mãe. Nem se deram o trabalho de ir ao funeral dela! E, do jeito que odeiam meu pai, não consigo nem entender por que me querem morando aqui!

Ela fez uma pausa para tomar fôlego e parou de repente ao ver a expressão no rosto dos avós. Pareciam ter levado um tapa na cara.

— Está totalmente enganada — disse Walter, com a voz grave. — Sim, cometemos um erro de julgamento quando oferecemos dinheiro a Henry para ir embora, mas você não pode imaginar nossa tristeza e nosso medo quando descobrimos que nossa única filha havia fugido de casa. Além do mais, jamais teríamos insistido com aquela oferta, e de fato não o fizemos. Até hoje não sabemos o que aconteceu com Henry. Mas deixe-me dizer uma coisa: enquanto sua avó e eu fomos transformados em vilões, existem coisas sobre Henry Irving que você desconhece, que ninguém teria...

— Walter! — interrompeu Dorothy, em tom ríspido.

Michele encarou os dois. O rosto de Walter estava vermelho, enquanto Dorothy parecia... assustada. Que diabos estava acontecendo?

— O que quer dizer? — Michele sentiu o coração acelerar. — O que sabe sobre meu pai?

Walter pigarreou.

— Só quis dizer que ele nunca foi a pessoa que Marion pensava que era. Como esperávamos, só estava no relacionamento por interesse no dinheiro da família e partiu quando percebeu que não conseguiria nenhum.

Michele estremeceu ao ouvir essas palavras. Dorothy abriu a boca, como se pretendesse interromper Walter, mas ele prosseguiu, os olhos vidrados.

— Fizemos todos os esforços para reatar com Marion e para participar da vida de vocês. Mas ela não atendia nossas ligações, e todas as cartas, cartões-postais e cheques que mandamos para vocês foram devolvidos sem abrir. Ela partiu nosso coração há muito tempo. E é claro que teríamos ido ao enterro, se tivéssemos sido avisados a tempo. Não ficamos sabendo do acidente nem do funeral até a semana seguinte, quando a notícia saiu no *New York Times*.

Ele tomou a mão de Dorothy. O rosto dela estava tão pálido quanto o dele.

Michele não sabia o que dizer. Walter estaria dizendo a verdade? Era inconcebível que a mãe pudesse estar tão errada quanto aos pais dela. Michele não sabia o que pensar ou no que acreditar.

— Então por que minha mãe nomeou vocês como meus tutores? — perguntou. — Não faz sentido.

Dorothy esboçou um sorriso triste.

— É a mesma pergunta que estivemos nos fazendo. Foi a única boa notícia em todos esses anos. Mostra que ao menos em alguma coisa acertamos com nossa Marion, não?

— A-acho...acho que sim — respondeu Michele, sem jeito.

— Sabemos como essa transição deve ser difícil — falou Walter num tom mais ameno. — Mas é nossa esperança que você seja feliz aqui em Nova York. E agora, que tal esquecermos esta conversa e começarmos de novo?

Michele concordou com um gesto de cabeça hesitante. Mas, ao olhar para aqueles estranhos diante dela naquele ambiente tão pomposo, sentiu uma nova onda de saudade do antigo lar e da mãe envolvê-la.

— Não estou me sentindo bem — disse de supetão. — Vocês me dão licença?

Depois de uma pausa, Dorothy fez que sim com a cabeça, sem dizer nada.

— Obrigada pelo jantar — Michele lembrou-se de agradecer, antes de sair apressada da sala.

Em sua primeira noite no novo quarto, Michele teve um sono inquieto, a mente repleta de imagens em preto e branco das moradoras anteriores da Mansão Windsor. E então seu rosto se iluminou com um sorriso quando mergulhou num novo sonho.

Era o sentimento mais avassalador que já sentira. Como se estivesse feliz a ponto de estourar, ao mesmo tempo que sentia uma fome constante e insaciável dentro de si.

Estava aninhada nos braços dele, numa noite escura, sob um olmo muito alto. Diante deles se estendiam quilômetros de grama banhada pelo luar. Ele brincava com os cabelos dela enquanto riam juntos, divertindo-se com alguma brincadeira particular.

— Não posso crer que seja real — Michele sussurrou enquanto encarava os olhos de azul-safira dele. — Não quero estar em nenhum outro lugar que não seja aqui, com você.

E de súbito Michele estava acordada, a respiração pesada enquanto tentava compreender onde se encontrava. Chegou a imaginar que o belo desconhecido ainda estivesse ao seu lado. Mas, quando os olhos registraram os móveis luxuosos do quarto no escuro, percebeu que estivera sonhando. Aquela felicidade não tinha sido real. Nada daquilo era real.

Por que o sonho com ele foi diferente desta vez?, perguntou-se Michele. Estava tão acostumada a vê-lo como um reflexo no espelho, que era inacreditável senti-lo como alguém sólido e real. *Mas ele não é sólido nem real*, disse a si mesma. *É só minha imaginação fora de controle.*

Na tarde seguinte, o faz-tudo dos Windsor, Nolan, trouxe as caixas que tinham sido enviadas da Califórnia com as coisas de Michele. Ela passou a maior parte do dia desencaixotando tudo, tentando arrumar seus pertences de forma que o novo e sofisticado quarto desse ao menos alguma sensação de ser seu. Depois de organizar as roupas, Michele encontrou uma caixa etiquetada com o nome da mãe. Hesitou.

A sra. Richards lhe trouxera aquela caixa pouco antes de Michele vir para Nova York, explicando que continha joias e objetos pessoais que Marion tinha guardado em seu cofre no banco. Michele ainda não a abrira. A verdade é que tinha medo de fazê-lo. Por alguma razão, fazer aquilo tornaria muito mais real a morte da mãe. Porém, depois de olhar a caixa por um instante, ela respirou fundo e, por fim, abriu sua tampa.

Dentro havia três caixinhas de joias. As duas primeiras traziam os logotipos de Van Cleef & Arpels e Tiffany & Co., e a terceira não tinha nome. Michele olhou para as caixas, surpresa. A mãe jamais mencionara aquelas joias. Michele deduziu que eram herança de família, já que Marion nunca tivera condições de comprar em lojas como a Tiffany.

Michele abriu primeiro a caixa da Van Cleef & Arpels. Quando viu o colar com a borboleta do retrato de Marion, seus olhos se encheram de lágrimas. Apertou o colar contra si, como se a presença da mãe pudesse de alguma maneira estar contida nele. Depois, abriu a caixa da Tiffany e encontrou um magnífico colar de ouro branco entrelaçado com diamantes.

— Caramba — murmurou. Nunca havia visto de perto joias tão elegantes.

Abriu a caixa sem nome por último. E seu coração quase parou ao ver o que continha.

Acomodada no interior da caixa estava uma chave dourada que parecia ter séculos de idade. Uma chave em forma de cruz, com haste circular, na qual estava gravada a imagem de um relógio de sol.

Era a chave que aparecia em seus sonhos.

Michele sentiu a cabeça girar, e calafrios percorreram sua espinha.

— Isso não pode estar acontecendo — sussurrou para si mesma, a garganta apertada com a surpresa. — Não é real.

Pegou a chave, hesitante, e sentiu que ela se contorcia, muito de leve, na palma da mão. Michele deu um berro e deixou a chave cair, horrorizada. Mas, uma vez no chão, a chave ficou perfeitamente imóvel.

Como mamãe conseguiu isto?, Michele se perguntou, desesperada. *Por que essa chave apareceu nos meus sonhos?*

Notando um pedaço de papel dobrado no fundo da caixa, apanhou-o e leu:

Setembro de 1993

Prezada Marion,

Segue junto com esta a chave que Henry deixou em minha sala. Sei que ele gostaria que ficasse com ela. Talvez ela explique as coisas. Não hesite em entrar em contato se precisar de alguma coisa.

Um abraço,
Alfred Woolsey

Alfred Woolsey... o antigo chefe do meu pai. A descoberta quase deixou Michele sem fôlego. Aquela chave tinha sido do seu *pai*? Por algum motivo, aquilo parecia ainda mais incrível do que descobrir que a chave do seu sonho existia de fato. Jamais em sua vida Michele sentira qualquer tipo de conexão com o pai ausente, mas agora compartilhavam algo. De repente, lembrou-se de uma ocasião quando, ainda pequena, perguntara à mãe se ela se parecia com o pai em alguma coisa. Marion tinha pensado muito antes de responder.

— Sim — havia sussurrado por fim. — Não sei bem o que é, mas vocês dois compartilham alguma coisa que é um pouco... um pouco diferente.

Michele voltou a se concentrar no bilhete de Alfred, tentando imaginar o que, afinal, aquele homem excêntrico achava que a chave poderia explicar. Foi depressa até o *laptop* para procurar o professor na internet. Talvez pudesse descobrir seu telefone e perguntar direto a ele. Mas, quando o primeiro *link* apareceu na tela, seu coração se apertou. Era o obituário dele num jornal de Los Angeles, datado de oito anos atrás. *Então, nada de respostas,* pensou, decepcionada.

Michele recordou, com uma pontada de arrependimento, que nunca tinha mencionado a chave ao contar para a mãe o sonho recorrente; sempre tinha concentrado toda a atenção no cara desconhecido e tão lindo. *Mas, se eu tivesse ao menos descrito todos os detalhes para mamãe, ela teria contado que* tinha *a chave*, pensou, a cabeça girando num turbilhão.

Inquieta, estendeu o braço para pegar a chave de novo, preparando-se para sentir aqueles movimentos esquisitos. Mas a chave permaneceu imóvel, e ela a colocou sobre a escrivaninha. Enquanto a estudava, perguntou-se se a mãe tinha chegado a descobrir o que ela significava — ou se tinha passado a vida toda tão perplexa quanto Michele estava agora.

4

Naquele mesmo dia, mais tarde, Michele foi trazida de volta à realidade pela voz de Amanda soando em seu celular.

— Amiga, como você está? Estamos sentindo tanto a sua falta!

— Também sinto falta de vocês — respondeu Michele, enquanto se acomodava no sofá da sala de estar. — O que vão fazer hoje?

— Jen vai dar uma festa. Aposto que vai ser chata, mas Kris e eu prometemos ir.

— Ah. — Michele engoliu em seco ao pensar que, de agora em diante, Kristen e Amanda fariam tudo juntas... sem ela.

— Bem — continuou Amanda depressa, como se sentisse o desconforto de Michele —, e aí, como são os seus avós?

— Para dizer a verdade, ainda não tive muito contato com eles. O jantar de ontem foi bem desagradável e depois disso fiquei no meu canto. Eles são... sei lá. Mais ou menos o que a gente esperava, acho. — De repente, um interfone soou no quarto. — Espera aí um pouquinho.

A voz de Annaleigh saiu do pequeno alto-falante.

— Michele, sua avó está na sala de visitas com uma de suas colegas de escola, e gostaria de apresentá-la a você.

Michele gemeu baixinho. Por que Dorothy não a tinha avisado antes?

— Tudo bem, já estou descendo. — Michele voltou ao celular. — Mandy, depois te ligo. Parece que tenho uma visita.

— Falou, então. Tenta se aguentar aí. Um beijo!

— Outro pra você.

Michele desligou, relutante, e se olhou no espelho. Desde a morte de Marion ela mal havia dormido, e isso se notava em sua aparência. Vendo os olhos vermelhos e os cabelos despenteados, chegou a pensar em se arrumar para a visita, mas não conseguiu encontrar energia. Parecia fazer séculos que não ligava para essas coisas.

No andar de baixo, na sala de visitas, Michele encontrou Dorothy sentada em sua poltrona, de frente para uma moça miúda, de cabelos ruivos compridos e olhos verdes, instalada no sofá. A moça vestia um colete *vintage* preto, abotoado na frente, e *jeans* bem justos, enfiados em botas pretas de salto plataforma. Uma mulher loira estava de pé atrás de Dorothy, com um lápis atrás da orelha, virando as páginas de um bloco de notas.

— Oi — cumprimentou Michele.

Dorothy sorriu.

— Michele, estas são minha secretária, Inez Hart, e sua filha, Caissie.

Inez se adiantou e estendeu a mão.

— É tão bom conhecê-la, senhorita Windsor. E, por favor, aceite, em nome da minha família, nossos pêsames.

— Obrigada. Por favor, me chame de Michele.

Caissie sorriu para ela.

— Oi.

— Oi. — Michele se sentou no sofá ao lado dela.

— Pedi a Inez que trouxesse Caissie porque ela também vai cursar o primeiro ano em Berkshire — prosseguiu Dorothy. — Achei que seria bom para você ter uma amiga quando começasse as aulas na segunda-feira.

Ao ouvir isto, Inez olhou para Caissie com uma cara de "não me decepcione". Caissie olhou para o chão, claramente envergonhada.

— Obrigada. Seria ótimo — disse Michele, tentando mostrar algum entusiasmo.

— Por que não leva Caissie para conhecer seu quarto? — sugeriu Dorothy.

— Tá — concordou Michele. Caissie a seguiu, e as duas subiram as escadas em silêncio, enquanto Michele se perguntava por que aquilo era tão desagradável. Quando chegaram ao terceiro andar, Michele a levou para a sala de estar.

Caissie olhou ao redor.

— Você não tem cama? — ela perguntou, surpresa.

— Ah, ela fica no outro cômodo.

As sobrancelhas de Caissie se arquearam, e Michele corou, dando-se conta do ridículo de toda aquela ostentação.

— Sente-se — ofereceu Michele. As duas garotas se sentaram em poltronas, uma diante da outra. — E então, em que parte da cidade você mora?

— Moro com meu pai bem aqui ao lado, no edifício de apartamentos que fica onde antes era a Mansão Walker. Acho que é o mais perto que vou chegar de morar num lugar como este — Caissie disse, e riu.

— A Mansão Walker? Os mesmos Walker que eram inimigos dos Windsor? — perguntou Michele, tentando manter a conversa. — Esquisito eles morarem lado a lado.

— Pois é. — Caissie soltou uma risadinha.

— E como é a nossa escola?

— Sinceramente? É um saco. Praticamente todo mundo lá é arrogante de nascença. — Caissie fez uma careta. — Meu melhor amigo,

Aaron, e eu entramos lá como bolsistas, e na hora de nos matricularmos numa universidade com certeza vamos ter uma vantagem, mas, em termos sociais, uma escola pública teria sido *bem* melhor.

— Genial — Michele respondeu em tom seco. — Agora estou ainda mais animada para estudar lá.

Caissie mordeu o lábio, talvez se arrependendo do excesso de sinceridade.

Olhando a garota desconhecida sentada ali no seu quarto, Michele de repente sentiu que via tudo como se estivesse fora do corpo. Nada parecia real. O enterro, o luto, e agora esta vida em Nova York — tudo aquilo parecia cenas de um filme no qual ela atuava. Aquela não podia ser a vida dela de verdade. Michele imaginou que seu corpo real, seu verdadeiro eu, estava longe daquela mansão, lá na Califórnia, com a mãe e as amigas, e que sua vida era absolutamente normal. O acidente de carro nunca tinha acontecido, e o maior problema de Michele ainda era o fim do seu namoro com Jason — que parecia ter acontecido fazia uma eternidade. Ela imaginou chegar em casa naquele dia fatídico e encontrar Marion esperando-a com um lanchinho, ansiosa por ouvir tudo sobre seu dia. Como sempre...

Michele sentiu os olhos se encherem de lágrimas e olhou para o carpete para escondê-las de Caissie.

— Desculpe te receber tão mal. É que minha avó não avisou que você vinha, e não estou me sentindo bem hoje... Realmente, não estou no clima de fazer muita coisa.

— Eu entendo — Caissie respondeu, embaraçada. — De qualquer maneira, preciso mesmo ir embora.

Michele se levantou para levar Caissie até a porta.

— Foi bom te conhecer — disse, ainda desviando o olhar para que Caissie não visse as lágrimas.

— Igualmente. Tchau.

E, com isto, Caissie quase saiu correndo escada abaixo.

Naquela noite, já era tarde quando Michele acordou assustada ao ouvir um grito de terrível sofrimento. Sentou-se na cama com brusquidão, no momento em que soou um segundo uivo de lamentação. Incapaz de ficar ali só ouvindo, jogou de lado as cobertas e pulou da cama. Abriu a porta do quarto e saiu para o corredor, escuro como breu.

Por um momento pensou em retroceder. A escuridão lançava um clima assustador sobre a mansão, e a ensolarada residência palaciana das horas diurnas se transformava no cenário sinistro de um filme de Hitchcock. Mas, quando os lamentos prosseguiram, Michele avançou, decidida. Tinha que descobrir de onde vinha aquele pranto tão terrível.

Apoiando-se na parede e tateando para encontrar o caminho, foi se aproximando do som. E de repente percebeu que os ruídos de choro vinham do dormitório principal. Era sua avó.

Michele parou de repente, assustada. Depois, ouviu Dorothy gemendo numa voz rouca:

— Devíamos ter contado a ela...

Ou será que ela tinha dito "*Não* devíamos ter contado a ela?". Michele não conseguia distinguir as palavras exatas. E o "ela" se referia a Michele ou a Marion? Sua cabeça rodava, cheia de perguntas, mas com certeza a Dorothy estoica e controlada que havia conhecido era uma fachada. Era óbvio que a avó não estava bem.

Walter murmurou algo numa voz baixa que Michele não conseguiu ouvir. Ela foi até a porta do quarto, mas, ao chegar lá, hesitou. O que poderia fazer? Entrar de repente no quarto e perguntar o que estava acontecendo?

— Não, Walter! É tão doloroso olhar para ela! É como se houvesse um fantasma na casa — Dorothy lamentou.

Michele soltou uma pequena exclamação e, em seguida, começou a se afastar, porém naquele momento a porta se abriu. Walter olhou para ela, chocado.

— O que estava fazendo aí? Ouvindo nossa conversa?

— Desculpe... Não tive a intenção... É que ouvi alguém chorando — Michele balbuciou.

— Sua avó não está bem no momento — disse Walter num tom mais gentil. — Está sofrendo muito pela perda de Marion. Todos estamos.

Michele concordou com um gesto de cabeça, desesperada para sair dali.

— Vou voltar para o meu quarto. Desculpe-me!

Sem olhar para trás, Michele se virou e correu para o quarto, os olhos marejados de lágrimas. De repente teve medo dos avós e, embora houvessem dito o contrário, teve certeza de que não a queriam ali. Uma coisa era certa: estava decidida a ficar o mais longe possível deles.

Michele estava deitada de bruços, o caderno apoiado num travesseiro, enquanto tentava escrever. Mordia a tampa da caneta, ansiosa, perguntando-se se, além de perder a mãe, teria perdido também o talento. Desde a morte de Marion, não conseguira escrever uma linha que prestasse.

Do lado de fora caía uma chuva pesada, e o céu cinzento dava uma tonalidade sinistra ao quarto. Estremeceu, apertando mais o roupão em volta dos ombros. Uma rápida olhada para o relógio sobre a lareira mostrou que acabava de passar das seis e meia da noite. O dia seguinte era segunda-feira, 11 de outubro. Seu primeiro dia na Berkshire High School. Com esse pensamento infeliz, ela arremessou o caderno e a caneta para o outro lado da sala, errando por pouco a escrivaninha.

Perguntou-se, pelo que pareceu a milionésima vez, como é que sua mãe podia ter achado que ela se encaixaria ou se sentiria à vontade nesse novo mundo. *Como ela pôde não ter me contado que estava designando meus avós como meus tutores no testamento*? Michele jamais imaginou que a mãe pudesse manter segredos com ela. E por que só descobria agora, quando não tinha mais como saber a verdade?

Michele ficou deitada na cama, olhando o vazio e tentando acalmar a mente agitada. E foi então que viu algo que não havia notado antes: uma fechadura na gaveta de baixo da escrivaninha antiga.

Curiosa, levantou-se e sacudiu o puxador da gaveta trancada. Ouviu um *tunc* seco lá dentro, sentindo um lampejo de interesse. Havia algo pesado trancado naquela gaveta. O que poderia ser?

Michele pegou um par de grampos de cabelo da penteadeira e os enfiou na fechadura, revirando-os lá dentro, mas sem sucesso. A fechadura continuava trancada. *Puxa vida,* pensou, desapontada. Justo quando voltava para a cama, para continuar a se lamentar, viu a chave do pai se contorcer de leve sobre a cômoda, exatamente como no dia anterior. Devia ser a imaginação dela... não devia?

Michele largou o corpo na cama, olhando desconfiada para a chave. E de novo a chave se retorceu, *movendo-se* da esquerda para a direita. Ela soltou um grito, recuando aterrorizada. *Estou ficando maluca?*, pensou com medo. *Não é isso que acontece quando as pessoas enlouquecem?*

A chave continuou com seus estranhos movimentos, como se estivesse ansiosa para chamar a atenção de Michele. Ela beliscou-se com toda a força que pôde e encolheu-se de dor. Com certeza não estava sonhando.

Seu olhar recaiu sobre a gaveta trancada. Ao olhar de novo para a chave, uma ideia cruzou sua mente. Uma ideia maluca. Mas, por outro lado, precisava fazer alguma coisa para deter aqueles movimentos espasmódicos da chave.

Criando coragem, foi até a cômoda. Fechou os olhos com força ao estender a mão para pegar a chave. O objeto se imobilizou, e Michele o apanhou. Prendendo a respiração, ela se aproximou da escrivaninha. Com a mão trêmula, tentou enfiar a chave na fechadura. A chave criou vida. Michele soltou um grito de surpresa, quase caindo para trás, quando a chave, em vez de entrar no buraco da fechadura, grudou nela como um ímã, soltando faíscas e movendo-se como se tivesse uma pilha escondida.

A gaveta se abriu e a chave caiu dentro dela. No início, Michele teve medo de olhar para dentro. Que outra mágica maluca ou vodu poderia estar ali à sua espera? Mas a curiosidade foi mais forte, e ela deu uma espiada cautelosa.

No fundo da gaveta, havia um diário muito velho, encadernado em couro. A chave pressionava-se contra ele como se fosse um peso de papéis. O coração de Michele estava a mil. Será que aquele diário havia pertencido a algum dos seus pais? Estariam eles de alguma forma tentando se comunicar com ela? Guardou depressa a chave no bolso e abriu o diário gasto e empoeirado. Para sua decepção, porém, estava escrito na capa interna o nome "Clara". Ao lado constava o ano: 1910. Michele abriu o diário em sua primeira página amarelada.

10/10/10

O dia de hoje começou como qualquer outro, mas mudou bem depressa...

Quando Michele viu a data, seu queixo caiu. Aquele dia também era 10/10/10 — 10 de outubro de 2010!

Bem naquela hora, o relógio da lareira bateu as horas. E de repente Michele teve a sensação inexplicável de que suas mãos estavam grudadas às páginas do diário. Tentou afastá-las dele, mas não conseguiu! *O que está acontecendo?*, pensou, temerosa, enquanto continuava tentando se desvencilhar do diário. *Será que ao longo desse século as páginas viraram cola?*

Com o movimento mais assustador que Michele já havia experimentado, o diário pareceu *puxá-la* para dentro dele mesmo, e ela se viu caindo de cabeça num abismo de páginas. Gritou com todas as forças, o estômago se revirando, como se estivesse numa montanha-russa de cabeça para baixo.

— *Socorro!* — berrou. — O que está acontecendo comigo?

Agora ela nadava num mar de papéis e tinta, o diário tendo assumido um tamanho monstruoso, capaz de tragá-la por inteiro. Então, as páginas do diário desapareceram, e Michele gritou de novo quando o corpo involuntariamente rodopiou pelo quarto — um quarto que parecia mudar a cada nova olhada, com figuras estranhas entrando e desaparecendo dali à velocidade da luz. O quarto pareceu ficar cada vez mais velho à medida que ela rodopiava, e, sem aviso prévio, o movimento giratório cessou e tudo voltou a entrar em foco.

Michele caiu no chão com um baque. O grito que ouviu ao aterrissar não foi dela mesma.

À sua frente havia uma moça delicada, de pele clara, cabelos ruivos presos numa trança e olhos verdes. Tinha a aparência exata do quadro de Clara Windsor que estava em sua sala de estar, mas, ao contrário da aristocrata vestida com um lindo vestido de baile, esta moça de rosto pálido usava um vestido preto surrado e mal ajustado, e parecia totalmente deslocada no quarto elegante. Michele se levantou apavorada, mas voltou a cair no tapete, fraca e zonza.

Clara olhava Michele com olhos arregalados.

— O quê... Quem...*quem é você*? — gaguejou. — De onde veio?

— Eu...o que *você*...? — Michele mal podia falar, olhando boquiaberta para Clara. O olhar correu pelo espaço ao redor. Todos os sinais de vida moderna tinham desaparecido. A escrivaninha de Michele, o *laptop* e o iPod haviam sumido, e suas coisas sobre a penteadeira tinham sido substituídas por potes engraçados e escovas grossas. Em vez de carros passando do lado de fora da janela, Michele poderia jurar ter ouvido o trotar de *cavalos* subindo a Quinta Avenida. *O que estaria acontecendo*?

De repente, uma mulher jovem entrou no quarto, a expressão alarmada. Vestia um uniforme de empregada — um vestido preto simples e um avental branco engomado.

— Senhorita Clara! O que foi? Qual é o problema?

Clara apontou um dedo trêmulo para Michele.

— Ela... ela apareceu no meu quarto como uma assombração! *Como ela entrou aqui?*

A empregada franziu o cenho.

— Não sei do que está falando, senhorita.

— Ora, dela! Dessa moça com roupas horríveis, bem aqui! — A voz de Clara estava histérica.

— Não há ninguém aí, senhorita — respondeu a empregada depois de uma pausa. Olhou para Clara, preocupada. — A senhorita teve um dia estranho e agitado, e é de se esperar que sua imaginação ficasse estimulada. Já é tarde. É melhor se deitar e dormir antes que acabe desmaiando.

— Você não a vê? — perguntou Clara, a voz se alterando com uma nota de pânico.

— Não, senhorita, não há ninguém aí — respondeu a empregada, paciente. — Quer que eu lhe traga um chá ou um leite morno para ajudá-la a se acalmar? Ou talvez sais aromáticos?

— Não... Não precisa, obrigada — disse Clara, tentando se controlar. — Vou para a cama. Você tem razão. Devo estar um tanto debilitada.

A empregada esboçou-lhe um sorriso reconfortante.

— Boa noite, senhorita. Toque a campainha se precisar de algo. Descanse e fique bem.

Depois que a empregada saiu e fechou a porta, Clara voltou a atenção outra vez para Michele, apreensiva.

— Por que ela não pode ver você? Você é um fantasma? Estou ficando louca?

Michele beliscou-se de novo, e a dor foi imediata. Quando olhou a cena cristalina diante dela, sentiu o estômago se contrair ainda mais de medo. Seria possível que tudo aquilo *não fosse* uma alucinação? Mas em qual universo alternativo aquilo seria real?

— Em que ano estamos? — perguntou, receando já saber a resposta.

— Ora, em 1910, claro — retrucou Clara, lançando a Michele um olhar exasperado. — Por favor, quem, ou *o que*, é você? O que quer comigo?

Michele ficou encarando Clara, a cabeça a mil. Como poderia ter viajado no tempo e voltado *cem anos* atrás? Por qual motivo fora enviada para ali? E como poderia responder à indagação da sua aterrorizada tia-bisavó? Não podia simplesmente dizer: "Na verdade, sou uma de suas parentes do futuro. De cem anos no futuro, para ser mais exata". Assim, Michele disse a primeira coisa que lhe passou pela cabeça:

— Eu, hã, sou um fantasma. Meu nome é Michele.

Afinal, tecnicamente, ainda não estou viva, pensou.

Clara soltou um gemido de medo.

— Não, sou um fantasma do bem. Mais como um espírito — Michele acrescentou depressa. — Tipo o Gasparzinho.

Clara dirigiu-lhe um olhar inexpressivo, e Michele se deu conta de que Gasparzinho, o Fantasma Camarada, ainda não devia ter sido inventado.

— O que quero dizer é... estou aqui para ajudar você. — Michele pensou que essa devia ser a coisa mais idiota que poderia dizer, mas, para sua surpresa, o medo pareceu sumir dos olhos de Clara, e ela encarou Michele com ansiedade.

— Foi minha mãe quem enviou você? — Clara sussurrou, o rosto cheio de esperança.

— Hein? Nã-não... não sei — Michele gaguejou.

— Agora há pouco eu estava rezando a ela para que me ajudasse, ou então mandasse alguém para me ajudar.

— Espera aí... Então sua mãe também morreu? — Michele perguntou. Esse fato não poderia ser mais estranho ou inacreditável. — Por que você queria ajuda?

Clara respirou fundo e contou sua história a Michele. À medida que Clara falava, Michele podia ver as palavras em sua mente na caligrafia de Clara. Lembrou que aquelas eram as palavras nas páginas do diário correspondentes a 10 de outubro de 1910, que ela lia quando fora enviada de volta no tempo.

— Esta noite você está me vendo rodeada de ouro e glamour, mas até hoje tudo que conheci foi a sujeira e a poeira das ruas — começou Clara. — Enquanto outras jovens da minha idade experimentavam seus primeiros beijos e passeios em automóveis, eu passava meus dias no orfanato local. Essa era a minha casa desde que meus pais morreram, quando eu era pequena. A única coisa que sempre tive foi inteligência. Ensinava a outros órfãos em troca de cama e comida, e eduquei a mim mesma com os livros da biblioteca, meu único porto seguro.

Diante do olhar atento de Michele, Clara prosseguiu:

— O dia de hoje começou como qualquer outro, mas mudou bem depressa, quando o mordomo da famosa família Windsor apareceu de surpresa no orfanato. Acontece que o patriarca da família, George Windsor, de alguma forma ficou sabendo da minha existência e insistiu em me receber como filha adotiva. Não consigo entender e, pelo que me disseram, parece que estou num período de avaliação com esta família. Mas quem adotaria uma adolescente e, ainda por cima, uma desconhecida? O que querem *comigo*? Não me permitiram fazer objeções ou questionar. Simplesmente mandaram que eu fizesse as malas e deixasse o único lar que conheci. Cheguei aqui, e minha nova família me esperava no Saguão Principal. Agora, tenho um pai presidente de ferrovias, uma mãe da alta sociedade, um irmão de 18 anos e duas irmãs: Violet, de 17, e Frances, de 10. Mas nenhuma dessas pessoas, com exceção do sr. Windsor, parece me querer aqui. Estou convencida de que os outros desejam que eu vá embora. Então, o que será de mim? Por que estou aqui?

Clara segurou a mão de Michele e a olhou, suplicante.

— Você vai me ajudar? Ajudar a descobrir por que fui trazida para morar com os Windsor? É para isso que está aqui, não é?

Michele não tinha a menor ideia de como ajudar, mas ficou impressionada com as semelhanças entre as provações de Clara e a própria situação. Ambas, ainda que com cem anos de diferença, haviam sido mandadas para viver nesse novo mundo com os Windsor, e ambas queriam saber o porquê.

— Farei tudo que puder — Michele prometeu.

— *Michele!*

Ela levantou a cabeça com um movimento repentino e, no mesmo instante, o mundo voltou ao normal. Estava de novo no seu quarto, em 2010. Os pertences de Clara haviam sumido, exceto pelo diário nas mãos de Michele. E Annaleigh a chamava pelo interfone, perguntando se já podia mandar o jantar para o quarto.

Por um instante, Michele ficou aturdida demais para responder. Olhou para o diário, perguntando-se se aquele diálogo com Clara realmente tinha ocorrido, ou se era tudo coisa da sua cabeça. Será que estava doida? E por que a viagem de volta ao passado havia parecido um pesadelo, enquanto o retorno ao presente fora instantâneo? De uma coisa tinha certeza: não estava com o menor apetite naquela noite. Dirigiu-se vagarosamente ao interfone.

— Oi, Annaleigh. Não estou muito bem. Acho que não vou jantar.

— Tem certeza? Quer que eu lhe mande algum remédio?

— Não, está tudo bem — Michele respondeu. — Acho que só preciso descansar. Vejo você de manhã.

Michele tirou a chave do bolso e a observou, assombrada. Será que aquilo significava... que seu pai era um *viajante do tempo*? Teria Alfred Woolsey adivinhado, de algum modo? Teria sido por isso que ele havia entregado a chave a Marion? Se ao menos houvesse alguém para explicar... Mas Michele estava por conta própria.

5

Na manhã seguinte, Michele despertou ao amanhecer, o estômago revirado num nó de tanto nervosismo. Passara quase toda a noite acordada, incapaz de parar de pensar sobre a chave e sua incrível viagem no tempo. Havia acontecido de verdade? Agora, porém, ela precisava encarar o primeiro dia de aula.

Nunca antes tinha sido a aluna nova na escola, e começar no meio do ano tornava tudo ainda mais difícil. Com um suspiro, pegou o celular da mesinha de cabeceira para checar as mensagens. A primeira era de Kristen: *TE ADORAMOS, GAROTA! Boa sorte amanhã, estamos pensando em você e torcendo para que tudo dê certo. Depois conta! Bjs, K e A.* Michele leu a mensagem uma segunda vez, sentindo uma saudade imensa das amigas. Seria tão estranho ir à escola sem elas...

Como não conseguiu voltar a dormir, decidiu usar o tempo extra para se preparar. O rígido código de vestimentas de Berkshire significava que a maioria das roupas de Michele estava vetada, mas os avós haviam orientado Annaleigh a comprar um uniforme para o primeiro dia: camisa branca de abotoar e saia xadrez na altura do joelho. Como não eram permitidas pernas nuas, Michele arranjou uma meia-calça *nude* para usar com sapatilhas pretas. Quando se olhou no espelho, arrepiou-se toda. Aquela fulana com ar superarrogante *não* era ela.

Secou os cabelos com o secador, aplicou uma maquiagem leve e desceu para a sala matinal. Como de costume, Annaleigh estava à mesa, bebericando chá-verde enquanto revisava sua lista de coisas a fazer. Uma música clássica suave emanava de um rádio próximo. Annaleigh tinha sugerido mandar o café da manhã para o quarto, mas comer sozinha fazia Michele se sentir ainda mais solitária, e ela preferiu se juntar à governanta-chefe.

— Bom dia — cumprimentou Michele, deixando-se cair numa das cadeiras. Annaleigh a olhou com aprovação.

— Bom dia, querida. Você está ótima. Como se sente?

— Bem nervosa — admitiu Michele, enquanto Lucie, a copeira, colocava um copo de suco de laranja e um prato de ovos com *bacon* diante dela. Michele esboçou um sorriso constrangido de agradecimento a Lucie, ainda pouco à vontade com a ideia de ser servida daquela maneira.

— Não se preocupe. Não consigo imaginá-la tendo dificuldade em fazer amigos — Annaleigh a tranquilizou. — Aposto que todos estão alvoroçados com a perspectiva de haver novamente um Windsor em Berkshire. E, além do mais, você já conhece a Caissie.

Michele assentiu com educação. Era óbvio que Annaleigh subestimava o sistema de panelinhas Exclusivas, com E maiúsculo mesmo, das escolas de ensino médio, que raramente aceitavam forasteiros.

As duas ficaram em silêncio. Quando a música no rádio acabou, começou outra... e Michele quase derrubou o suco com o susto. Ela conhecia aquela música. A melodia provocava alguma coisa dentro dela, despertando um desejo por algo que ela não sabia bem o que era. Tinha ouvido aquela música antes, em algum lugar importante. *Sabia* que tinha. Mas onde?

De súbito, um par de olhos azuis fascinantes vieram à sua mente. Era aquela a música que *ele*, o belo rapaz desconhecido, assoviava no salão de espelhos em seu sonho recorrente.

— Michele, pelo amor de Deus, o que houve? — perguntou Annaleigh, obviamente alarmada pela maneira com que Michele de repente ficara imóvel.

— Essa música... Eu já a ouvi antes — a moça falou, abalada. Annaleigh a olhou com um ar de interrogação.

— Sim, imagino que já. Não me surpreende. É uma das composições mais belas de Schubert.

Michele assentiu com a cabeça, mas sabia que nunca a havia ouvido antes, fora do sonho. Quando a música acabou, o apresentador anunciou:

— *Você está ouvindo a 96,3 FM, a principal estação de música clássica de Nova York. Esses foram Phoenix Warren e a Filarmônica de Nova York tocando a* Serenata *de Schubert.*

— Phoenix Warren — repetiu Michele com um sorriso acanhado. — Minha mãe me batizou com o nome da música dele, *Michele*. É por isso que meu nome só tem um *L*.

— É mesmo? Adoro aquela música. É tão bonita — e Annaleigh começou a cantarolá-la. Naquele momento, seu celular emitiu um bipe informando a chegada de um torpedo. — Ah, o Fritz acaba de chegar; é melhor você ir. Não pode se atrasar no primeiro dia de aula!

Michele assentiu, nervosa, afastando a cadeira da mesa e colocando a bolsa no ombro.

— Boa sorte! — desejou Annaleigh.

— Obrigada — ela respondeu, forçando um sorriso. — Vou precisar!

Michele examinou a cena que se desenrolava diante de si ao chegar a Berkshire High School. O prédio de pedra branca, situado no Upper East Side, lembrava um pouco a Mansão Windsor com sua fachada de inspiração romana e colunas coríntias flanqueando as portas de entrada, além dos portões de ferro cercando o prédio. A entrada principal parecia uma passarela, garotas glamorosas subindo as escadas uma por vez, cada uma dando um jeito de transformar o código de vestimenta na própria demonstração de moda. Uma loira esbelta, de cabelos volumosos, vestia uma saia xadrez pregueada preta e vermelha com um *blazer* preto curto, ornamentado com bordados, além de sapatos de salto plataforma e uma bolsa de couro de grife fazendo às vezes de mochila. A seguir, veio uma afro-americana vestindo uma gabardine vermelha estilosa sobre a saia jardineira xadrez verde, com uma grande bolsa Chanel jogada sobre o ombro. Os homens pareciam igualmente produzidos, com seus cabelos impecavelmente penteados, *blazers* escuros sobre camisas sociais brancas e gravatas coloridas, além de calças cinza ou cáqui com cintos. Sentindo-se infinitamente menos glamorosa que os colegas, Michele subiu a escada atrás deles, os olhos pregados no chão.

Com a ajuda do mapa da escola, ela conseguiu encontrar sua primeira aula: história dos Estados Unidos. Enquanto os alunos chegavam, ela foi falar com o professor.

— Senhor Lewis? Sou a nova aluna, Michele Windsor.

O sr. Lewis abriu um grande sorriso e apertou sua mão calorosamente.

— Bem-vinda a Berkshire, Michele! Estamos muito felizes em receber você!

— Obrigada. Onde devo me sentar?

— Ah, espere aqui comigo. Quero apresentá-la à turma! — respondeu ele com um sorriso, como se Michele devesse ficar muito empolgada com aquela perspectiva.

Ela ficou parada na frente da sala, constrangida, enquanto os alunos a olhavam com curiosidade. Caissie Hart foi uma das últimas do pequeno grupo de alunos a chegar, e deu um sorrisinho acanhado para Michele antes de se sentar em sua carteira.

Assim que o sinal tocou, e todos os demais já haviam se sentado, o professor anunciou:

— Turma, esta é nossa nova aluna, que veio de uma transferência: Michele Windsor, da mesma família Windsor que alguns de vocês estudaram na matéria optativa de história de Nova York no ano passado. É a primeira Windsor que temos na escola em quase vinte anos, portanto faremos de tudo para recebê-la bem!

Michele ensaiou um sorriso e rapidamente se sentou no único lugar vazio. Podia sentir os colegas avaliando-a de alto a baixo, analisando sua aparência, e seu rosto corou de vergonha. Ficou imaginando se estava à altura das expectativas deles quanto à nova "princesa" Windsor.

O rapaz sentado ao seu lado se virou para ela e deu um sorriso amistoso. Tinha uma aparência de bom rapaz estadunidense, com o *look* de um anúncio da Abercrombie: cabelos loiro-escuros, olhos castanhos e um sorriso de menino. Michele respondeu com um sorriso tímido.

Quando estava saindo, ao final da aula, Michele ouviu Caissie chamar seu nome.

— Ei, espere!

Michele se virou, mas logo viu que Caissie não falava com ela. Viu quando a garota se aproximou da outra Michelle da turma, e as duas saíram juntas da sala. Com um suspiro, Michele também saiu, torcendo para que não a tivessem visto parar. Mas uma risadinha às suas costas revelou que alguém havia notado seu pequeno equívoco.

— Oi. — Era o rapaz que se sentara do seu lado. — Sou Ben. Ben Archer.

— Oi. Eu sou... — Michele se interrompeu, sentindo o rosto arder. — Bom, claro que você sabe quem eu sou, depois de toda aquela apresentação.

— É. — Ben riu. — Na verdade, os professores nos disseram na semana passada que você viria estudar aqui. Tem havido muito zum-zum-zum sobre como você seria.

— Oh. — Michele se sentiu constrangida quando percebeu que seu rosto havia ficado ainda mais vermelho. — Não estou acostumada a ser o centro das atenções. Nem um pouco.

— É, você é bem normal para uma Windsor — comentou Ben. — Isto é um elogio. — Ele abriu um amplo sorriso.

— Ah... obrigada. — Michele o observou com uma leve curiosidade, perguntando-se se ele estava flertando com ela. No passado, teria ficado empolgada, mas agora mal registrava o fato.

— Bom, tenho que ir para o setor de ciências... — A voz de Michele sumiu, e ela desviou o olhar para o mapa da escola que segurava.

— Ah, eu vou na direção oposta. A gente se vê por aí? — Ben disse, esperançoso.

Ela assentiu com um gesto de cabeça.

— A gente se vê.

Algumas horas mais tarde, Michele sofria um acesso violento da síndrome de constrangimento da aluna nova, agravada pelo esforço de tentar acompanhar as aulas. A sra. Richards obviamente tinha esquecido de mencionar como as escolas particulares de Nova York eram avançadas do ponto de vista acadêmico, e Michele sentiu que agora teria que lutar para manter as boas notas.

Deu um suspiro de alívio quando o sinal do almoço tocou, mas depois caiu a ficha de que não teria companhia para almoçar. Permaneceu sentada na carteira depois da aula de inglês, tentando pensar no que fazer e aonde ir, enquanto os outros se dirigiam para o refeitório. De repente, uma mão agarrou seu cotovelo.

— Windsor, você vem almoçar com a gente — falou alguém de voz estridente.

Michele se virou e viu uma garota que parecia uma versão de grife de uma dona de casa dos anos 1950. Vestia um suéter de *cashmere* rosa-claro com uma saia de *tweed* e sapatinhos do tipo boneca. Para arrematar, exibia uma faixa de cabelo xadrez cor-de-rosa e um colar de pérolas, que pareciam bem verdadeiras.

— Oi. Desculpe, acho que não lembro o seu nome — respondeu Michele, enquanto a patricinha a arrastava porta afora.

— Olivia Livingston. *Daquela* família Livingston, claro — a moça acrescentou com um sorriso cheio de orgulho.

Michele nunca ouvira falar na família Livingston, mas teve o bom-senso de omitir esse detalhe. Em vez disso, falou:

— Obrigada pelo convite para almoçar.

— Oh, não é só um convite, é um dever — respondeu Olivia, lançando um olhar muito sério a Michele. — Nós, das famílias tradicionais, temos que nos unir. Cabe a nós liderar a nova geração da sociedade.

— Hã...como assim?

Mas, antes que Olivia pudesse responder, elas chegaram à mesa no refinado refeitório de Berkshire, à qual já estavam sentadas outras três moças, que pareciam compartilhar o senso de estilo de Olivia.

— Aqui está ela! — Olivia anunciou, vitoriosa, aos membros de sua tribo. — Eu disse que conseguiríamos adicionar uma Windsor ao nosso clube. Michele, essas são Madeline Belmont, Renee Whitney e Amy van Alen. É claro que você reconhece os sobrenomes.

Nenhum dos sobrenomes significava coisa alguma para Michele. Sentou-se, meio sem jeito, na cadeira reservada a ela.

— Oi. Hã... O que é esse clube, exatamente?

Madeline trocou um olhar com Olivia, como se pedisse permissão para falar, e depois explicou:

— Somos as únicas alunas aqui pertencentes a famílias dos Quatrocentos de Nova York. Nossa missão é continuar de onde a senhora Astor parou e liderar a próxima geração com elegância, defendendo-nos das grosserias dos novos-ricos, que prejudicam nossa imagem.

Ao dizer isso, Madeline se virou e fez um muxoxo, ofendida pela visão de uma garota de minissaia, envolvida em demonstrações públicas de afeto com seu namorado na mesa ao lado.

— Hã, na verdade, eu não sei do que você está falando — Michele admitiu. — Os Quatrocentos de Nova York?

Olivia a encarou, claramente assombrada por sua falta de conhecimento. Uma das outras moças, Renee, apressou-se em explicar:

— Caroline Astor dominou a sociedade nova-iorquina do final do século XIX à virada do século XX, e ela é, tipo, a mais famosa *socialite* da história dos Estados Unidos. Bom, ela criou uma lista com as quatrocentas pessoas mais importantes de Nova York para convidar para suas festas, porque no salão de festas dela só cabiam quatrocentas pessoas. Genial, não é?

— Com certeza — Michele respondeu secamente.

Ninguém pareceu notar seu sarcasmo. Do outro lado do refeitório, viu Caissie sentada com um garoto bonitinho, afro-americano, que Michele deduziu ser o tal Aaron que ela mencionara. Por alguma razão, parecia estranhamente chateada ao ver Michele sentada com aquele grupo.

— Bom, ser um dos Quatrocentos era a maior honra na sociedade nova-iorquina — Renee prosseguiu. — A pessoa era mencionada em todos os jornais e, bem, ela dominava a sociedade. Os Quatrocentos eram formados pelas duzentas famílias mais importantes dos Estados Unidos, na verdade. E *nós* descendemos deles!

Amy lançou uma olhada nefasta para o casal publicamente afetuoso, rodeado por um grupo de amigos.

— Mas, hoje em dia, as pessoas não reconhecem nossa importância e ficam babando por qualquer traste que aparece nessas revistinhas de celebridades.

— Bom, talvez seja porque nós, na verdade, não fizemos nada que mereça atenção; nossos antepassados é que fizeram — Michele comentou.

— *O quê?* — Renee e Olivia exclamaram em uníssono.

— Bom, é a verdade — Michele continuou num tom amável. — E, para ser sincera, não tenho vontade nenhuma de dominar a sociedade ou seja lá quem for. Só quero passar de ano.

— Aguarde. Logo, logo seu orgulho vai despertar — Amy insistiu.

Enquanto Olivia se embrenhava numa tangente sobre a legendária honra de ser um dos Quatrocentos, a mente de Michele se desligou. Se essas eram suas opções de amizade naquela escola, teria de se contentar em ficar sozinha. Lembranças de sua vida com Marion e as amigas na Califórnia a inundaram, e ela fechou os olhos com força, tentando tirá-las da cabeça. Aquela vida tinha acabado.

Não havia nada que Michele quisesse mais do que escapar de sua atual realidade. E foi então que se lembrou do diário de Clara Windsor. Tudo bem que aquilo poderia ter sido uma alucinação maluca... mas também poderia ter sido real. E, se fosse real, talvez não fosse tão aterrorizante quanto havia pensado. Talvez fosse sua oportunidade de escapar.

Naquela noite, Michele teve outro sonho com o lindo desconhecido de incríveis olhos azuis.

Ela estava nos braços dele, num baile na Mansão Windsor. Uma orquestra tocava a Serenata *de Schubert enquanto os dois dançavam, valsando como se flutuassem no ar. Sorriam um para o outro.*

De súbito, Michele viu a cena de outra perspectiva. Já não estava nos braços do rapaz. Ele dançava sozinho, mas como se tivesse uma parceira invisível. Não sorria, e segurava uma cintura imaginária. Os convidados o olhavam com espanto e murmuravam entre si, incomodados. Eu não existo, *Michele pensou, horrorizada.*

Michele acordou assustada, e desta vez não tentou voltar a dormir. Em vez disso, colocou o roupão e desceu na ponta dos pés os dois lances de escada, até chegar ao salão de baile. Respirando fundo, abriu a porta e acendeu as luzes.

Era como uma versão fantasma do salão que vira em seu sonho — sem convidados, orquestra, vestidos ou joias reluzentes, mas sem dúvida o mesmo lugar. Michele teve a sensação repentina de que não estava sozinha. Podia ouvir fragmentos de som — um riso masculino educado, a risadinha leve de uma mulher, o farfalhar do tecido de saias que se roçavam na pista de dança. E, depois, ouviu a canção que a assombrava em seus sonhos.

De camisola e pés descalços, começou a dançar com um parceiro invisível ao som da música, da mesma forma que o rapaz no sonho havia dançado com ela. Não podia ver o belo desconhecido, mas o sentia sorrindo para ela, movendo-se com ela. Enquanto dançava ao som da música que ouvia na cabeça, Michele tornou a se perguntar se estava ficando maluca...mas desta vez não se importou.

— Michele! O que está fazendo aqui, pelo amor de Deus?

Michele acordou de repente e descobriu que estava deitada no chão frio do salão de baile, a luz da manhã entrando pelas portas de vidro. Annaleigh encontrava-se imóvel à porta.

— Eu...deve ter sido sonambulismo. Às vezes me acontecia isso na Califórnia — Michele mentiu, levantando-se, o corpo todo rígido.

— Fiquei preocupada quando você não desceu para o café e também não estava no quarto — explicou Annaleigh, guiando a menina para fora do salão. — Vou pedir à cozinheira que prepare o café da manhã para viagem, e você vai comendo no caminho. Se quiser chegar à escola na hora, é melhor se apressar.

— Obrigada, Annaleigh. Desculpe ter deixado você preocupada.

Annaleigh a observou, apreensiva.

— Sonambulismo numa casa grande como esta pode ser muito perigoso. Vamos marcar uma consulta com a médica dos Windsor; talvez ela possa dar alguma sugestão para ajudá-la a dormir normalmente.

— Não, estou bem — Michele interrompeu com rapidez. — Não é nada. Isso é muito difícil de acontecer, juro.

— Tudo bem — disse Annaleigh, sem se convencer. — Desde que isso não continue.

— Não vai continuar — Michele garantiu. — Vou me arrumar.

Em seu quarto, Michele se trocou depressa, a mente o tempo todo numa névoa sonhadora. Ainda podia ver em sua mente o olhar dele, e sentir o toque eletrizante da mão dele na dela, fosse quem fosse. A música ecoava em sua cabeça, e ela cantarolava baixinho no banheiro, enquanto jogava água fria no rosto. Quando olhou para o espelho, podia jurar ter visto um lampejo azul... os olhos dele observando-a.

6

Assim que chegou da escola naquela tarde, Michele correu para o quarto e pegou o diário. Mas, antes de abri-lo para ler o próximo registro de Clara, olhou para o uniforme escolar no espelho. Não queria assustar Clara de novo vestindo "roupas horríveis". Talvez ela ficasse mais tranquila se Michele usasse roupas mais...*vintage*.

Fez uma busca rápida até encontrar o vestido que tinha usado num casamento no ano anterior: um longo azul de *chiffon* com mangas três--quartos de renda. Prendeu o cabelo num coque e não pôde deixar de rir do seu reflexo no espelho. Parecia uma bailarina das antigas. Mas provavelmente se encaixaria muito melhor em 1910 vestida daquele jeito.

Michele escreveu um bilhete e o deixou sobre a cama, para o caso de não voltar a tempo para o jantar: *Vou a um grupo de estudo e depois vou jantar com umas pessoas da escola. Não sei a que horas volto. Vejo vocês mais tarde*. Cruzou os dedos para que Annaleigh e os avós não questionassem seu álibi. Quando pegou a chave na escrivaninha, sua mente voltou ao seu sonho recorrente. Seguindo um impulso, abriu a caixa de joias e a revirou até encontrar uma corrente de ouro simples. Prendeu a chave na corrente e pôs o colar improvisado em volta do pescoço. Virou-se para se ver no espelho e estremeceu — era exatamente como olhar o reflexo em seu sonho. A mão pousou sobre a chave, e de repente sentiu que nunca deveria tirá-la dali.

Michele voltou ao diário, os dedos trêmulos de expectativa quando passou ao segundo registro, datado de 25/10/10. Calculou que conseguiria repetir o fenômeno de 10 de outubro aproximando a chave do antigo registro do diário. *E se não funcionar desta vez?*, indagou-se, preocupada. Mas, mal pensou isto, e a viagem no tempo começou, com a descida na montanha-russa e o quarto mudando diante dos seus olhos à velocidade da luz — exceto que o processo agora foi muito mais rápido. E de novo Michele caiu com um baque no chão do quarto, sob o olhar da linda jovem ruiva no ato de calçar um par de luvas brancas de camurça. Um sorriso se abriu no rosto da jovem ao ver Michele.

— Clara? — o queixo de Michele caiu. — Você está tão...

— Diferente? Eu sei. — Clara soltou um riso triste. — No dia seguinte à minha chegada, me banharam, esfregando-me até ficar brilhando, depois pentearam meu cabelo, prendendo-o para cima, e empoaram todo o meu rosto. E agora isto.

Ela alisou a saia do vestido em estilo princesa, de seda verde-clara e debruado com miçangas, combinando com seus olhos.

— Senhoras da sociedade e debutantes têm que usar vestidos como este até para ir às compras. Ainda não sei bem o que é ser uma delas.

Clara de repente notou a aparência de Michele, e disse num tom de surpresa:

— Nossa, você também está muito bonita! Embora não consiga imaginar por que não está usando luvas. Quer um par emprestado?

Michele riu.

— Não, obrigada. Estou bem assim. Além do mais, você parece ser a única pessoa que pode me ver, lembra?

Clara assentiu e apertou a mão de Michele, empolgada.

— Estou tão feliz por você ter voltado; meu fantasma camarada particular! Depois que você sumiu daquele jeito, fiquei com medo de tê-la imaginado. E você voltou no dia certo: o senhor e a senhora Windsor estão dando um baile de máscaras do Dia das Bruxas! É meu *debut* na sociedade, então não poderia estar mais nervosa.

Michele sentiu um aperto no peito quando se lembrou da festa à fantasia do Dia das Bruxas que ela e as amigas planejavam, das fantasias que a mãe teria desenhado e de tudo que ela teria vivido se ao menos...

— Você está bem? — perguntou Clara, percebendo a expressão de Michele.

Michele voltou a se concentrar na moça e assentiu devagar com a cabeça. Recordando a data do registro do diário, perguntou:

— Hoje é 25 de outubro?

Clara confirmou.

— Henrietta Windsor está me levando à Lord & Taylor agora para o ajuste final do vestido desta noite. Quer vir conosco? Mesmo sabendo que mais ninguém consegue ver você...

— Eu adoraria — respondeu Michele, sentindo um lampejo de emoção com a ideia de um passeio turístico por 1910.

Clara colocou um extravagante chapéu de abas largas adornado com penas de águia-pescadora e um véu. Michele olhou incrédula para o chapéu, e Clara comentou:

— Que foi, nunca viu um chapéu Le Monnier? É meu primeiro. A senhora Windsor me deu uma bronca ontem por sair sem ele.

Michele conteve uma risada ao imaginar a reação de Kristen e Amanda diante dos trajes de Clara. Desceu as escadas atrás da outra jovem até o Saguão Principal e ficou encantada com a vista da Mansão Windsor em seu esplendor da velha época. Enquanto a casa em 2010 tinha um certo ar de relíquia, como uma peça de museu, a versão de 1910 parecia um quadro recém-pintado. Das janelas aos assoalhos, tudo brilhava de tão novo, e na casa reinava a agitação, com cerca de vinte empregados se movimentando na preparação para o baile. *Não é uma alucinação,* Michele se deu conta com uma certeza que a surpreendeu. *Eu realmente consegui: eu voltei no tempo!*

Quando desceram as escadas, ela viu quatro mulheres esperando por Clara no Saguão Principal. Seus olhos foram imediatamente atraídos para a mais bonita do grupo, uma das presenças mais marcantes que já tinha visto. A moça parecia ter mais ou menos a idade de Michele, e ela deduziu que fosse a recém-adquirida irmã mais velha de Clara: Violet Windsor.

Os cabelos negros de Violet estavam presos no alto da cabeça numa cascata de cachos, e os olhos violeta faziam jus ao seu nome. As sobrancelhas eram perfeitamente arqueadas, os cílios pareciam intermináveis e os lábios eram carnudos. Usava um vestido longo de cetim marfim, debruado com babados e de cauda longa. Mesmo com tanta roupa, Michele podia perceber que tinha uma silhueta admirável: alta e delgada, com curvas nos lugares certos. *Esse pessoal se produz de verdade para fazer compras,* pensou Michele, observando Violet e suas luvas de pelica, o colar de pérolas e o chapéu, tão elaborado quanto o de Clara.

Havia uma mulher mais velha ao lado de Violet, que Michele supôs ser sua mãe, Henrietta Windsor. Pelos cálculos de Michele, ela devia ter uns 40 anos, já que a filha mais nova estava com 10, mas parecia bem mais velha do que as mulheres da sua idade em 2010. O cabelo cor de cobre estava estriado de cinza, e não havia maquiagem para atenuar as rugas e os sulcos do seu rosto, embora ela tivesse uma beleza nobre. Parecia poderosa e altiva em seu vestido de veludo negro e com suas pérolas. O chapéu superava tanto o de Clara quanto o de Violet, adornado não só com penas mas também com *frutas* falsas!

As outras duas moças eram empregadas, uma das quais Michele reconheceu do primeiro encontro com Clara. Postavam-se respeitosamente a um lado, ambas trajando saia preta longa com blusa branca. Dois lacaios ladeavam as portas de entrada da mansão. Michele riu ao vê-los, pensando que pareciam ter saído direto do filme *Cinderela*, com seus coletes listrados, calças cinza até os joelhos sobre meias brancas, e sapatos pretos de verniz ao estilo Luís XVI.

Quando Clara e Michele chegaram ao pé da escada, Henrietta Windsor cumprimentou Clara com um aceno de cabeça. A jovem imediatamente fez uma leve reverência e ficou evidente seu desejo de se dar bem com a mãe adotiva. A única resposta de Violet à presença de Clara foi um estreitar dos olhos, e Michele percebeu na hora que ela não estava nada feliz com o novo acréscimo à família.

— Estamos prontas — Henrietta avisou aos criados. Os lacaios rapidamente abriram as portas de entrada e acompanharam as duas Windsor, Clara e as criadas até a carruagem puxada por cavalos que as esperava à entrada. Os lacaios ajudaram as mulheres a entrar na carruagem, começando por Henrietta e deixando as criadas por último. A invisível Michele entrou depois delas, espremendo-se entre Clara e uma das criadas.

— Uau — sussurrou Michele, fascinada pelo interior elegante e aconchegante da carruagem, estofado em seda cor de vinho e iluminado por lâmpadas douradas.

Assim que deixaram os portões da Mansão Windsor, Michele teve seu primeiro vislumbre de Nova York na virada do século XX. Ficou abismada. Era totalmente diferente do que tinha imaginado. Os enormes prédios de apartamentos e escritórios e as lojas elegantes haviam sumido, substituídos por grandiosas casas de mármore e calcário. De fato, uma imponente mansão de tijolos vermelhos e pedra branca, com gabletes e sacadas voltadas tanto para o Central Park quanto para a Quinta Avenida, erguia-se no lugar do prédio de apartamentos de Caissie Hart. *Deve ser a antiga Mansão Walker*, pensou Michele. Fazia lembrar um castelo francês.

Não havia mais carros percorrendo, velozes, o labirinto de ruas, mas as ruas de paralelepípedos de 1910 tinham igualmente bastante trânsito. Carruagens de vários modelos, algumas charretes ao estilo antigo e vários carros quadradões, como o modelo T de Henry Ford, enchiam as ruas. Policiais, tanto a pé quanto a cavalo, postavam-se no centro dos cruzamentos, tentando organizar as filas de veículos enquanto os pedestres em suas roupas extravagantes esperavam um momento seguro para atravessar. Acima da rua, uma locomotiva a vapor passava em trilhos suspensos. O ruído dos primeiros automóveis, o soar da campainha dos bondes, além do trote dos cavalos, compunham uma estranha sinfonia aos ouvidos de Michele.

O cocheiro dos Windsor prosseguiu em meio ao trânsito até parar na esquina da Broadway com a Rua Catorze. Michele leu as placas de rua mais de uma vez, incapaz de acreditar que aquela era a área conhecida como Union Square. A Union Square que Michele conhecia de filmes e da TV era uma parte nada excepcional da cidade, totalmente moderna e cercada de restaurantes da moda, com o Hotel W, torres de escritórios e os prédios da Universidade de Nova York. Mas *esta* Union Square era completamente diferente. Ao redor da praça, estendiam-se quadras e quadras de lojas esplendorosas, que faziam lembrar os famosos bulevares comerciais de Paris. Carruagens elegantes se enfileiravam ao longo de cada meio-fio, com lacaios uniformizados postados nas calçadas ao lado delas. Michele reconheceu alguns dos nomes nos toldos das lojas, como Lord & Taylor e Tiffany & Co., que parecia ainda mais opulenta do que a versão atual na Quinta Avenida.

— Aqui estamos, na Ladies' Mile — anunciou o cocheiro, saltando do assento para ajudar as mulheres a descer da carruagem.

Clara e as Windsor desceram, e Michele saltou atrás delas, seguindo-as quando entraram na Lord & Taylor. Lá dentro, dois jovens com uniformes formais grudaram em Henrietta e Violet, exibindo as mercadorias mais recentes e incentivando as clientes a experimentar as mais novas luvas e joias. Michele achou irritante tal comportamento, mas só Clara pareceu incomodada. Violet e Henrietta estavam perfeitamente à vontade com os vendedores insistentes.

— Clara, por favor, não fique para trás, ou não teremos tempo suficiente para nos prepararmos para o baile — Henrietta disse num tom brusco.

Clara ficou ruborizada e acelerou o passo para alcançar as demais. Um vendedor uniformizado entregou uma volumosa capa protetora de roupas para uma das criadas das Windsor, que acompanhou Clara até um provador. Vários minutos depois, Michele viu Clara emergir num vestido fulgurante, bordado com miçangas, com sobressaia e corpete de cetim branco em cima de uma saia de brocado branco e creme.

— Uau! — Michele disse a Clara, que sorriu, tímida. Com o canto do olho, ela observou a expressão azeda de Violet ao ver o deslumbrante vestido de Clara.

— Serve — comentou Henrietta com desinteresse. — Ela se virou para dar instruções a outra criada e, quando não podia ouvi-las, Violet observou:

— É, é muito bonito...para Lord & Taylor. Mas você deve saber que os melhores vestidos vêm da Worth, de Paris. O vestido que vou usar esta noite é de lá, claro, assim como o da minha mãe. Queria saber por que papai não encomendou o seu lá também.

— Estou muito grata por tudo que seu pai tem feito por mim — respondeu Clara num tom formal.

— E deveria estar mesmo — retrucou Violet. — Aconselho você a aproveitar ao máximo, pois não sabemos quanto tempo vai durar esse capricho de caridade da parte dele. Afinal, você não faz parte da família.

Clara baixou os olhos, obviamente magoada. Mesmo sabendo que Violet não podia vê-la, Michele não resistiu a lhe fazer uma careta.

— Clara, por favor, troque-se para que possamos ir embora — disse Henrietta no mesmo tom gélido.

Clara voltou ao provador, uma das criadas seguindo-a para ajudá-la a mudar de roupa. Quando voltou para junto de Henrietta e Violet, hesitou por um instante, sem saber se ia atrás delas ou se fugia.

Eram onze da noite, e o baile dos Windsor se desenrolava a pleno vapor. Michele estava sentada, invisível, ao pé da grande escadaria, vendo mulheres deslumbrantes e cavalheiros distintos cruzando as portas da frente e entrando e saindo do salão de baile. Parecia que cada convidado tentava superar as demais fantasias, e uma era mais espetacular do que a outra. Teria adorado que a mãe estivesse ali com ela para ver o desfile dos membros da alta sociedade disfarçados de figuras históricas, deusas, reis, rainhas e ciganos. Mas ninguém conseguia ofuscar os Windsor.

George Windsor estava vestido de Luís XVI, com uma casaca de cetim creme bordada por cima de uma blusa branca ornamentada, calções de seda prateada até os joelhos e meias de seda. A fantasia se completava com uma peruca empoada sob um chapéu de três pontas e uma espada de diamante, que levava consigo, satisfeito, por toda a casa. Michele soltava risadinhas diante do ridículo da aparência do tetravô, mas, de alguma maneira, ela combinava com aquele contexto. Orgulhosamente de braço dado com ele, Henrietta vestia-se de rainha Elisabeth I, num traje que incluía uma peruca vermelha e babados extravagantes de pescoço e punho. O vestido de veludo negro bordado ostentava uma longa cauda que caía de sua cintura, em veludo negro forrado de cetim vermelho. Ela estava carregada de diamantes: uma coroa de diamantes na cabeça, longas fileiras de diamantes dos ombros à cintura, um pingente de diamantes e rubis adornando-lhe o colo, e pulseiras e broches de diamantes e rubis. *Isto é surreal*, pensou Michele enquanto Henrietta se virava para cumprimentar uma mulher chamada sra. Vanderbilt.

O filho mais velho de George e Henrietta estava fora, morando na universidade, e a pequena Frances era nova demais para estar no baile, mas Violet constituía uma representante espetacular da prole dos Windsor. Enquanto o vestido de Clara era uma beleza, Violet alcançou um sucesso retumbante como princesa veneziana. Seu vestido de cetim branco-neve, enfeitado com pérolas, realçava os belos cabelos negros e os olhos de cor violeta. Um longo manto azul-real, de veludo e cetim, saía de seus ombros. Fileiras de pérolas se estendiam do pescoço à cintura, e ficava claro, pelos olhares de cobiça dos rapazes e de inveja das moças, que ela era a bela do baile.

Uma orquestra tocava peças clássicas, e coroas de rosas colocadas em todos os aposentos principais espalhavam seu doce perfume por todo o andar térreo da mansão. Michele deixou seu posto na escada para passear pelo salão de baile e observar os dançarinos. Um turbilhão colorido de vestidos percorria a pista de dança, e as debutantes sussurravam e davam risadinhas juntas a um canto, enquanto os mais velhos observavam com atenção do balcão lá do alto.

Então, tudo parou.

Um rapaz entrou no salão de braços dados com Violet. Vestia-se de forma simples, em comparação com os outros convidados. Usava gravata branca e fraque, e segurava diante dos olhos uma máscara veneziana preta, branca e dourada. Havia algo estranhamente *familiar* nele, desde o corpo alto de ombros largos e os abundantes cabelos escuros, à curva suave do sorriso que ele dirigia à beldade pendurada em seu braço. Onde Michele o havia visto *antes*?

Ele se virou em sua direção, e foi então que Michele percebeu que, por trás da máscara, reluzia um azul intenso. Olhos de safira. Os olhos *dele*...o rapaz do seu sonho.

Michele sentiu o sangue sumir do rosto, o coração batendo a um ritmo inacreditável. A música e os sons da festa se tornaram inaudíveis, e tudo em seu campo de visão saiu de foco — tudo, menos ele. Os olhos dele se voltaram para ela. Por um instante, ele ficou imóvel, depois baixou a máscara devagar.

— *É ele mesmo* — Michele sussurrou, estarrecida. Seus olhos sorveram cada detalhe do rosto incrivelmente belo do rapaz que assombrava seus sonhos, e que agora estava ali, em carne e osso. O olhar de ambos se encontrou, e Michele pôde jurar ter detectado um vislumbre de reconhecimento passar pela expressão dele. Então, ele podia *vê-la*? Mas como? Quase entrou em choque ao observá-lo. Quem *era* ele? Como poderia um produto dos seus sonhos surgir na vida real assim de repente?

Michele o viu murmurar algo no ouvido de Violet e depois vir em sua direção. Sentiu espasmos de terror, alternando-se com ondas de euforia, a cada passo que ele dava. Quando ele enfim chegou até ela, ficou parado à sua frente, a poucos passos de distância, olhando-a como se tivesse esperado por ela durante anos. Ninguém jamais a havia olhado daquele jeito antes.

— Eu conheço você — ele sussurrou. Sua voz era baixa e calorosa, exatamente como Michele tinha imaginado.

Michele mal podia falar, o queixo caído com o espanto.

— Você é real — ela sussurrou. — Você... você pode me *ver*. Então também teve os... os sonhos?

Os olhos dele continuaram presos aos dela, embora ele parecesse confuso com aquelas palavras.

— Sonhos? — repetiu, atordoado. Alguns convidados ao redor se viraram, encarando-o de maneira estranha.

— Hã... acho melhor você saber que... Bom, ninguém além de você e de Clara pode me ver — balbuciou Michele. Mas ele continuava a olhá-la com intensa concentração, como se não tivesse ouvido nem uma palavra.

— Preciso lhe falar — ele interrompeu. — Vem comigo?

Michele assentiu. Apesar de suas pernas terem se transformado em gelatina, conseguiu segui-lo para fora do salão, rumo ao pátio dos fundos. Pela forma com que ele percorria a mansão, Michele percebeu que já estivera lá muitas vezes.

Quando enfim estavam a sós entre samambaias e móveis de vime, ele voltou a olhar para ela.

— Era *você*... era você a moça que vi no meu chalé de verão três anos atrás — ele disse, os olhos brilhando de espanto. — Meu pai e meu primo não acreditaram, mas eu sabia que você era real. Nunca esqueci seu rosto.

Michele sentiu uma pontada de decepção quando percebeu que ele a confundia com outra pessoa.

— Não, não. Não era eu. Nunca vi você antes. Isto é, eu já... sonhei com você. — Michele se contorceu de vergonha. — Sei que parece maluquice, mas, bom, é tudo que sei de você.

Ele a olhou, balançando a cabeça com energia.

— Sei o rosto que vi. Era o seu. Aposto qualquer coisa nisso.

Michele o encarou, perguntando-se se ele teria razão. Ela já sabia que podia viajar no tempo. Seria possível ter voltado ainda mais e o encontrado três anos antes? Ou teria esse primeiro encontro com ela sido um sonho, assim como ela tinha sonhado com ele durante todos aqueles anos?

— Quem... quem *é* você? — ela quis saber.

— Meu nome é Philip. E você, como se chama?

— Michele.

— Michele — ele repetiu, esticando as sílabas de forma que o nome soou como música. — Você não... você não se parece nem um pouco com as outras. — Olhou para as mãos dela sem luvas.

Michele imediatamente se lembrou da forma elaborada com que as outras moças estavam vestidas e o quão deslumbrantes pareciam, especialmente Violet. Seu vestido, em comparação, parecia o de uma camponesa. Michele sentiu inveja. Embora, na parte lógica da sua mente, soubesse que era ridículo ter ciúme de uma moça de cem anos atrás, alguém de outro mundo, não podia evitar o desejo ardente de que Philip não a achasse sem graça.

— Você tem razão — respondeu por fim. — Sou diferente. Muito diferente. — *Se você fizesse ideia!*

— Eu...até que gosto — ele murmurou.

Michele corou de surpresa. Philip fez um movimento, como se fosse tocar a mão dela, mas pareceu recobrar o sentido de decoro e recolheu a mão.

— De onde você é? — perguntou, estudando-a como se tentasse decifrar um enigma.

— Da Califórnia — Michele respondeu, desejando que ele tivesse segurado sua mão.

Philip chegou mais perto.

— E você é amiga dos Windsor?

— Hum... De certa forma, sim — Michele respondeu. A proximidade dele fazia seu coração bater tão forte que ela tinha certeza de que ele podia ouvir.

A orquestra começou a tocar outra peça, e Michele percebeu, espantada, que era nada menos que a *Serenata* de Schubert. Philip não pareceu notar sua reação, mas os olhos dele brilharam quando a música começou. Ele lhe ofereceu o braço.

— Concede-me esta dança, Michele?

Michele passou o braço pelo dele, e todo o seu corpo pareceu despertar com o toque. Ao mesmo tempo, algo no fundo da sua mente alertou-a para não fazer aquilo. Ela ignorou o aviso, no entanto, e se deixou levar de volta ao salão de dança, onde começaram a dançar. Michele nunca tinha dançado valsa antes, mas, de algum modo, nos braços dele, sentiu-se totalmente à vontade. Seu corpo pareceu se dissolver no dele enquanto se moviam juntos pela pista, exatamente como no seu sonho. Cada passo e cada olhar trocado entre os dois ficava mais e mais intenso, e, à medida que ele a levava pelo salão, ela sentia como se flutuasse...

— *Philip James Walker!*

Philip parou de repente. Michele deixou a mão cair, a boca se abrindo com a surpresa. Philip era um *Walker*?

Um homem de aspecto feroz, vestindo outra fantasia de Luís XVI, agarrou o braço de Philip e o afastou com violência de Michele.

— *O que* pensa que está fazendo? Armando um escândalo?

— Por favor, acalme-se, tio. Só estava dançando — Philip argumentou, desvencilhando o braço das mãos do tio.

— Você pode achar divertido dançar sozinho, mas saiba que todos aqui vão pensar que meu sobrinho enlouqueceu — o tio de Philip vociferou.

Ah, meu Deus. No calor do momento, Michele se esquecera de como os demais na festa veriam a cena: Philip dançando sozinho.

— Dançando sozinho? Mas o que o senhor quer dizer com isso? Estava dançando com uma amiga dos Windsor, que se chama Michele. Ela está bem ali...

— Chega de bobagem! — o sr. Walker rugiu. — Nenhum outro homem de 18 anos e boa criação se atreveria a agir desta forma! Você já está velho demais para ter amiguinhos imaginários.

Perplexo, Philip se voltou para olhar Michele, e então, de repente, compreendeu que ela era invisível para todos, a não ser ele. Quando o tio de Philip o arrastou para longe dela, Clara se aproximou, cobrindo discretamente a boca com os dedos para que ninguém a visse falar.

— O que você está fazendo? — sussurrou. — Como é que Philip pode vê-la?

— Não faço ideia — Michele respondeu num tom débil.

— Ele é noivo de Violet — falou Clara, olhando a irmã mais velha, que agora encarava Philip com um olhar ameaçador.

Michele olhou para Clara boquiaberta, como se tivesse levado um soco no estômago. O rapaz dos seus sonhos era *noivo*? E da metida, lindíssima *Violet*? Não podia ser.

O resto do baile foi uma agonia só. Michele só queria voltar para a própria época, ir para longe daquela situação confusa e de todos os sentimentos que despertava nela. Mas, embora tivesse segurado com força a chave e sussurrado uma súplica ao Tempo para levá-la para casa, continuou no baile. Ocorreu-lhe que não conhecia nenhuma maneira garantida de voltar para 2010, e a ideia a aterrorizou.

Do salão de baile à sala de jantar, onde um bufê magnífico estava sendo servido, o tio de Philip o manteve firmemente ao seu lado. Uma mulher vestida de cortesã francesa estava com eles, e, embora não parecesse lá muito maternal com sua expressão fria e indiferente, Michele supôs que fosse a mãe de Philip. Perguntou-se onde estaria o pai dele, e por que o tio dele agia com tanta autoridade.

Philip parecia incapaz de desgrudar os olhos de Michele, a expressão do rosto entre angustiada e intrigada. Olhando-o novamente, uma parte dela soube que deveria se manter longe depois do que acabara de descobrir. Mas ainda assim sentia-se muito atraída por ele.

Depois do jantar, Henrietta bateu palmas e anunciou, feliz, que as danças de quadrilha iam começar. Michele notou que a mulher gélida daquela tarde parecia adquirir vida num ambiente de festa.

— O que são quadrilhas? — Michele perguntou a Clara.

— São danças formais francesas — Clara explicou, de novo cobrindo discretamente a boca. — São dançadas em todos os bailes da alta sociedade. O senhor Windsor contratou um professor particular para ensiná-las a mim, então esta noite dançarei pela primeira vez. Oh, por favor, deseje-me sorte!

— Boa sorte — falou Michele com um sorriso, tentando não rir da seriedade com que Clara encarava aquela situação.

Enquanto os convidados voltavam para o salão, Michele observou Violet e George Windsor ficando para trás, dando a impressão de que estavam no meio de uma discussão tensa. Formavam um casal curioso, Luís XVI e uma princesa veneziana discutindo em voz baixa. George deixou a sala de jantar intempestivamente, afastando-se do salão de dança com Violet em seu encalço. Curiosa, Michele os seguiu até a sala matinal, que estava fechada para a festa. Ser invisível para todo mundo, exceto duas pessoas, podia ter suas desvantagens, mas para bisbilhotar era ótimo.

— Realmente crê que este é o momento adequado para isso, Violet? — George perguntou com impaciência.

— É só que eu não *suporto* fingir que Clara é sua enteada, ou filha adotiva, seja lá como preferir chamar, quando sabemos muito bem o que ela é *na verdade*, papai — respondeu Violet num tom gélido.

— Violet... — George ameaçou, seu rosto ficando vermelho.

Michele ficou subitamente alerta. O que George estava escondendo?

— Na verdade, tenho certeza de que a súbita inclusão da Clara na nossa família enfim deu à mamãe a prova da sua infidelidade — Violet prosseguiu. — Por acaso é sua intenção causar o maior escândalo que a sociedade nova-iorquina já testemunhou?

Michele cobriu a boca com a mão. Violet tinha dito mesmo o que Michele pensava que ela havia dito? Que George Windsor era o pai de Clara?

George ficou furioso.

— Você *não* tem o direito de falar com seu pai deste modo...

Michele retrocedeu, mas esbarrou em alguém e se virou. Clara. Pelo olhar dela, era evidente para Michele que ela tinha ouvido tudo.

Violet e George desviaram o olhar para Clara, e o rosto de George ficou pálido quando percebeu que a jovem os havia escutado. Clara saiu correndo da sala matinal, e Michele a seguiu de perto. De repente, uma família que deixava o baile se interpôs entre as duas, e Michele perdeu Clara na multidão.

Não havia sinal dela entre as pessoas que agora dançavam a quadrilha no salão de baile, ou conversavam no Saguão Principal, ou mesmo entre as que tomavam limonada e comiam tortas na sala de visitas. Deduzindo que Clara devia ter se refugiado em seu quarto, Michele correu para o terceiro andar. E, de fato, quando se aproximou da porta, ouviu soluços baixos vindos do aposento. Sentiu uma pontada de preocupação por Clara, além de um grande desejo de protegê-la. Entrou e a encontrou ajoelhada na cama, segurando uma surrada fotografia em preto e branco.

— Oi — Michele disse com suavidade.

Sentou-se ao lado de Clara e olhou para a foto. Estava desbotada, mas Michele podia distinguir um casal: um homem de bigode usando terno e chapéu-coco, de mãos dadas com uma mulher jovem, com um casaco escuro sobre uma longa saia simples e uma blusa, o cabelo preso no alto da cabeça. A foto estava carimbada com a data de 9 de abril de 1887.

— Seus pais?

Clara confirmou.

— Morreram quando eu tinha 4 anos. Esta foto era tudo que eu tinha deles para trazer do orfanato. — Ela fitou Michele com grandes olhos lacrimejantes. — Michele, você acha que minha mãe era amante de George Windsor? E que ele... e que ele é meu *pai*?

Michele mordeu o lábio, sentindo-se desconfortável. *Como é que eu saio desta*?

— Acho. É o que parece — admitiu por fim.

— Recuso-me a acreditar nisso — Clara murmurou. — Esses ricos horrorosos, eles pensam que, só por terem dinheiro, têm também o direito de ter qualquer mulher, todas as mulheres. Recuso-me a crer que minha mãe era alguém que iria para a cama com outro homem. Eu *tenho certeza* de que George Windsor a forçou. Mas como, *como* posso ser a filha de uma união vergonhosa como esta?

Michele não sabia o que dizer, então passou o braço em volta do ombro de Clara e a amparou enquanto a jovem chorava, assim como Marion costumava ampará-la. Ouviram-se duas batidas à porta, uma do sr. Windsor e outra da governanta, ambos querendo saber como ela estava, mas Clara se recusou a vê-los.

Quando suas lágrimas cessaram, Clara perguntou a Michele:

— Você fica comigo até eu dormir? Não quero ficar sozinha com esses pensamentos.

— Claro que sim — Michele concordou com suavidade.

7

Quando Clara já estava adormecida fazia uns quinze minutos, Michele puxou a chave de dentro do decote do vestido. Segurou-a com firmeza, fechando os olhos com força enquanto repetia uma prece silenciosa: *Por favor, leve-me de volta. Por favor, me mande para o tempo ao qual eu pertenço.* Mas, ao abrir os olhos, ainda estava em 1910. Engoliu em seco, nervosa, as palmas das mãos frias e úmidas. E se desta vez não conseguisse voltar para casa? E se estivesse presa no passado, forçada a viver para sempre aquela existência espectral?

Bem naquele instante, o relógio de mesa bateu quatro horas da manhã. A casa estava num silêncio estranho depois de o baile ter terminado, e os Windsor e os empregados terem ido dormir. Michele sentiu-se aflita para ir embora dali. Saltou da cama de Clara e dirigiu-se à porta do quarto. Até aquele momento, havia sempre ido atrás de Clara e não tinha precisado usar a própria forma física para nada. Respirando fundo, virou devagar a maçaneta e sorriu quando a porta se abriu em silêncio. *Acho que posso andar por aí sozinha,* pensou, aliviada.

Saiu do quarto na ponta dos pés, desceu as escadas e chegou à porta de entrada da Mansão Windsor. Deteve-se no jardim da frente por um momento, depois abriu o portão, saindo para a Quinta Avenida.

Michele percebeu que a velha Nova York era escura, silenciosa e deserta, num contraste brutal com as noites agitadas e brilhantes da cidade na sua época. A única iluminação vinha do brilho tênue das lâmpadas da rua. Michele estremeceu, assustada com a ideia de estar sozinha em plena madrugada de cem anos no passado.

De repente, viu um vulto se aproximando, vindo da Mansão Walker, e ficou paralisada. Seria Philip? Ele vinha de cabeça baixa e ainda trajava o *smoking* do baile. Ao se aproximar, ele a viu e se deteve. Estavam separados por alguns metros, olhando um para o outro. Michele sentiu a respiração ficar presa na garganta. Mesmo a escuridão não conseguia esconder a incrível beleza dele.

— Que faz aqui fora a esta hora? — perguntou ele, depois de uma longa pausa.

— Eu poderia perguntar o mesmo — respondeu Michele, esforçando-se para soar despreocupada.

Ele se aproximou mais um passo, e o rosto foi iluminado pela luz da rua. Michele estremeceu ao ver o lado esquerdo da face dele, inchada e vermelha.

— Que aconteceu com você? — ela exclamou.

— Meu tio me bateu — disse Philip, impassível. — Nossa breve dança me rendeu uma boa surra.

— Ah, meu Deus. Eu sinto tanto. — Sem pensar, Michele foi até ele. — Como seu tio pôde fazer isso com você? E seus pais, onde estavam?

Philip soltou uma risadinha.

— O irmão do meu pai é o chefe da casa agora. Ele tem tido a liberdade de fazer o que quer desde que meu pai morreu há dois anos. E minha mãe não se importa. Ela não pode ser incomodada com nada além dos seus compromissos sociais.

Por um instante, Michele apenas o observou. Sua infelicidade era tão óbvia, e ele estava muito diferente do Philip descontraído e sorridente dos sonhos dela.

— Sinto muito — ela sussurrou, erguendo a mão para tocar com suavidade a face ferida. Ele estremeceu, mas não afastou a mão dela.

— Quem é você? — ele perguntou em voz baixa. — O que fez comigo?

Michele recuou.

— Como assim, o que fiz com você?

— Por que estou vendo alguém que ninguém mais vê? Por que sinto coisas que não deveria sentir?

— Que...que tipo de coisas? — Michele não pôde se impedir de perguntar.

Philip desviou o olhar.

— Eu...não sei direito.

— Acho que não posso explicar — ela respondeu depois de um instante. — Quer dizer, eu mesma não entendo.

— Por favor, tente. — Philip a olhava, suplicante. — Responda às minhas perguntas, ao menos.

— Tudo bem — Michele engoliu em seco.

— Você é humana ou...ou uma aparição?

Por um momento, Michele teve vontade de rir bem alto. Jamais em sua vida teria esperado que lhe fizessem uma pergunta dessas.

— Hã, sou humana.

— Então, como ninguém mais consegue vê-la? — A testa de Philip estava sulcada de frustração. — Você está viva, não está?

— Estou viva, mas não do mesmo jeito que você — confessou ela, surpreendendo a si mesma com tanta honestidade. Não tinha planejado lhe contar a verdade. Mas havia algo nele. Não seria capaz de lhe mentir.

— Michele — ela ergueu os olhos e encontrou com os dele, de súbito cálidos e suaves —, você pode me contar.

Michele concordou com um breve aceno de cabeça, enquanto tentava imaginar como seria contar aquilo a alguém. Juntos, talvez conseguissem entender o que vinha acontecendo e pudessem descobrir como se conheciam antes de sequer terem se encontrado.

— Tudo bem — concordou. — Mas vamos caminhar enquanto isso.

Passaram a percorrer lentamente a Quinta Avenida. Com os olhos cravados no chão, Michele revelou:

— A verdade é que sou uma Windsor. Minha mãe morreu e tive que vir para Nova York morar com meus avós na Mansão Windsor. A única coisa é que eu sou... sou do futuro. De 2010.

Philip estacou, encarando-a. Soltou uma risada nervosa.

— Você tem uma imaginação e tanto.

— Não, é verdade. — Michele sustentou o olhar dele em resposta, séria. — Philip, por que você acha que as outras pessoas não conseguem me ver? É porque não existo em seu tempo. Clara Windsor pode me ver, porque viajei para cá por meio do diário dela, e você... Bom, não sei como consegue me ver, mas não posso deixar de pensar que tem a ver com o fato de que tenho sonhado com você. — A voz dela tornou-se um sussurro. — Durante toda a minha vida.

Philip empalideceu.

— Mas... isso não pode ser. Estou ficando louco, não estou?

— Não, garanto que não — insistiu Michele, e de repente se sentiu desesperada para que Philip acreditasse nela. — Sou real, de carne e osso, e estou aqui de verdade. Apenas sou de uma época diferente.

— Prove — falou Philip, a voz rouca. — Mostre-me que você é real, que não existe somente na minha própria loucura.

Michele se aproximou dele. Com suavidade, tomou-lhe a mão, e subitamente sentiu no estômago uma sensação estranha e muito agradável. Devagar, levou a mão dele ao rosto dela, fazendo com que a tocasse.

— Viu? Sólida e real — ela respondeu com uma risadinha trêmula. — Senão, você não poderia...me sentir.

Philip a fitou com o olhar repleto de uma emoção que Michele não pôde identificar, mas que a fez enrubescer. De repente, ele ergueu as mãos de novo, tocando-lhe a face, cujo contorno elas começaram a traçar. Michele arquejou involuntariamente, sentindo uma centelha de eletricidade percorrer seu corpo ao toque dele. Fechou os olhos enquanto os dedos passeavam por suas pálpebras, por entre os fios do seu cabelo, para enfim pousarem sobre seus lábios. Michele apoiou o corpo no dele, e seu coração disparou de expectativa quando um rosto se moveu em direção ao outro...

Mas ele repentinamente se afastou dela, as mãos pendendo ao lado do corpo.

— Sinto muito — ele disse num fio de voz. — Não devia... — a voz sumiu.

— O quê? — Michele o fitou com o rosto ardendo de vergonha. Teria feito algo errado?

— Permita-me que a acompanhe até sua casa — ele respondeu, pouco à vontade.

— Espere. O que foi? — perguntou Michele, tentando em vão manter um tom de voz firme.

Philip a encarou, uma expressão hesitante no rosto.

— Sou comprometido. Aí chega você, uma garota vinda de outro tempo, invisível aos demais, e eu não devia sentir... isto.

Michele olhou para o chão, sentindo como se tivesse levado um soco no estômago. Por um momento, tinha se esquecido de Violet; esquecido que Philip não era dela. *Por que* havia sonhado com ele durante toda a sua vida? Por que existia aquela química inegável entre ambos, quando o fato é que ele estava comprometido com outra garota?

— Certo. Tudo bem — ela assentiu, rígida.

Fizeram o caminho de volta em silêncio, Michele sentindo-se um balão murcho. Parecia errado, antinatural, caminharem lado a lado sem se tocar. Ela o conhecera naquela noite, mas por que sua mente e seu corpo não podiam se livrar da sensação de que seu lugar era ao lado dele? Michele o olhou de soslaio e flagrou-o observando-a. Com rapidez, ambos desviaram o olhar.

— Aqui estamos — disse Philip.

Michele ergueu os olhos e viu que estavam diante dos portões da Mansão Windsor.

— Eu, hã...não tenho a chave — Michele deu-se conta.

— Então, o que é isto? — Philip estendeu a mão para a chave que Michele trazia no pescoço, e seus dedos roçaram de leve a pele dela. Ela sentiu um arrepio com o toque.

— Bom, não é a chave desta casa, mas com certeza fez coisas mais incríveis do que abrir um portão — respondeu Michele com ironia. — Acho que vale a pena tentar.

— O que você quer dizer? — Philip franziu o cenho, confuso.

— É uma longa história.

Michele pegou a chave e a encostou na fechadura do portão. Nesse instante, sentiu-se sendo atraída para o portão com tanta velocidade que gritou, assustada. Olhou para baixo e viu que o chão sob seus pés se agitava, movia-se, transformava-se. Virou o pescoço para encarar Philip e viu que ele a olhava, atônito, enquanto ela flutuava para longe. Por um instante, seus olhos se encontraram, e na face dele Michele viu estampada uma expressão de pesar.

Estou de volta.

Michele olhou ao redor, espantada. Estava no jardim da frente, do lado de dentro do portão em que deixara Philip. Era uma noite gelada, sem estrelas, e pela calma ao redor ela sabia que era tão tarde quanto havia sido em 1910. Instintivamente, voltou-se para o local da Mansão Walker e, quando viu o moderno edifício de apartamentos que agora se erguia ali, sentiu um aperto no coração. *Ele se foi,* pensou. *Ele já não existe mais*. Mas como, então, seu rosto podia ainda formigar com o toque dele, seu estômago num nó com a rejeição que se seguira?

As portas da frente se abriram. Annaleigh saiu correndo, o cabelo em geral impecável todo desfeito, os olhos exibindo um brilho alucinado.

— Aí está você! — ela exclamou. — Por onde andou? Estamos todos aterrorizados! Venha para dentro.

Michele entrou atrás dela, nervosa.

— De...desculpe-me — gaguejou, vasculhando o cérebro por uma boa explicação...que não envolvesse uma viagem no tempo. — Deixei um bilhete no meu quarto. Estava em... num grupo de estudos, e depois ficamos conversando. Acho que perdi a noção do tempo. Não sabia que era tão tarde.

— Bem, é melhor estar preparada para explicar tudo aos seus avós — respondeu Annaleigh, muito séria. — Eles ficaram esperando a noite toda acordados e me instruíram a avisá-los assim que você voltasse.

— Ah, não — murmurou Michele. A última coisa que queria era ser interrogada por Walter e Dorothy, ainda mais depois do último e perturbador encontro com eles.

— Vou ligar para o quarto deles. Não saia daqui — ordenou Annaleigh.

Michele deixou-se cair num dos sofás do Saguão Principal. O que poderia dizer a eles, afinal? A lembrança do rosto furioso de Walter, na outra noite, passou por sua mente, e ela estremeceu. Recostou-se e, ao fechar os olhos, exausta, a imagem mental mudou para o olhar intenso de Philip.

— Michele...

Ela estremeceu com a voz do avô, carregada de fúria, e, ao abrir os olhos relutantes, deparou com ele e Dorothy. Estavam do mesmo jeito que na noite anterior, ambos em seus longos roupões de *cashmere*, despenteados e com o rosto envelhecido sem a maquiagem e os outros truques do período diurno.

Michele sentiu uma pontada de culpa ao notar os olhos vermelhos e inchados de Dorothy.

— O que tem a dizer em sua defesa? — Walter exigiu saber. — Onde esteve até as quatro e meia da manhã?

— Eu...eu sinto muito, mesmo — ela respondeu, nervosa e tropeçando nas palavras. — Não percebi que era tão tarde. Não queria deixá-los preocupados de jeito nenhum.

— Onde você estava? — repetiu Walter. — E com *quem*?

Com essas palavras, Dorothy parecia estar se preparando para o pior. Ao ver o temor nos olhos dos avós, Michele teve a sensação de que sua ausência havia desencadeado algo dentro deles; que em todo aquele nervosismo havia algo além da preocupação com uma neta rebelde voltando tarde para casa.

— Eu só estava com... Caissie Hart. E os amigos dela — falou Michele com facilidade, a mentira vindo mais depressa do que conseguia processá-la.

— Caissie? — As sobrancelhas de Dorothy se arquearam. — É impossível. Inez esteve aqui hoje à tarde e teria me contado.

— Bom, Caissie vive com o pai, por isso não deve nem ter comentado com a mãe. Nós estávamos... na casa de Aaron, amigo dela — Michele foi improvisando. — Fizemos um estudo em grupo e depois eu e algumas pessoas ficamos na casa de Aaron para pedir uma pizza e ver um filme. Ficou tão tarde que dormi no meio do filme. Sinto muito, muito mesmo.

Os avós a olharam como se não soubessem se acreditavam ou não na história. Mas era evidente que queriam acreditar.

— Tudo bem, então — murmurou Walter. — Eis as regras desta casa a partir de agora. O toque de recolher é dez e meia nos dias de semana e meia-noite nos fins de semana. Se planejar passar a noite em algum lugar, devem ser só garotas, e você deve nos ligar antes avisando. Quebre alguma dessas regras e ficará de castigo. Entendeu?

Michele olhou para eles sem poder crer.

— Mas...nunca na vida tive um toque de recolher ou fiquei de castigo. Mamãe sempre confiou em mim.

— Sua mãe era ainda uma criança quando teve você — falou Dorothy com tom de pouco-caso. — Ela não sabia o que era melhor...

Michele ergueu-se de um salto.

— *Nunca mais* fale da minha mãe desse jeito — rosnou. — Ela era dez vezes mais mãe do que você foi.

Dorothy recuou como se tivesse sido esbofeteada.

— Já basta — disse Walter, tenso. — Essas são as regras. Fim da discussão.

Sem uma palavra, Michele virou as costas e saiu da sala, refletindo que aquelas cenas com os avós com certeza a faziam dar valor à liberdade que tinha em 1910.

Na manhã seguinte, Michele entrou na primeira aula, história dos Estados Unidos, em meio a um nevoeiro mental. A ida para a escola tinha parecido surreal, e os carros modernos e arranha-céus, estranhos. Viu-se ansiando pelo som de cascos de cavalos, pelo rugir do trem e, mais que tudo, pelo som cálido da voz de Philip. Tentou prestar atenção durante a aula, mas sua mente estava a anos de distância. Quando o sinal tocou, seu olhar cruzou com o de Caissie, e ela se lembrou de que tinha que lhe pedir que confirmasse sua história. Foi até a carteira dela, perguntando-se de que jeito explicaria aquilo.

— Oi — ela cumprimentou Caissie, exibindo um sorriso.

— Oi — Caissie sorriu também, um pouco surpresa.

— Olha, preciso te pedir um grande favor. É meio esquisito... — começou Michele, embaraçada.

Caissie arqueou uma das sobrancelhas.

— Hã, tá legal. Manda.

— Então, é... Bom, fiquei fora até as quatro da manhã e meus avós surtaram. Não podia contar onde estava, e eles queriam uma resposta. Daí... acabei inventando que estava com você e com seu amigo Aaron. Não sei por que fiz isso e me sinto supermal, de verdade, te contando agora — confessou Michele. — Desculpe-me pedir, mas será que você podia dizer à sua mãe que foi o que rolou? Sei que minha avó vai checar com ela essa história.

Caissie a olhou de um jeito estranho, mas deu de ombros.

— Tudo bem. Quer dizer, não vejo por que não. E onde você estava, que não pode falar para eles?

Michele mordeu o lábio.

— Eu não posso dizer, sério — ela admitiu.

— Ah, tá — Caissie respondeu, retesando o corpo.

— Gostaria de poder contar — Michele apressou-se em dizer. — É só...

— Entendi — interrompeu Caissie. — Considere resolvida essa situação.

— Obrigada — disse Michele, agradecida.

Caissie colocou a mochila no ombro.

— Falou, a gente se vê.

— Até mais.

Michele observou-a se afastar, sentindo-se desconfortável. Sabia que tinha ofendido Caissie ao pedir que mentisse por ela e, em seguida, não ter lhe contado a verdade. Mas, de qualquer forma, como poderia ela contar a *qualquer um* o que de fato havia ocorrido na noite anterior? *Devia ter inventado uma história para ela,* pensou Michele, arrependida.

Enquanto seguia pelo corredor para a próxima aula, pensava em como seria ter alguém de confiança a quem contar aquela incrível sequência de eventos. De certa maneira, seria um alívio. Mas não havia ninguém a quem contar. Nem em um milhão de anos, Amanda e Kristen acreditariam naquilo. Havia só uma pessoa que poderia levá-la a sério, e essa pessoa se fora.

Depois da aula, Michele chegou à Mansão Windsor bem na hora em que os avós saíam de casa.

— Olá, Michele — Dorothy cumprimentou-a baixinho, quando se cruzaram no Saguão Principal. Walter lhe deu um aceno de cabeça polido, mas seu rosto ainda parecia tenso.

— Oi — respondeu Michele.

Ficou olhando enquanto os dois partiam, vestidos com elegância. Provavelmente iam para alguma outra noite de gala de uma das organizações das quais participavam. Para Michele, parecia que os avós não faziam nada de útil e só iam a jantares e eventos. *Que tipo de vida é esta?*, ela se perguntou enquanto subia as escadas e ia para o quarto.

Ouviu o bipe do celular avisando a chegada de um torpedo e tirou-o do bolso. Era uma mensagem de Kristen, perguntando em que lugar da superfície terrestre Michele estava. Cheia de culpa, ela lembrou que não tinha retornado a ligação das amigas nos últimos dias, desde sua primeira viagem a 1910. E, por mais que sentisse falta delas, não estava disposta a ligar para as duas naquele momento. Elas a conheciam bem demais e perceberiam de cara que havia algo diferente, e Michele não tinha ideia de como explicaria isso.

Sem vontade de começar a lição de casa, Michele foi até sua sala de estar em busca de algo para ler. Ao abrir a estante de livros com portas de vidro, viu uma caixinha de música de porcelana cor de vinho, um objeto que não havia percebido antes. Abriu a tampa, e as notas do etéreo *Noturno número 19 em mi menor*, de Chopin, começaram a soar. A caixinha de música era evidentemente antiga, e a música tocava aos trancos e barrancos, o som baixo e metálico. Ainda assim, a melodia era tão bonita que Michele desejou ouvi-la sendo tocada da maneira adequada.

De repente, um som vindo lá de baixo a assustou, e ela quase derrubou a caixa. Bem quando desejava ouvir a música em toda sua glória, ali estava: ela agora a escutava sendo tocada lá embaixo, por alguém que parecia muito talentoso.

Atordoada, Michele examinou o quarto ao redor. A televisão e os demais aparelhos eletrônicos tinham sumido, substituídos por uma delicada mesa de chá branca, e lâmpadas a gás tinham tomado o lugar das elétricas. *Estou de volta a 1910*, percebeu, surpresa. De algum modo, o Tempo a havia enviado para lá de modo instantâneo. Mas tudo em que Michele podia se concentrar era a música. *Quem será que está tocando desse jeito?*, quis saber. Sempre achara que Lily era a única Windsor com algum talento musical, e em 1910 ela devia ser apenas um bebezinho.

Michele desceu correndo, seguindo o som até o salão de baile. Deteve-se à porta e viu as mulheres Windsor sentadas, uma expressão de enlevo no rosto, ao redor de um jovem que tocava o piano, de costas para Michele. Henrietta estava sentada com uma menininha pequena no colo. Michele supôs que fosse a filha mais nova, Frances. As duas ouviam solenemente, enquanto Violet, acomodada ao lado delas, tinha um sorriso satisfeito no rosto. *Onde está Clara?*, perguntou-se Michele.

Ela examinou com mais atenção o jovem que tocava o piano... e ficou paralisada. Não havia como se enganar a respeito daqueles fartos cabelos negros, daquelas mãos, da postura altiva. *Era Philip.*

Fascinada, viu como os dedos dele dançavam pelo teclado. Seus olhos estavam fechados, em total concentração, o corpo movendo-se fluido com a música, enquanto tocava com a paixão de alguém que entregava à melodia cada gota de sua alma. Michele sentiu uma pontada de melancolia ao observá-lo.

Quando ele terminou, as mulheres Windsor aplaudiram com educação. Philip se voltou para encará-las e, então, se imobilizou ao ver Michele, inspirando fundo. Por um momento, ela ficou preocupada, achando que ele não tinha gostado de vê-la, mas depois seu rosto se iluminou num sorriso lindo, que aqueceu todo o corpo dela.

— Philip, céus, o que você está olhando? — perguntou Violet.

— Na-nada — ele respondeu, recompondo-se.

— O que vai tocar agora? — perguntou Frances com sua vozinha infantil.

Philip tardou um instante e, embora falasse com as demais, o breve olhar que lançou a Michele a fez ter a impressão de que era a ela que se dirigia.

— Esta é na verdade uma música que eu mesmo compus — disse.

Philip voltou ao piano e começou a tocar uma melodia que não podia ser mais diferente do *Noturno* de Chopin.

A música tinha um ritmo sincopado, envolvente, fazendo Michele pensar no *jazz* de Nova Orleans, só que mais rápido. Os dedos de Philip voavam pelas teclas, as mãos parecendo competir uma com a outra. A música era inebriante e contagiante, e Michele não pôde resistir a marcar o ritmo com o próprio corpo. Embora a presença de Violet fosse um lembrete doloroso de que Philip estava comprometido, Michele sentia-se ainda mais hipnotizada por ele depois de descobrir seu talento.

— Pare já com isso!

Michele sobressaltou-se com a ordem áspera de Henrietta. Com espanto evidente, Philip parou de tocar de repente. O rosto de Violet estava vermelho, e ela parecia ter acabado de engolir algo azedo.

— Não permitimos essa música na nossa casa — repreendeu-o Henrietta com severidade.

— Perdão? — perguntou Philip, sem poder acreditar.

— Você está tocando *música racial*! — sibilou Violet. — O que as pessoas diriam se soubessem?

Michele ficou chocada. O olhar frio de Philip se perdeu além de Violet e sua mãe.

— É chamado *ragtime* — ele disse, a voz inexpressiva.

— É música dos bairros de má fama — afirmou Henrietta, balançando a cabeça com desprezo. — Como meu futuro genro, espero que nunca mais venha a expor minha filha a esse tipo de música de novo.

— É uma pena que pense assim. — Philip tirou o relógio do bolso e o olhou de relance. — Creio que devo ir embora, pois minha mãe e meu tio estão me esperando.

— Philip! — exclamou Violet, sem dúvida percebendo por que ele colocava fim à visita.

— Espero revê-la em breve, Violet — respondeu ele com cortesia. — Até logo, senhora Windsor, Frances.

Quando ele pegou seu chapéu e já se encaminhava para a porta, seus olhos cruzaram com os de Michele.

— Não ligue para o que elas dizem — exclamou Michele, sem nem se preocupar em dizer olá, assim que saíram do aposento. — O que falaram é besteira total. A maior parte da sua geração talvez ainda ache que existe esse lance de supremacia racial, mas a história vai mostrar que estão errados. A música afro-americana não é música racial. É apenas boa música. E é genial que ela te inspire tanto, porque sua música é demais, e, por mais que eu goste de Chopin, o *ragtime* é muito mais legal.

Os cantos da boca de Philip se curvaram numa expressão de divertimento.

— Confesso que não consegui entender nada do que você disse. Mas percebo um elogio em algum lugar aí — ele respondeu, a voz baixa para não chamar a atenção.

— Ah. — Preciso me lembrar de não usar gíria em 1910, pensou Michele. — Falei que elas estão totalmente erradas, e que você precisa continuar tocando *ragtime*. Nunca ouvi ninguém tocar assim, e foi... — ela procurou a palavra certa — ... espetacular.

Philip deteve-se e a encarou, os olhos brilhando. De repente, segurou a mão dela. Os dedos de ambos se entrelaçaram como se fosse um hábito, e ele a levou para fora da casa, sem dizer uma palavra até cruzarem os portões da Mansão Windsor.

— Há tanta coisa que quero lhe dizer e lhe perguntar desde a última vez que nos vimos — ele declarou com intensidade. — Sei que não é muito apropriado, mas o único lugar em que podemos falar sem ser vistos é minha casa. Posso levá-la até lá?

Michele fez que sim, encantada com a mudança surpreendente dele com relação a ela.

— Claro.

8

Philip conduziu-a através das portas francesas em arco, e eles entraram na opulenta Mansão Walker. No primeiro andar, percorreram corredores com tapetes vermelhos, decorados com tapeçarias e pinturas francesas do século XVIII, até que Philip abriu a porta de uma sala elegante, fechando-a depois de entrarem. A sala tinha paredes revestidas de branco e dourado, teto folheado a ouro e cortinas e móveis luxuosos, em vários tons de vinho. No centro do aposento, havia um piano de cauda com pintura toda ornamentada, além de uma harpa dourada de um metro e meio de altura.

— Esta é a sala de música, o único aposento na casa em que ninguém além de mim parece entrar — disse Philip com um sorriso.

— É linda. — *Quem diria que um dia eu ficaria tão familiarizada com casas desse tamanho?*, pensou Michele, impressionada.

Com um gesto, Philip convidou-a a se sentar ao lado dele, e de repente Michele não pôde mais conter a curiosidade.

— Philip, o que aconteceu? Pensei que você não queria... Quer dizer, achei que quisesse ficar longe de mim.

— Não é que eu quisesse, mas achei que seria necessário — respondeu ele. — Viu aquela cena com as Windsor? É a vida à qual estou acostumado. Um controle rígido, com meu tio e sua sociedade segurando as rédeas, privando-me de qualquer liberdade ou felicidade. Tenho sido apático por anos e não percebia até que você apareceu e... me fez sentir algo. Desde então, nestas duas últimas semanas, tenho me sentido, como dizer...desperto. Vivo. Espero ansioso que você volte e temi que não o fizesse mais.

Michele sentiu o rosto se ruborizar e por um instante não pôde falar nada.

— Fico feliz — respondeu, por fim, com timidez.

Ela se aproximou dele alguns centímetros, e os dois ficaram sorrindo um para o outro. Os olhos de Philip pareciam sorver a imagem dela, e o rosto dele corou quando viu a saia pregueada na altura do joelho e a blusa branca de manga curta. Depois, comentou:

— Você...está bem pouco vestida.

— Não para 2010 — respondeu Michele com uma risadinha. — Este é meu uniforme de escola. Na minha época, é considerado bem conservador, na verdade.

— Não consigo parar de pensar sobre o futuro desde que a vi pela última vez — disse Philip, os olhos brilhantes de curiosidade. — Pode me falar sobre ele?

Michele hesitou.

— Tem certeza de que quer saber? — Ficou pensando sobre se haveria regras quanto a esse tipo de coisa; se seria ruim que ela revelasse o que estava por vir. Mas Philip fez que sim com a cabeça de forma tão enfática, que não pôde suportar a ideia de decepcioná-lo.

— Bom... a verdade é que não poderia ser mais diferente do que é hoje — ela começou. — Na minha época, voamos pelo mundo em aviões. Existem foguetes que levam os astronautas ao espaço. Já teve gente caminhando na Lua... — Ela se interrompeu diante da expressão de Philip. Ele parecia tão incrédulo, que Michele teve que rir.

— Estamos tentando fazer o homem voar desde 1903, mas ninguém ainda conseguiu de verdade — disse Philip. — Então é possível mesmo? E ir para o espaço e para a Lua!

— E não é só isso — prosseguiu Michele, empolgando-se com o tema. — Temos computadores, que são como máquinas de escrever, mas com todo tipo de programas e aplicativos. Praticamente qualquer coisa que você imaginar pode ser feita num computador. Temos pequenos telefones portáteis que levamos conosco o tempo todo, e tem uma invenção incrível chamada internet, pela qual você pode se comunicar com pessoas do mundo todo em segundos. Temos acesso a tudo que queremos: entretenimento, comunicação, notícias, na hora que quisermos, bastando nos conectar à internet por computadores e telefones. Também há câmeras de vídeo nos computadores, de modo que posso estar em Nova York e falar com alguém da África tão facilmente como se estivéssemos na mesma sala.

Philip prestava plena atenção, parecendo perplexo e ouvindo com assombro. Michele percebeu que, o que para ela eram necessidades básicas da vida, para ele eram um conto de fadas além da imaginação.

— Vocês têm filmes na sua época? — ela perguntou a Philip.

— Sim, são a última novidade. Embora a imagem esteja sempre piscando e as histórias sejam curtas demais e não durem nem cinco minutos. Prefiro peças de teatro, sem dúvida.

— Bom, na minha época, os filmes duram tanto quanto as peças e parecem perfeitos, com cor total. E têm som e efeitos especiais. E também tem uma coisa chamada televisão, que todo mundo tem em casa. É uma caixa grande com uma tela que mostra um monte de canais, e cada canal tem um programa diferente a cada hora. Na minha época, para todo lado que você olha existe entretenimento e tecnologia constantes.

— Parece incrível — admirou-se Philip. — Em comparação, você deve achar meu mundo entediante.

— Na verdade, não. É só diferente. Gosto do que estou vendo da antiga Nova York.

— E do que é que você gosta?

— Eu amo as cores, os espaços abertos e o céu sem poluição — Michele respondeu, pensativa. — Não sei. Acho que o que gosto mesmo é que tudo parece mais... inocente.

Philip esboçou um sorriso.

— Você vê nossa Nova York muito bem.

— Conte-me mais sobre 1910 — pediu Michele. — Como é para você?

Philip esticou os braços para trás, pensando.

— É como...viver entre o velho e o novo. A cidade tem um pé no passado vitoriano e um pé no futuro onde você vive. Novos arranha-céus estão sendo construídos todos os dias, tentando quebrar recordes de altura, e nos últimos anos fomos apresentados ao telefone, ao automóvel, às gravações de fonógrafos, às câmeras Kodak, e por aí vai. Mas ao mesmo tempo continuamos a obedecer a regras e costumes de 1890.

— Vivendo entre o velho e o novo — repetiu Michele. — É bem o que estou fazendo agora.

— Suponho que não sejamos tão diferentes, no fim das contas — falou Philip com um sorriso.

— Não acho que a gente seja mesmo — disse Michele, séria de repente. — Quer dizer, sei que estamos separados por cem anos, mas, não sei por qual motivo, sinto que conheço você tão bem.

Philip concordou com a cabeça num gesto vagaroso.

— Sei o que quer dizer.

— Você tocaria algo para mim? — ela indicou o piano com um gesto.

— Claro. — Philip sorriu e foi até o piano.

Michele soube instintivamente o que ele ia tocar, antes que começasse. E, de fato, no momento em que os dedos de Philip tocaram as teclas, a *Serenata* de Schubert encheu a sala.

— Nossa música — ele disse a Michele, dando-lhe uma piscadela enquanto tocava.

Ela fechou os olhos, mergulhando naquela melodia tão bela, os braços se arrepiando. Quando ele terminou de tocar, ela pediu que tocasse mais um dos *ragtimes* que ele havia composto. Enquanto Philip tocava com emoção a música de ritmo envolvente, Michele teve a sensação incrível de estar testemunhando o surgimento de uma lenda.

— Você nasceu para escrever música — ela falou com fervor, assim que ele terminou de tocar. — Estou falando sério.

Michele pensou por um instante nas próprias aspirações como letrista de música, imaginando se ela poderia dizer o mesmo sobre si mesma. *Mas minhas habilidades não são nada perto das dele. Ainda mais agora, que faz um mês que não escrevo uma palavra,* ela pensou, desanimada.

— Creio que você é a única pessoa que aprecia minhas composições — confessou Philip. — Adoro música clássica, claro, mas minha paixão verdadeira é esta música nova que vem do sul dos Estados Unidos.

Ele ergueu o queixo num gesto determinado.

— Ninguém acredita que sou capaz de fazê-lo, mas quero estabelecer minha reputação como compositor, mais do que qualquer outra coisa, e quero que nossa sociedade se livre dessa horrorosa expressão: "música racial". Sempre acreditei que a música deve aproximar as pessoas, e não separá-las ainda mais.

— Você está certo — Michele concordou com firmeza, sentando-se ao lado dele no banco do piano. — Você só está à frente do seu tempo. Você vai ver. As pessoas no fim vão começar a entender. E, se alguém pode fazer isso na música, é você. Não ouvi ninguém no meu tempo tocar dessa maneira.

Ele a encarou.

— É uma sensação maravilhosa... você acreditar em mim.

A forma como ele a olhava era tão íntima, que Michele se sentiu eufórica e tímida ao mesmo tempo. Baixou o olhar para as teclas do piano, tentando acalmar o coração acelerado. Então, sentiu a mão de Philip erguendo seu queixo com suavidade, e ela mergulhou, hipnotizada, naqueles olhos cor de safira. As faces de ambos se aproximaram, e ele roçou seus lábios nos dela. Michele sentiu os joelhos trêmulos, o estômago se contraindo, tudo com um simples toque dos lábios dele. Envolvendo o pescoço de Philip com os braços, ela o atraiu mais para si, e eles começaram a se beijar apaixonadamente, o beijo ardente de duas pessoas que haviam esperado toda a vida uma pela outra. *Ah, meu Deus,* pensou Michele, ao sentir os lábios dele em seu pescoço e nos cabelos. *É sobre isto que todo mundo escreve, canta e sonha. É sobre esta sensação.*

Quando finalmente conseguiram se separar, Michele se recostou nele, e Philip a aconchegou em seus braços, acomodando seu casaco negro nos ombros dela para mantê-la aquecida. Ela fechou os olhos, e pela primeira vez depois de ter perdido a mãe reconheceu como felicidade a emoção que tinha dentro de si.

Ficou pensando no que isso significaria para eles; no que significaria em termos do noivado de Philip com Violet. Por menos que gostasse de Violet, sentiu um aperto de culpa no coração diante da ideia do rompimento de um noivado, ainda mais quando ela era só uma viajante no tempo de Philip, incapaz de estar com ele por completo. Mas também sentia que ela e Philip deviam ficar juntos, que os sonhos de tantos anos e a chave deixada por seu pai eram como um mapa que a conduzira até ele.

Depois de algum tempo, Michele percebeu que já devia fazer horas que estava ali com Philip.

— Preciso voltar para o meu tempo — ela disse, relutante. — Se eu desobedecer o toque de recolher, meus avós talvez me deixem em prisão domiciliar.

— Espere: e se eu voltar ao seu tempo com você? — Os olhos de Philip se iluminaram com a ideia. — Daria qualquer coisa para ver o futuro.

Levar Philip para casa com ela? Michele sorriu. Parecia bom demais para ser verdade. Será que ela conseguiria fazer aquilo?

— Vamos tentar — ela concordou. Pegou a mão de Philip e, com a outra, segurou a chave, desejando que o Tempo os enviasse para 2010... juntos.

— Mas o que...

Ao ouvir o grito aterrorizado, Michele olhou para cima, desorientada. Estava estendida no chão frio de uma cozinha. O ruído de uma geladeira e as risadas de fundo num programa que passava numa televisão próxima revelaram-lhe que devia ter voltado ao próprio tempo. Mas tinha regressado sozinha. *Não funcionou*, pensou ela, uma onda de tristeza dominando-a ao perceber que Philip não estava ali, que ele não existia mais em 2010. *Quando poderei vê-lo de novo?*, perguntou-se, ansiosa.

Michele piscou os olhos, e um rosto que pairava acima dela entrou em foco. Era o rosto de Caissie Hart, que parecia chocada e aterrorizada. *Caissie? De onde ela apareceu?*, pensou Michele, assombrada. Foi então que recordou que o prédio de apartamentos de Caissie estava localizado onde antes ficava a Mansão Walker. *Esta cozinha deve estar onde ficava a sala de música cem anos atrás*, refletiu.

— É melhor você explicar o que está acontecendo, antes que eu chame a polícia — alertou Caissie. — Como conseguiu entrar aqui?

— Não, por favor, me deixe explicar — implorou Michele, levantando-se devagar do chão.

Bem naquela hora, uma voz de homem soou, vinda de outro aposento.

— Caissie? Por que está gritando?

Os olhos de Caissie se desviaram de Michele para a porta; ela, sem dúvida, pretendia entregá-la ao pai.

— Não, por favor, não faça isso! — Michele sussurrou, desesperada. — Tenho uma explicação muito boa. E tem a ver com... com o que te falei na escola hoje.

Por sorte, a curiosidade de Caissie venceu.

— Eu só...só vi uma aranha — ela respondeu ao pai. — Mas já matei. Tá tudo bem agora.

Michele soltou um suspiro de alívio.

— Obrigada. Podemos conversar em algum lugar a sós?

— Tudo bem. Vem comigo.

Caissie percorreu os corredores estreitos do apartamento até chegar ao seu quarto. Era um cômodo aconchegante, repleto de roupas e livros. Pôsteres do Radiohead e do Coldplay cobriam as paredes.

— Tudo bem. Explique — exigiu Caissie, fechando a porta atrás de si. — E aproveite para explicar por que está vestida com roupa de gala masculina.

Michele olhou para baixo e percebeu que ainda usava o paletó de Philip. Enfiou as mãos nos bolsos e, para sua surpresa, sentiu um cartãozinho. Tirou-o depressa e o examinou. Seu coração ficou apertado quando viu o nome de Philip escrito nele, o endereço logo abaixo. A presença das coisas dele fazia toda a história parecer um pouco menos maluca, e ela de repente sentiu coragem suficiente para contar tudo aquilo a alguém.

E a quem mais poderia contar? Amanda e Kristen não acreditavam nem um pouco em magia, de modo que a história só as convenceria de que Michele era um caso psiquiátrico. Embora mal conhecesse Caissie, ela, afinal de contas, tinha visto Michele aparecer do nada, e por isso talvez fosse a única pessoa com algum motivo para acreditar nela. E mais: agora Michele lhe devia uma explicação. Respirou fundo, preparando-se para a reação de Caissie, enquanto lhe entregava o cartão de Philip.

— Este casaco e este cartão pertenceram a Philip Walker, em 1910 — disse Michele. — Meu pai, que nunca conheci, tinha esta chave antiga, que peguei do cofre da minha mãe depois que ela morreu. Para encurtar, a chave me levou até um diário de 1910, da minha antepassada Clara Windsor, e a chave e o diário, juntos, me mandaram numa viagem pelo tempo. Sei que parece maluquice, mas encontrei todos eles, Caissie! Dancei no baile de Dia das Bruxas dos Windsor e agora há pouco estava a sós com Philip, em sua sala de música, tentando trazê-lo comigo para nosso tempo. Foi assim que vim parar na sua cozinha. Ela deve estar onde a sala de música dele costumava ficar. E era com Philip que eu estava na noite passada, quando precisei que você fosse meu álibi.

Caissie olhou para ela, sem poder acreditar.

— Ou isso é uma pegadinha absolutamente ridícula, ou você endoidou de vez.

Michele mordeu o lábio, nervosa. Era essa a reação que temia.

— Por favor, tente acreditar em mim. É tudo verdade — ela insistiu. — De que outro modo você explicaria eu ter entrado no seu apartamento? Ou como explicaria isto? — Ela tirou o casaco de Philip e o mostrou a Caissie.

— É só um casaco antigo que você pode ter comprado de segunda mão, e o cartão pode facilmente ter sido falsificado. Eles não pertencem a nenhum Walker do passado — argumentou Caissie. Ia devolver o casaco a Michele, quando algo chamou sua atenção. Puxou-o de volta e observou o interior do colarinho.

— Que foi? — perguntou Michele.

Com a face pálida de repente, Caissie aproximou-se da parede junto à cômoda, onde o canto do papel de parede descolava, por baixo aparecendo o velho revestimento de madeira... decorado com o brasão da família Walker. O mesmo brasão que estava costurado no interior do casaco.

— O exterior da mansão foi demolido quando decidiram transformar tudo neste conjunto de apartamentos, mas mantiveram partes do interior. Este é o revestimento original de madeira — explicou Caissie com um tom estranho de voz, enquanto olhava o brasão dos Walker.

— Não está vendo? — Michele murmurou. — É o mesmo. Eu realmente estive com ele cem anos atrás!

— Ainda assim, você poderia ter encontrado isto aqui num brechó — insistiu Caissie, embora agora suas mãos tremessem enquanto entregava o casaco a Michele.

— Você sabe que não foi isso. — Michele a encarou com seriedade. — Por favor, você é a única pessoa a quem posso contar sobre essas coisas.

Caissie despencou numa cadeira.

— Posso ser sincera, Michele? Você deve ser a pessoa mais maluca que conheço. Primeiro, você mal conversa comigo quando vou até sua casa, não fala comigo na escola, e de repente aparece assim, do nada, e eu viro a pessoa que você quer envolver nessa sua insanidade? Não, obrigada.

O queixo de Michele caiu. Não podia acreditar no que ouvia.

— Eu mal conversei com você? Eu é que sou a aluna nova na escola, e achei que você, talvez, apenas talvez, pudesse falar ou se sentar comigo no almoço e me fazer sentir bem-vinda, mas foi você quem agiu como se a gente nunca tivesse se visto!

— Isso porque você me dispensou tão depressa que ficou óbvio que não estava a fim de ser amiga da filha da secretária — retrucou Caissie. — E aí te vi com o clubinho fechado dos Quatrocentos, e todo mundo sabe como elas esnobam bolsistas como eu e Aaron.

— Não faço parte daquele clube mesmo — exclamou Michele. — Não sabia nada sobre ele naquele primeiro dia. Só estava feliz por ter alguém com quem almoçar. Você deve ter notado que não me sentei mais com elas; que, em vez disso, tenho passado a hora do almoço na biblioteca. E, naquele dia em que você foi me visitar, eu estava supermal por causa da minha mãe e tinha brigado com meus avós na noite anterior. O tempo todo que você esteve lá fiquei tentando não chorar. Foi por isso que apressei você para ir embora.

Caissie ficou em silêncio por um instante. Depois, lançou a Michele um olhar arrependido.

— Desculpa — disse, a voz baixa. — Fui uma babaca. É que detesto o jeito que aquele povo trata a gente, eu e o Aaron, sabe? Somos os únicos alunos em Berkshire com empregos de meio período, passes de metrô e sem mesada. Nem poderia viver neste edifício se ele não tivesse aluguel controlado. Você precisa ver o tamanho do apartamento da minha mãe; mal tem lugar para o meu quarto. Mas eu estaria bem feliz com minha situação se ela não desse motivo para as metidinhas da escola me tratarem como cidadã de segunda classe. Para você e seus avós, minha mãe é uma empregada. Acho que isso me fez levar tudo para o lado pessoal.

— Tudo bem — Michele cedeu com um suspiro. — Sabe, pra mim, esse lance de alta sociedade é novidade completa. Estava acostumada a viver num chalezinho com a minha mãe e nunca ter grana suficiente... — A voz de Michele se perdeu quando as lembranças da vida antiga a invadiram, provocando-lhe um nó na garganta.

Caissie mordeu o lábio.

— Desculpa por ter pensado mal de você. E sinto muito sobre sua mãe.

— Valeu. Acho que posso entender por que você se sente assim. Faz só uma semana que estou em Berkshire e já estou complexada.

Caissie riu, e Michele estendeu a mão.

— Temos um acordo de paz?

— Temos — concordou Caissie, apertando-lhe a mão.

— E, agora que você sabe que não sou quem achava que eu era, tem alguma chance de acreditar na minha viagem no tempo? — perguntou

Michele, esperançosa. — Quer dizer, de que outro jeito você explicaria minha presença no seu apartamento, ainda mais com o casaco de Philip nas mãos?

Caissie balançou a cabeça num gesto vagaroso.

— Olha, eu estudo ciência. Foi assim que consegui entrar na nossa escola, e é nisso que eu acredito: fatos científicos, e não mágica nem viagem no tempo. — Ela lançou um olhar enviesado a Michele. — Mas que é esquisito, é. Ao mesmo tempo, já não acho que você esteja maluca. Então, não vou nem acreditar nem desacreditar, até que você possa me apresentar mais fatos.

— É justo — concordou Michele. Seu olhar recaiu sobre o despertador, que marcava dez e meia da noite. — Ai, droga, tenho que ir para casa. Acabo de perder o toque de recolher. Cruze os dedos para que meus avós ainda não tenham voltado.

— Cruzo — disse Caissie com um sorriso.

Ela foi com Michele até a porta.

— Podemos manter tudo isso só entre nós? Você não vai contar a Aaron ou a mais ninguém, não é?

— Garota, se eu contar, vão me achar tão maluca quanto você — comentou Caissie com naturalidade. — Pode ter certeza de que vou manter isto em segredo.

— É, acho que você tem razão. Bom, a gente se vê amanhã na escola.

— A gente se vê. — Caissie fez menção de entrar, mas parou e se virou para Michele. — Ei, quer almoçar comigo e com Aaron amanhã?

— Parece ótimo — respondeu Michele com um sorriso.

Na manhã seguinte, Michele acordou cedo, incapaz de dormir com tantos pensamentos sobre Philip girando na cabeça. Uma parte dela ainda achava que era tudo um sonho, como se ele só existisse num universo fantástico e paralelo. Mas, agora que haviam se tocado, se abraçado e se beijado, ele parecia mais concreto que qualquer outra pessoa ou coisa em toda a sua vida, mesmo estando a cem anos de distância.

De repente, a inspiração bateu. Michele correu até a escrivaninha e pegou uma caneta e um bloco de notas. Hesitou por um instante. Não conseguia escrever desde a morte da mãe... Por que achava que agora iria conseguir? Porém, um segundo depois, já tinha o título: *Bring the Colors Back* [Traga as Cores de Volta]. E havia o refrão:

Why, when you're gone [Ah, quando você se vai]
The world's gray on my own [Meu mundo se torna cinza]
You bring the colors back [Você traz as cores de volta]
You bring the colors back. [Você traz as cores de volta.]
Why, I feel numb [Ah, sinto-me atordoada]
I'm a sky without a sun [Sou um céu sem sol]
Just take away the lack [Apenas leve embora a ausência]
And bring the colors back. [E traga as cores de volta.]

As palavras voavam para a página à medida que ela criava os versos.

Feels like so long been only seeing my life in blues [É como se por tanto tempo eu apenas visse o lado triste da vida]
There comes a time when even strong ones need rescue [Sempre há um momento em que até os mais fortes precisam de ajuda]
Then I'm with you in a whole other place and time [Então estou com você num outro tempo e lugar]
The world has light [O mundo tem luz]
I come to life... [E eu volto à vida...]

Michele escreveu e escreveu, até Annaleigh aparecer chamando-a para o café da manhã. Antes de deixar o quarto, ela releu seu trabalho e sorriu. Não era importante se havia escrito algo brilhante ou não. O maravilhoso era o simples fato de ter voltado a escrever.

9

Mais tarde, naquele mesmo dia, na aula de literatura inglesa, o professor dividiu os alunos em dois grupos para responder às questões de estudo do livro que estavam lendo, *O grande Gatsby*. Michele, Caissie e Ben foram colocados no mesmo grupo, junto com dois caras da equipe de tênis da escola e uma louraça espetacular bronzeada demais, que dava a impressão de que estaria mais à vontade num *reality show* da MTV.

— Jamaicanos *fake* — Caissie sussurrou para Michele, apontando com a cabeça para os dois atletas que se aproximavam do grupo.

— Hã? — Michele lançou-lhe um olhar intrigado.

— Você vai ver — respondeu Caissie com uma risada.

Quando o grupo de estudos se acomodou ao redor de uma mesa, Michele teve que morder o lábio para evitar uma risada maldosa. Os jogadores de tênis tinham se acomodado cada um ao lado da Louraça Espetacular, os olhos deslizando para os seios dela sem nenhuma sutileza, enquanto ela soltava risadinhas e fingia não perceber. Enquanto isso, Caissie ficava olhando esperançosa para a porta, claramente sonhando com uma fuga. A única pessoa que agia normalmente era Ben. Mas, por alguma razão, Michele sentia os olhos dele sobre ela o tempo todo.

— Hã... — Ben olhou ao redor. — Vamos encarar isso aqui?

— Só, cara — o Atleta Número Um disse, e depois começou a ler a primeira das questões com um perfeito sotaque rastafári. — Como Gatsby representa o "sonho norte-americano"? Qual era a condição do "sonho norte-americano" na década de 1920?

Michele o encarou fixamente.

Esse cara existe?

Caissie, no entanto, parecia ser a única no grupo a externar que achava algo estranho no colega loiro e de olhos azuis falando como um rasta. Os ombros dela sacudiam com um riso silencioso enquanto olhava a expressão espantada de Michele.

Ninguém fez a menor menção de responder à questão, de modo que Ben falou de novo:

— Hã, acho que Gatsby representa o lado negro disso. Tipo, como grana e poder ganharam tanta importância, que as pessoas destroem a própria vida para consegui-los.

— É, concordo — disse Michele. Caissie assentiu com a cabeça.

— Não sei — contrapôs Louraça. — Gatsby só queria grana e poder para ganhar a Daisy. E eu acho isso *tão* romântico. E a gente não ia reclamar se um cara destruísse sua vida para conquistar a gente, ia? Não estou certa, garotas? — Ela deu a Michele e Caissie um sorriso conspiratório.

— Hã, não.

— Gatsby é um cara insano — comentou o Atleta Número Dois, cheio de admiração, no mesmo sotaque rasta.

— Tudo bem, então. Parece que cada um de nós tem uma opinião diferente, portanto acho melhor a gente se separar e cada um responder sozinho — sugeriu Caissie, mais que depressa.

— De boa — os jamaicanos *fake* responderam em uníssono.

— *Homens* — suspirou Caissie no ouvido de Michele, revirando os olhos.

Michele pensou em como Philip era diferente dessa turma, e como era diferente do bobo do seu ex-namorado, Jason, lá de Los Angeles. Seria *possível* alguém como Philip Walker existir nesta sua geração?

Enquanto voltava de carro da escola, Michele estava perdida em pensamentos. Precisava saber, antes que se apaixonasse de verdade por Philip, se ele iria mesmo se casar com Violet. E, por mais que estivesse tentando evitar o contato com os avós, sabia que era a eles que teria de perguntar.

Chegando à mansão, Michele dirigiu-se para a biblioteca, onde àquela hora os avós costumavam jogar cartas.

— Oi — cumprimentou-os, parada à porta meio sem jeito.

Os dois ergueram os olhos, surpresos.

— Olá, querida — disse Dorothy.

— Como foi a aula? — perguntou Walter.

Michele percebeu, pelo semblante de ambos, que estavam felizes por ela ter vindo falar com eles.

— Ah, foi legal. Aliás, é por isso mesmo que eu queria falar com vocês. Vou fazer...um projeto de história sobre a família Windsor — mentiu Michele.

Walter ficou todo animado.

— Que maravilha! Há tantas histórias e pessoas inacreditáveis na nossa família; você vai ter muito sobre o que escrever.

Michele sentou-se numa das poltronas de couro.

— Bom, na verdade tem algo em particular que eu queria perguntar a vocês. Ouvi uma história de que uma vez um Windsor e um Walker se casaram. Violet Windsor e Philip Walker, na década de 1910. É verdade?

Michele prendeu a respiração, esperando pela resposta. Walter e Dorothy se entreolharam, obviamente espantados.

— Nunca ouvi nada disso em toda a minha vida — respondeu Walter. — Violet casou-se com um nobre francês e se mudou para a Europa. Ela com certeza não se casou com um Walker.

Enquanto assimilava a resposta, Michele foi invadida por uma sensação de fraqueza. *Ele não se casou com ela! Será que foi por minha causa?* Sentiu as pernas trêmulas.

— Nunca nem ouvi falar de um Philip Walker — comentou Dorothy. — E você, Walter?

Ele balançou a cabeça.

— Não, não creio que tenha existido esse tal Philip Walker.

Michele estremeceu com aquelas palavras.

— Que foi, querida? Algum problema? — perguntou Dorothy, olhando-a com preocupação.

Michele engoliu com dificuldade.

— Estou bem. Só achei... que tivesse visto uma coisa. Mas não é nada. — *Eles estão errados,* Michele garantiu a si mesma. *Philip é tão real quanto eu sou.*

— Já que está estudando a história dos Windsor, você podia fazer uma pesquisa no sótão — sugeriu Dorothy. — Todas as velhas fotos e documentos da família estão lá, em caixas organizadas por ano.

Michele animou-se. Aquilo parecia promissor. Talvez encontrasse algo lá, alguma resposta sobre Philip.

— Parece perfeito — respondeu. — Vou subir lá agora mesmo.

O sótão dos Windsor era organizado e estava lotado de fileiras de caixas. Não era de forma alguma o lugar sinistro e úmido que Michele havia imaginado. A primeira fileira de caixas estava etiquetada com nomes de pessoas desconhecidas, mas havia em cima das caixas, estranhamente fora de lugar, um caderno de composição musical. Michele apanhou-o, curiosa. A capa dizia *Músicas de Lily Windsor, 1925.* Michele sorriu. Lily deveria ter sua idade quando escreveu aquelas músicas. Que incrível era encontrar letras manuscritas de quando Lily ainda era uma aspirante a letrista, como ela própria! Pegou o caderno e o manteve consigo enquanto continuava olhando ao redor.

Conforme ia mais para o fundo do sótão, viu numa das caixas um nome que reconheceu: George Windsor, 1859-1922. Não era o pai de Clara? Michele sentiu uma pontada de culpa ao se lembrar da promessa de ajudar Clara. Tinha esquecido completamente aquele assunto em meio ao turbilhão que Philip trouxera à sua vida.

Apressou-se em abrir a caixa. Havia um monte de coisas: documentos de negócios, cartas, fotografias. Foi quando uma das antigas e desbotadas fotos em preto e branco chamou sua atenção. Era da mulher que estava na foto que Clara havia lhe mostrado: a mãe dela! As extremidades da fotografia se desfaziam pela idade, mas as palavras escritas atrás dela eram inconfundíveis: *Eu te amo, sempre. Alanna.*

Enquanto analisava a foto, de repente o sótão começou a rodopiar e tremer. Michele caiu no chão, cobrindo a cabeça com as mãos, aterrorizada. *É um terremoto?* Mas então, as mãos agarradas ao piso de madeira, os olhos fechados com força, teve a sensação familiar de estar caindo, e percebeu que estava sendo enviada de novo numa viagem no tempo.

Quando tudo parou de girar e tremer, ela abriu os olhos, hesitante. Estava cercada pela escuridão. Não havia mais lâmpadas acesas, e agora o lugar estava vazio, com alguns móveis descartados e meia dúzia de caixas pardas.

De súbito, ouviu o som de passos subindo as escadas, e se escondeu depressa atrás de uma cômoda quebrada. A porta se abriu, e um casal jovem entrou, de mãos dadas, o homem segurando um pequeno candelabro. Michele olhou por trás da cômoda e reconheceu o homem de cabelos escuros como sendo George Windsor, mas quase vinte anos mais novo, com uma expressão relaxada que ela ainda não vira em seu rosto. Ele usava uma camisa branca engomada, gravata branca e um colete preto com calças risca de giz. A jovem que o acompanhava era linda, os cabelos ruivos e ondulados presos para cima, e vestia uma blusa branca simples com uma saia longa de algodão azul-marinho. Era evidente, pelas roupas modestas e sem ornamentos, que não era parte da alta sociedade dos Windsor, mas, pela adoração com que George a olhava, Michele se deu conta de que ele não dava a mínima para isso.

O jovem casal se encostou, lado a lado, na parede do sótão, trocando sorrisos, obviamente felizes por estarem num mundo particular. A mulher, que Michele reconhecia agora como a mãe de Clara, Alanna, enrodilhou o pescoço de George com os braços e o puxou mais para perto. Os dois se beijaram com ternura. *Ela o ama de verdade*, percebeu Michele, surpresa.

George se afastou um pouco e enfiou a mão no bolso.

— Tenho um presente para você — disse, entregando-lhe uma caixinha de modo tímido, quase infantil.

— George! — Alanna abriu um enorme sorriso antes de abrir a caixa com delicadeza.

George postou-se atrás da moça, as mãos sobre os ombros dela.

— Um medalhão de abrir — ela exclamou, encantada. — É tão lindo. George, não precisava.

— Mas eu queria — respondeu ele, atraindo-a para outro beijo. — Eu só gostaria que...

— Sim, querido? — Alanna perguntou. — O quê?

George ficou em silêncio por um instante e, quando voltou a falar, sua voz estava rouca.

— Gostaria que você pusesse nossa foto dentro do medalhão, sem medo de ser descoberta.

Michele viu quando Alanna concordou, recostando-se em George e murmurando algo que ela não pôde ouvir. Alanna tirou um relógio do bolso da saia e soltou um pesado suspiro.

— São quase cinco horas. Henrietta vai chegar a qualquer momento. Precisamos ir embora daqui. — Ela ergueu para ele o rosto tomado pelo desespero. — Por que o Tempo não permitiu que nos encontrássemos antes?

George pegou-lhe a mão e a encostou na própria face.

— Ainda não é tarde demais para nós — ele disse com fervor. — Podemos encontrar um modo de ficar juntos.

Alanna balançou a cabeça, e Michele a viu enxugando os olhos.

— Você sabe que não pode deixá-la. Talvez nunca mais veja seus filhos de novo. Não, de algum modo temos que aceitar a situação.

— Mas como posso deixar que você se vá? — ele perguntou, a voz quase falhando.

Alanna balançou a cabeça de novo e começou a chorar no ombro de George.

De repente, o que Michele mais queria era se afastar daquela cena dolorosa. Fechou os olhos, segurou a chave da corrente e desejou que o Tempo a mandasse de volta.

Michele abriu os olhos e viu-se de volta ao sótão, no seu próprio tempo. Levando consigo a foto e o caderno de composição de Lily, desceu correndo as escadas e foi para seu quarto. Precisava se encontrar com Clara.

Jogou o caderno de Lily sobre a escrivaninha, pegou o diário de Clara e o abriu no terceiro registro: 1º de novembro de 1910. Sem sequer olhar a primeira frase, Michele segurou com firmeza o diário, a foto e a chave. Depois de alguns segundos, tudo começou a girar de novo, enviando-a de volta ao primeiro dia de novembro de cem anos atrás. Ao chegar, viu Clara enrodilhada na cama, o rosto enfiado num livro.

— Michele! — gritou a jovem ao vê-la, saltando da cama para lhe dar um abraço. — Estou tão feliz por você ter voltado.

— Eu também. O que perdi por aqui?

— Muito pouco. Tenho passado quase todo o tempo neste quarto, evitando a família... sobretudo a senhora Windsor.

— É por isso que estou aqui — disse Michele, entregando-lhe a foto. — Encontrei isto no sótão, junto com as coisas de George Windsor.

Quando Clara viu a foto, seu rosto ficou branco como o de um fantasma.

— Você tem que falar com seu pai — incentivou Michele. — Ela deu isto a ele. Devia sentir algo verdadeiro por ele, Clara. Você precisa saber o que de fato aconteceu entre seus pais.

Clara assentiu em concordância.

— Você vem comigo?

— Claro que sim.

Desceram as escadas e foram ao escritório de George Windsor. Clara, nervosa, segurava a mão de Michele. Com a outra, bateu à porta.

— Entre — respondeu George.

Clara entrou no aposento, e George empalideceu ao ver que era ela. Olhou-a em silêncio por um longo tempo.

— Por favor, me conte o que aconteceu... entre você e mamãe — ela pediu, rompendo o silêncio.

George hesitou.

— Não sei do que está falando — respondeu ele, desviando o olhar.

Clara jogou a foto sobre a escrivaninha dele.

— Por que tem mentido para mim? — ela perguntou com rispidez.

Ele olhou para a foto, em choque. Ergueu os olhos para Clara, abrindo e fechando a boca como se não soubesse o que dizer. Quando, por fim, falou, sua voz soava arrasada, como se houvesse envelhecido anos:

— Eu sinto tanto... minha filha — ele falou, a respiração ofegante. — Nunca quis enganar você. Só não queria que pensasse mal da sua mãe.

Clara sentou-se lentamente numa poltrona diante do pai.

— Quero a verdade — ela murmurou. — Toda ela.

George fez que sim com a cabeça. Depois de respirar fundo, começou. Enquanto falava, Michele teve a impressão de que ele jamais havia contado aquela história antes.

— Conheci sua mãe na casa dos Astor. Havia chegado muito antes da hora e era o primeiro a estar ali para um jogo de cartas com os cavalheiros. Quando entrei na biblioteca para esperar, esbarrei na nova secretária social da senhora Astor, Alanna. No momento em que coloquei os olhos nela, senti... bem, foi a coisa mais curiosa que já tinha sentido. Era como se tivesse redescoberto alguém que me era muito querido, alguém cuja falta eu sentira durante todo o tempo.

Michele sentiu uma contração no estômago. *É bem isso o que sinto por Philip.*

— Ela era como um sonho transformado em realidade — prosseguiu George com um olhar distante. — Nunca pude me esquecer da minha viagem favorita quando garoto, ao acompanhar meu pai até o Condado de Kerry, na Irlanda. Desde então, fiquei encantado com a cultura irlandesa. Por isso, Alanna pareceu-me fascinante com seus cabelos de um ruivo tão vivo, além do ligeiro sotaque irlandês e as histórias arrebatadoras que contava sobre sua terra natal. À medida que fomos nos conhecendo e nos entendendo, senti que éramos como almas gêmeas. — George fechou os olhos por um instante. — Estava casado quando nos conhecemos. Henrietta e eu já tínhamos um filho, e Violet estava a caminho. Sempre gostei de minha esposa, é evidente. Mas o que sentia por Alanna... Bom, foi a primeira vez em que eu soube o que era o amor de fato, a felicidade verdadeira. Imagine minha alegria quando ela me disse que compartilhava tais sentimentos.

Michele e Clara tinham o olhar cravado em George enquanto ele falava, hipnotizadas pela história.

— Eu queria desesperadamente casar-me com Alanna, mas, por favor, entenda que, se hoje em dia os divórcios são raros, eram ainda mais impossíveis em 1890. As cortes mostravam extrema relutância em concedê-los, e tanto Alanna quanto eu sabíamos que deixar Henrietta significaria deixar meus filhos também. Não podia fazer isso com eles. E então Alanna descobriu que estava grávida e entrou em pânico. — Os olhos de George encheram-se de lágrimas. — Ela estava aterrorizada por estar grávida fora dos laços do casamento e não podia suportar que nosso filho fosse criado como ilegítimo.

Michele olhou para Clara. Ela permanecia sentada e imóvel, o rosto inexpressivo, mas com os olhos marejados de lágrimas.

— Alanna tinha um amigo de toda a vida, também irlandês. Ambos haviam imigrado para os Estados Unidos na mesma época e sempre tinham cuidado um do outro aqui. O nome dele era Edmond, e ele sempre fora apaixonado por ela. — O rosto de George estava contorcido pela dor. — Quando Alanna lhe contou seu segredo, ele se ofereceu para se casar com ela e criar a criança como se fosse sua. Para Alanna, aquela era a resposta às suas preces por nosso filho ainda não nascido. Eles se casaram de imediato na prefeitura da cidade. E depois, no dia mais terrível da minha vida, ela veio e me contou tudo, já com a aliança de casamento no dedo. Disse-me que eu sempre seria o amor da sua vida, mas que para o bem da nossa criança, ela teria que fingir que você era filha de Edmond e voltar com ele para a Irlanda, onde teriam a ajuda da família de ambos para criá-la.

Ele prosseguiu, angustiado:

— Sempre quis ser seu pai. Odiava a ideia de que fosse Edmond a ter você nos braços, acalmando seu choro e vendo-a crescer. Devia ter sido eu... — a voz dele falhou. — Mas Alanna não queria se separar de você. Disse que tínhamos que terminar nosso caso de imediato, antes que alguém tivesse a chance de especular que você poderia ser minha, e insistiu em levá-la à Irlanda assim que você tivesse forças suficientes para fazer a viagem. Foi a época mais terrível da minha vida. — George soltou um suspiro trêmulo. — Durante anos, tentei localizar você e Alanna. Contratei um detetive, e demorou uma década para que a verdade fosse descoberta, pois ele concentrou as buscas na Irlanda. Mas vocês três nunca chegaram lá. Tragicamente, Alanna e Edmond morreram de gripe espanhola quando você tinha 4 anos de idade, pouco antes da data marcada para a viagem a Belfast. Você não pode imaginar meu choque e desespero quando descobri que minha Alanna se fora e que nossa filha vivera todo esse tempo num orfanato, bem aqui na minha cidade. Eu amo você, Clara, e tudo que quis nestes anos todos foi ser seu pai — declarou George, as lágrimas agora rolando com liberdade. — Posso ter agora uma segunda chance?

As mãos de Clara tremiam.

— Não... não posso acreditar — ela sussurrou. — É demais para acreditar. Tudo que eu pensava que sabia sobre minha mãe e meu pai... estava errado.

— Nem tudo — George balançou a cabeça numa negativa. — Você achava que tinha uma mãe e um pai que amavam muito você, e também um ao outro. E isso é verdade. Sinto falta da sua mãe e ainda a amo, todos os dias. E sempre amei você, todo esse tempo, mesmo antes de conhecê-la.

Clara fitou o pai e, quando passou a assimilar a realidade, as lágrimas começaram a escorrer por seu rosto. Ela se ergueu e deu um passo hesitante na direção dele, e os dois se abraçaram, chorando ao compartilhar aquele primeiro momento entre pai e filha.

Olhando-os, Michele se deu conta do próprio turbilhão de emoções. Estava feliz por Clara, mas uma sensação desagradável e dolorosa se instalara na boca do estômago ao escutar a história de George e ao vê-lo abraçar a filha. Pensou em sua família destruída: a mãe, que se fora; os avós que estavam no próprio mundo, muito distantes dela; e o pai, que sequer havia conhecido. Michele nunca tinha sentido a falta dele, mas agora, vendo o encontro emocionante entre Clara e George, era como se seu coração fosse retorcido por um punho invisível. Ergueu a chave do colar e a observou com intensidade. Se ao menos Henry Irving pudesse encontrá-la e lhe fornecer as respostas de que necessitava... Se ao menos pudesse acordar na manhã seguinte e descobrir que não era mais uma órfã...

Michele saiu em silêncio do escritório e voltou para o quarto de Clara, a fim de esperá-la. Quando Clara voltou, pouco depois, seus olhos estavam úmidos, mas brilhantes. Ela envolveu Michele nos braços.

— Não tenho como lhe agradecer por descobrir a verdade e me juntar a meu pai — disse, apertando com gratidão as mãos de Michele.

— Fico feliz por tê-la ajudado — Michele respondeu. — Você tem tanta sorte por ter a oportunidade de ser parte de uma família.

— Estou acostumada à solidão — comentou Clara. — É difícil acreditar que talvez possa ser amada de verdade.

— Bom, está na cara que seu pai te ama de verdade — disse Michele com um sorriso trêmulo. — E você também tinha uma mãe e um pai adotivos que teriam feito qualquer coisa por você. Acho que o que Edmond e Alanna fizeram por você foi incrível.

— Sim, foi — Clara concordou. — Sinto-me grata e ao mesmo tempo muito triste.

— Quando George vai contar sobre você ao resto da família?

— Ele queria contar já, mas pedi a ele que não o fizesse — respondeu Clara, sentando-se à penteadeira.

— O quê? Por que fez isso? — Michele olhou para Clara, confusa.

— Bom, papai vai me adotar. Assim, serei oficialmente a senhorita Clara Windsor. — As faces dela coraram de felicidade. — E Violet intuiu a verdade. Mas não quero causar sofrimento a Henrietta e à pequena Frances, e sei que ficariam magoadas se papai confirmasse que sou filha dele. Para mim, é suficiente que ele e eu saibamos. E sei que fui concebida com amor, mas... Bom, você sabe como isso iria parecer para a sociedade. Arruinaria a reputação da família. Jamais poderia permitir que papai fizesse isso por mim.

— Uau — admirou-se Michele. — É generosidade sua manter isso em segredo durante toda a vida.

Sou a única pessoa viva na minha época que sabe a verdade, pensou ela, assombrada.

— Papai não gostou muito, mas sei que com o tempo ele vai ver que é o melhor para nós.

— Mas que explicação ele vai dar para sua adoção?

— Vamos dizer que meu pai era um amigo de infância dele, e que ele não podia suportar a ideia de que a filha do amigo querido fosse uma órfã desamparada.

— Hum, essa é bem boa.

— Admito que estou nervosa sobre o modo como Violet e Henrietta vão reagir à minha adoção — disse Clara, mordendo o lábio. — Mas papai falou que não há nada que possam fazer para impedir. Ele disse que Henrietta não ousaria largá-lo por causa disso, com medo do que a sociedade diria. E, mesmo que ela e Violet me repudiem, enquanto eu tiver papai, vai ficar tudo bem.

— Aposto que elas vão superar essa situação e também vão gostar de você — disse Michele, encorajadora. — Você vai ser uma boa influência sobre essas esnobes.

Clara cobriu a boca, rindo. Naquele momento, uma das criadas bateu à porta.

— O jantar está para ser servido, senhorita Clara. Vai querer uma bandeja de novo esta noite?

— Não, obrigada. Vou me juntar à minha família lá embaixo. — Clara sorriu para Michele. Antes de descer para jantar, ela abraçou Michele de novo. — Devo lhe agradecer tanto! Você é o fantasma mais bondoso que eu poderia ter encontrado.

— Obrigada — riu Michele. — Boa sorte, Clara.

Michele ainda continuou no aposento depois que ela saiu. *Clara tem tanta sorte por ter uma família de verdade com quem jantar todas as noites,* pensou com certa tristeza. Enquanto refletia no jantar solitário que teria em seu quarto quando voltasse a 2010, na atmosfera fria e carente de amor da Mansão Windsor da sua época, sentiu uma pontada vigorosa de dor. Tinha que sair daquela casa. Tinha que tentar escapar daquela dor surda dentro de si.

10

— Michele!

O coração dela deu um salto assim que ergueu os olhos. Acabava de cruzar os portões da Mansão Windsor e se dirigia para a Mansão Walker. E lá estava Philip, sorrindo para ela, deliciado. Michele correu para ele, tomada de emoção.

Mas, antes que pudessem se abraçar, ele a pegou pela mão e levou--a para os fundos da Mansão Walker, onde ninguém poderia vê-lo. Uma vez sozinhos, tomou-a nos braços, beijando-lhe os lábios, cabelos e pálpebras.

— Você voltou! — Ele se calou por um instante, olhando-a preocupado. — Que aconteceu? Esteve chorando?

Michele desviou o olhar, envergonhada. Philip segurou-lhe o queixo e a fez voltar o rosto para ele.

— Conte-me. Qual é o problema? — ele perguntou num tom de voz reconfortante.

— Eu só... — Michele engoliu em seco.

Philip acariciou seus cabelos.

— Está tudo bem. Continue.

— Eu me sinto tão sozinha — ela sussurrou. — Menos quando estou com você.

Philip a atraiu para si num abraço apertado.

— O que quer dizer?

— Quero dizer que não tenho... não tenho mais meus pais. — De súbito, Michele irrompeu em lágrimas, aos soluços. — E é como se também não tivesse nem avós. Eu só... Dá a impressão de que não tenho família nem ninguém no mundo, como se tivesse sido jogada aqui para me virar sozinha.

Philip afagou suas costas trêmulas, beijando-lhe o topo da cabeça.

— Sinto muito. Sinto muito mesmo — ele murmurou. — Sei o que quer dizer. Eu sinto a mesma coisa.

Michele enxugou os olhos.

— Nós combinamos mesmo, não é?

Philip encostou sua testa na dela.

— Alguém uma vez me disse que os amigos são a família que você escolhe. Então, veja só: vou ser sua família e você pode ser a minha.

Michele sentiu uma centelha cálida dentro de si. Deu a ele um sorriso triste.

— Tá bem... Parece legal.

— Bem, agora precisamos deixar você mais alegre — declarou Philip, o brilho voltando aos olhos dele. — Quero sair com você num encontro de verdade.

— Hã, mas aonde a gente vai? — perguntou Michele, soltando uma risadinha. — Ninguém mais pode me ver. Vão te achar um maluco total se tentar conseguir uma mesa para dois num restaurante.

— Tenho uma ideia — respondeu ele, dando uma piscadela. Pegou-a pela mão e a levou à Mansão Walker. Desceram as escadas e entraram na área destinada aos empregados. Philip abriu a porta para a cozinha.

— Senhor Walker!

— Ah, meu Deus!

— Que faz aqui?

Os gritos ecoaram entre cozinheiras e copeiras, que pareciam todas atordoadas com a visão de Philip na cozinha. Michele lançou a ele um olhar assombrado. Qual era o problema?

— Ah, calma. Com certeza não pode ser tão errado que eu visite a cozinha uma vez ou outra — falou Philip, bem-humorado.

— Mas os patrões nunca descem aqui na cozinha! — exclamou a cozinheira. — Não é apropriado que o senhor nos veja. Sabe disso, senhor Philip.

— Bom, já é hora de acabar com essa tradição tola, não acha? — Philip sorriu. — Bem, estava pensando se poderiam preparar para mim uma cesta de piquenique. Talvez com comida suficiente para dois, pois estou com muita fome esta noite.

Michele sorriu. Um piquenique estilo virada do século! Que ideia perfeita.

— Não está um tanto tarde para um piquenique? — perguntou a cozinheira. — Não estou certa de que seu tio iria...

— Ah, eu só preciso de um pouco de ar fresco e de algum tempo a sós para pensar — interrompeu Philip, improvisando. — E, por favor, não há necessidade alguma de contar ao meu tio.

— Bem, está certo — concordou a cozinheira.

Ela preparou com rapidez a cesta, enquanto Philip dava sugestões.

— Os melhores queijos, salame e pão fresco. Ah, e trufas de chocolate também!

Depois que a cesta de piquenique estava abastecida, Michele e Philip subiram as escadas, dirigindo-se aos aposentos principais da mansão. Caminhando juntos, saíram para a noite tranquila e estrelada, rumando para o Central Park. Michele estava quase zonza com tantos estímulos aos seus sentidos. Pelo caminho, ficou hipnotizada com a vista que ia tendo do anoitecer da Nova York antiga, enquanto o perfume de Philip e a sensação de sua proximidade faziam seu coração disparar. Passaram diante do hotel Plaza, um edifício de vinte andares coberto por um telhado verde-esmeralda, e adentraram o parque pelo Portão Scholars, na Quinta Avenida. Ao fazer isso, o coração de Michele acelerou ainda mais. Perguntou-se como seria aquele lugar tão famoso cem anos antes.

A paisagem pastoril, pitoresca, era exatamente como Michele a conhecia: seus gramados extensos e ondulantes contrastando com uma área de trilhas mais florestada e indomável, conhecida como Ramble, e a área mais formal de caminhada, chamada de Mall. Lá estava o mais famoso monumento do parque, o Castelo Belvedere, com sua estrutura vitoriana no alto de rochas gigantescas. Ao redor de Michele e Philip, estendia-se o lago repleto de curvas, familiar e reconfortante. Mas o silêncio e a ausência de pessoas davam a sensação de que era um lugar totalmente diferente. Mesmo em todos os filmes que se passavam ali que Michele vira, o Central Park nunca ficava vazio assim. Mas hoje parecia que os dois eram os únicos ali.

— É como nosso santuário particular — disse Michele, maravilhada.

Ao cruzarem o parque, Michele não viu nenhum *playground*, nem casas de barcos, e o extremo gramado também não existia. *Ainda não foram construídos*, ela se deu conta. Philip a conduziu à Cherry Hill, a colina gramada que se erguia na margem leste do lago, junto à Bow Bridge, romântica ponte de ferro fundido que fazia parte de inúmeros filmes ambientados em Manhattan. Enquanto Philip estendia um cobertor sobre uma área de grama, Michele parou para admirar a fonte que havia no centro da colina, uma piscina de granito com uma estrutura negra e dourada de ferro erguendo-se no meio, tendo no alto uma ponta dourada ornamentada por luzes redondas.

— Por que está tão concentrada? — brincou Philip, fazendo um gesto para que ela se sentasse ao lado dele.

— É só que... não posso *acreditar* que estou aqui com você. Quero me lembrar de cada detalhe desta noite. Para poder revivê-la sempre que quiser — respondeu Michele timidamente.

Philip sorriu.

— Então por que não escreve?

O rosto de Michele ficou vermelho.

— Engraçado você dizer isso.

— Por quê?

— Porque, na realidade, eu escrevo. Escrevo poemas e crio letras de músicas desde que era criança. Meu sonho secreto é ser letrista profissional para cantores e *shows* da Broadway — confessou ela com um sorriso. — Mas sei lá... Não faço a mínima se sou boa nisso ou não. A única pessoa para quem li meus textos foi minha mãe, e ela adorava. Mas, até aí, ela era minha mãe. Como poderia não adorar?

— Não consigo imaginá-la sendo algo menos que maravilhosa fazendo isso — encorajou Philip. — Você tem alma de poeta, pela forma como vê e entende as coisas, até mesmo coisas de cem anos atrás. Como seus escritos poderiam não ser ótimos?

Michele sentiu o coração flutuar com aquelas palavras.

— Sabe, parei de escrever depois que minha mãe morreu — disse ela de repente. — A escrita era algo que eu só tinha compartilhado com ela. Era... algo nosso. Quando ela morreu, senti que tinha também perdido a vontade de escrever, como se tivesse um bloqueio permanente. Mas aí, depois de conhecer você... bom, voltei a escrever.

— Sério? — Os olhos de Philip pareceram se aquecer. Ele tocou o rosto dela. — O que você escreveu?

— Uma letra para uma nova música — contou Michele com timidez.

— É? E como a música se chama? — Philip parecia ainda mais interessado.

— Hã... *Bring the Colors Back* — ela respondeu com uma risadinha envergonhada.

Philip sorriu e a beijou.

— Gosto desse título. Você é uma letrista, sou um compositor... Você e eu fazemos uma música ser completa. — Ele se sentou mais ereto, parecendo animado. — É isso! Temos que escrever uma música juntos. Talvez eu possa tentar achar uma melodia para *Bring the Colors Back*.

— Seria incrível — respondeu Michele, cautelosa. — Mas...

Estava envergonhada demais para terminar a frase, mas aquela ideia a deixava nervosa. E se Philip achasse a letra dela uma *porcaria*? Percebendo a hesitação dela, ele esboçou um sorriso.

— Tenho certeza de que vou adorar. Você me contou seu segredo, pois vou lhe contar o meu. Nunca disse isso antes, pois sei que minha mãe e meu tio não aprovariam, mas, depois que eu me formar agora em junho, vou seguir carreira plena como compositor e pianista. Na verdade, o plano é que eu vá para Harvard no ano que vem, mas fui aceito no Instituto de Arte Musical aqui em Nova York, que é a melhor faculdade de música do país. E é para lá que pretendo ir.

— Uau! — exclamou Michele, abrindo um sorriso enorme. *É a Juilliard!*, pensou, lembrando das próprias pesquisas sobre universidades, que a Juilliard originalmente se chamava Instituto de Arte Musical.

— Quero que minha vida tenha um propósito. Entende o que quero dizer? — Philip olhou fixamente para ela. — Algo com mais sentido do que apenas acumular mais dinheiro por meio dos negócios da família. Sei que mamãe espera que eu me forme em Harvard e depois ajude meu tio a dirigir os negócios. Ela vai ficar chocada quando, em vez disso, eu me matricular no conservatório musical. Só espero que, com isso e com o rompimento do meu noivado com Violet, em algum momento ela possa me perdoar.

— O rompimento do seu noivado? — repetiu Michele. — Então você... você tomou essa decisão?

Ele assentiu, sério.

— Philip, você tem certeza? Sobre Violet, quero dizer. — Ela mordeu o lábio, ansiosa. — Sinto como se estivesse desestruturando toda a sua vida.

— Mas de uma maneira boa. Não percebe que minha vida precisava ser desestruturada? — ele rebateu. Michele não disse nada, e ele prosseguiu: — Nunca estive apaixonado por Violet. Fomos só amigos que cresceram juntos, cujos pais planejaram aumentar ainda mais sua fortuna por meio de um casamento. É assim que funcionam os casamentos da sociedade de Nova York. Mas isso não é para mim. Preciso da minha música e preciso... depois de encontrar você... — Philip enrubesceu, parecendo de repente sem jeito. — Bem, como poderiam querer que me casasse com qualquer outra agora?

— Eu sei — respondeu Michele, trêmula, pegando a mão dele. — Também é como me sinto.

Depois de terminarem o piquenique, cruzaram a Bow Bridge e entraram no Terraço Bethesda, de *design* suntuoso em dois níveis, com suas esculturas e escadas de corrimãos ornamentados. Subiram as escadas de pedra que levavam do nível superior à praça da Fonte de Bethesda. Sentado junto à fonte com a estátua do Anjo das Águas, Philip tomou Michele nos braços e beijou-a pelo que poderiam ter sido minutos ou horas. Michele havia perdido toda a noção de tempo.

— O que acha que tudo isso significa? — ela perguntou subitamente. — Você sabe, o fato de já termos visto um ao outro antes de nos encontrarmos, e de que você consegue me ver quando ninguém mais, além de Clara, consegue.

— O fato de pertencermos um ao outro? — sugeriu Philip, trazendo-a para mais perto de si.

— Mas como pode ser? Como podemos ficar juntos de verdade quando eu não existo de fato no seu tempo, e você não pode nem ir para o meu? — Michele engoliu em seco. — Às vezes parece uma piada de mau gosto.

Philip ficou em silêncio por um instante, depois se virou para ela, os olhos brilhando com intensidade.

— Nós nos encontramos por algum motivo, por isso sei que, qualquer que tenha sido a força que nos aproximou, ela pode de algum modo nos manter juntos. E, até termos uma solução permanente, temos estes momentos. Há tanta gente por aí que jamais conseguiu ter algo assim... No meu tempo, isto é algo raro. Pode não parecer, mas temos muita sorte.

Michele sorriu, compreendendo as palavras dele.

— Você está coberto de razão.

De mãos dadas, saíram do Terraço Bethesda para o majestoso caminho orlado de árvores do passeio principal. Enquanto avançavam sob o dossel dos olmos acima, Philip de repente se curvou para lhe dar um beijo, e Michele descobriu que não conseguia parar de sorrir; não conseguia controlar aquela sensação palpitante, vibrante, dentro de si.

Quando retornaram à Mansão Walker, Philip a levou para a sala de música. Acendeu algumas velas e, com um gesto, convidou Michele a se sentar ao lado dele no banco do piano.

— Posso ouvir sua letra agora?

Michele deu uma risada nervosa.

— Não sei. Nunca mostrei o que escrevo a ninguém além da mamãe...

— Por favor? Quero ouvir o que você escreveu. — Philip tomou sua mão e entrelaçou seus dedos aos dela.

— Ah...tudo bem.

Olhando para o piso, o rosto vermelho, Michele recitou a letra para ele. *Ele vai achar que estou totalmente obcecada por ele*, pensou, envergonhada. Quando terminou, manteve o olhar cravado no chão, até que ele ergueu seu queixo com a mão, forçando-a a encará-lo.

— É exatamente como me sinto também — ele sussurrou. — Mas só você tem o talento para dizer isso em palavras.

Enquanto ele a beijava, Michele achou que poderia explodir com a emoção que sentia. Por fim, conseguiram interromper o beijo, ambos sorrindo e corados.

— Então você acha que consegue colocar uma melodia? — perguntou Michele.

Ele sorriu e a soltou, posicionando com maestria as mãos sobre as teclas.

— Vamos tentar?

E Philip começou a tocar, experimentando sons diferentes, até encontrar algo que pareceu combinar perfeitamente com *Bring the Colors Back*: lembrava um *blues*, uma melodia de andamento moderado em tom menor, carregada de emoção. A sonoridade e a sensibilidade da composição de Philip quase fizeram Michele pensar em Ray Charles, e, apesar de tocada sob a influência de 1910, ela podia muito bem se imaginar ouvindo-a no seu próprio tempo como uma música contemporânea. Michele escutou, sonhadora, cantarolando junto.

De repente, sem aviso, a música foi sumindo. Michele ergueu os olhos de repente e viu Philip e a sala de música desaparecendo do seu campo de visão. A boca de Philip se abriu num grito silencioso. A mão dele estava estendida para ela, e Michele tentou alcançá-la. Mas ele se foi, e nada mais restava senão a cozinha moderna e iluminada onde ela agora se encontrava.

Voltei ao apartamento de Caissie, pensou, arrasada. *Por que o Tempo tinha que me tirar desta noite perfeita?* Seus olhos correram depressa pelo aposento, mas por sorte estava sozinha. Localizou uma janela grande o bastante para poder passar e próxima o suficiente do chão para uma queda inofensiva. Antes de abri-la, consultou o relógio digital em cima do forno. Soltou um gemido. Faltava pouco para as dez e meia. Seu toque de recolher.

Ergueu o colar com a chave, olhando-a intrigada. *Haverá alguém, ou algo, controlando minhas viagens através do tempo?*, perguntou-se de súbito. Afinal, parecia que sempre voltava a 2010 contra sua vontade. E ainda não havia conseguido descobrir um jeito confiável de voltar sozinha ao próprio tempo.

Caminhando de volta à Mansão Windsor, não conseguia parar de repetir a mesma questão em sua mente: *O que, ou quem, está provocando tudo isso?* Sentia-se desesperada em obter uma resposta. Tinha que ter certeza de que sempre poderia chegar até Philip.

Durante a aula de história dos Estados Unidos, na manhã seguinte, Michele recostou a cabeça na carteira, lutando para ficar acordada durante a explicação do sr. Lewis. Não tinha pregado o olho na noite passada, repassando mentalmente, de novo e de novo, a noite incrível com Philip. Então, o sr. Lewis disse algo que chamou sua atenção.

— Como todos sabem, faltam só duas semanas para nossa viagem de campo a Newport, Rhode Island. Faremos uma visita às mansões históricas que pertenceram às famílias mais ricas de Nova York e teremos um vislumbre de como era a vida naquela época. — A voz dele estava tomada pelo entusiasmo. — Seguindo a tradição anual, passaremos o final de semana no hotel Viking. Vou lhes entregar hoje o documento de autorização que deve ser preenchido por seus pais e também o formulário com o qual podem solicitar o colega com quem gostariam de dividir o quarto no hotel. Vou fazer o possível para atender a todos os pedidos, mas temo que alguns de vocês tenham de aceitar a companhia que for designada.

Um final de semana com este grupo?, pensou Michele, desolada. Como é que tinha deixado passar despercebido o comunicado sobre a viagem? Odiaria ficar um final de semana inteiro sem Philip. Sem pensar, levantou a mão.

— Sim, Michele? — perguntou o sr. Lewis.

— Hã...bom, só estava pensando... Essa viagem de campo é obrigatória?

Os colegas a olharam de boca aberta, espantados, mas Caissie sorriu para ela. Pelo visto, tinha a mesma opinião que Michele sobre a viagem.

O sr. Lewis franziu o cenho.

— Claro que é. Você deve se lembrar de que a viagem constava no programa que entreguei a vocês no primeiro dia. Tem algum outro compromisso nesse final de semana?

— Não. Eu só queria saber mesmo.

Quando recebeu o formulário de solicitação do colega de quarto, Michele colocou o nome de Caissie, cruzando os dedos para que a amiga colocasse o seu.

No almoço, o assunto do qual todos falavam não era Newport, mas o Baile de Outono anual, que acabava de ser anunciado para o terceiro sábado de novembro, no hotel Waldorf-Astoria.

— Pelo menos este não é obrigatório — comentou Michele com Caissie e Aaron enquanto eles atacavam os respectivos hambúrgueres.

— É, ainda bem — concordou Caissie. — A última coisa de que tenho vontade é ficar vendo nossas coleguinhas competindo para ver quem vai gastar mais dinheiro num vestido que vai usar uma vez e depois esquecer no dia seguinte.

— Sugiro que a gente vá ao baile e horrorize todo mundo usando roupas de brechó e tênis — propôs Aaron, os olhos brilhantes. Ele cutucou Caissie. — Você topa?

Caissie ficou levemente ruborizada.

— Claro. Por que não?

Michele não pôde conter um sorriso ao observar os dois. Era óbvio que gostavam um do outro. Ela não sabia por que se davam o trabalho de manter aquele lance de "apenas amigos".

— Ei, por que o tal Ben Archer fica olhando para cá sem parar? — perguntou Aaron.

Caissie deu um sorriso.

— Ele está super a fim da Michele. Ele olha pra ela o tempo todo.

— O tempo todo não — corrigiu Michele, revirando os olhos.

— Se ele te convidar para ir ao baile, você vai aceitar? — perguntou Caissie, curiosa.

Por um instante, Michele ficou desconcertada com a pergunta. Depois de conhecer Philip, não havia sequer pensado na possibilidade de que algum outro cara a convidasse para sair. Parecia errado, quase impensável, sair com outra pessoa agora.

— Eu recusaria — respondeu ela.

Aaron arqueou as sobrancelhas.

— Parece que a maioria das meninas daqui estaria bem a fim de sair com aquele cara. Você não gosta dele?

— Não é isso. Ele é um gato, e é bacana também — respondeu Michele com sinceridade. — É só que... Bom, eu estou em outra.

Caissie lhe lançou um olhar desconfiado, sem dúvida recordando toda aquela história de viagem no tempo e Philip Walker.

— Ah, é? E quem é?

Michele baixou o olhar.

— Ele... mora longe. É um lance a distância.

— Bom, relações a distância quase nunca funcionam na nossa idade — falou Caissie, olhando para Michele com um ar de quem sabe das coisas. — Assim, se Ben ou algum outro cara legal te convidar, acho que deveria aceitar.

— Tá legal, mas deixe lembrar a você que ninguém aqui me convidou — devolveu Michele com uma risada. — E aí, que tal mudar de assunto?

Depois da escola, relutante, Michele levou o documento de autorização até o estúdio para os avós assinarem. Estavam sentados, lado a lado, tomando chá. Walter lia os jornais enquanto Dorothy examinava a correspondência.

— Oi — disse Michele, parada à porta.

— Olá, querida — Dorothy ergueu os olhos e lhe deu um breve sorriso, em seguida voltando às cartas.

— Entre — disse Walter.

— Hã, eu trouxe uma autorização que precisa da assinatura de vocês. É para uma viagem de fim de semana a Newport, Rhode Island, daqui a duas semanas.

Michele entregou-lhe o papel.

— Newport... — a voz de Dorothy ganhou entusiasmo. — Adorávamos ir para lá.

— Sério? Vocês têm casa lá? — perguntou Michele, de súbito um pouco mais interessada.

— Tínhamos — respondeu a avó. — Era uma das propriedades mais apreciadas que os Windsor tinham. Foi construída em 1898, mas pegou fogo na década de 1970.

— Que pena. Adoraria ter conhecido — disse Michele com sinceridade.

— É uma cidade muito bonita. Você vai gostar — acrescentou Walter, dando-lhe um dos seus raros sorrisos.

Uma ideia ocorreu a Michele.

— Os Walker têm casa lá?

— Sim. A deles não pegou fogo — respondeu o avô com certo traço de amargura na voz.

O coração de Michele deu um salto. Talvez, apenas talvez, ela pudesse ver Philip naquele final de semana, afinal de contas.

11

Na tarde seguinte, Michele se viu olhando pensativa para o diário de Clara. Perguntava-se o que teria acontecido entre Clara e sua nova família, se Henrietta e Violet haviam aceitado a adoção, ou se tinham continuado sua cruzada para infernizar a vida dela. Era estranho, mas sentia o impulso de proteger aquela garota que na verdade era cem anos mais velha que ela. Haveria algum problema em apenas dar uma olhada? *Provavelmente não,* pensou. *E posso ver Philip depois.*

Michele abriu o diário com cuidado no quarto registro, 12 de novembro de 1910, e preparou-se para a montanha-russa da viagem no tempo. Quando aterrissou no piso do quarto, cem anos antes, ficou surpresa ao encontrá-lo vazio. Estava acostumada a ter Clara ali para recebê-la. Mas então ouviu o som de gritos agudos vindo lá de baixo e saiu correndo do quarto para ver o que estava acontecendo.

Deteve-se, paralisada, ao ver a cena dois andares abaixo, no Saguão Principal. Violet, a face escarlate de fúria, empurrava Philip pela porta da frente, enquanto Clara e vários empregados olhavam, em choque.

Nem Philip nem Clara olharam para cima, caso contrário teriam visto Michele os observando da balaustrada do terceiro andar.

— Você é um arremedo de homem desprezível e revoltante! — guinchou Violet. — Saia, saia desta casa!

— Violet, por favor, não. Não faça um escândalo — implorou Clara, segurando o braço da irmã.

Violet empurrou-a para longe.

— Você estaria morto se meu pai estivesse em casa — ameaçou Violet, avançando na direção de Philip. — Mas espere só. Ele vai arruinar você.

— Violet, por favor, tente entender... Nunca quis te magoar — implorou Philip. — Eu gosto de você. Toda a minha vida gostei. Mas não somos as pessoas certas um para o outro. Não sou eu quem pode fazê-la feliz. Estou só tentando salvar nós dois de um casamento infeliz...

— Saia! — gritou Violet. — Nunca mais quero ver você de novo.

— Espero que um dia você possa me perdoar. — Philip a olhou com tristeza. — Adeus, Violet.

Violet o observou enquanto ele partia, respirando pesadamente. Depois que a porta da frente se fechou atrás dele, ela caiu de joelhos com um gemido terrível. Clara envolveu-a num abraço protetor.

— Por favor, deixem-nos — disse aos empregados.

Michele sentiu a culpa feri-la por dentro enquanto Violet chorava no ombro de Clara. Tentou imaginar o que Clara pensaria dela se chegasse a saber que tudo aquilo era culpa dela, Michele.

— Venha, você precisa de ar fresco — Clara disse com suavidade. — Vamos lá fora.

Enquanto Clara levava Violet para o pátio dos fundos, Michele percebeu que ela se sentia feliz por poder cuidar da nova irmã.

Uma vez que as duas saíram, Michele desceu as escadas na ponta dos pés e saiu correndo da mansão. Precisava ver Philip. Cruzou correndo o pátio da frente da Mansão Windsor, saiu pelos portões e adentrou a casa dos Walker, por sorte com a porta da frente destrancada.

Uma vez lá dentro, ouviu vozes furiosas vindas da outra extremidade do corredor. Com o coração oprimido, Michele seguiu as vozes até chegar a uma porta fechada.

— Como se atreve a fazer algo tão indesculpável, e sem sequer nos consultar! — veio uma voz irada que Michele reconheceu como sendo do tio de Philip.

— Com todo o respeito que lhe devo, o senhor não é meu pai — retrucou Philip.

— Você pode não fazer caso dos meus desejos, mas desobedecer tão completamente a própria mãe? Que tipo de filho é você?

Furiosa, Michele cerrou os punhos enquanto escutava do lado de fora da porta. Se ao menos o tio de Philip pudesse vê-la... Teria adorado invadir o aposento e lhe dizer algumas poucas e boas.

— Mãe, peço desculpas se isto lhe causa alguma dor, mas meu casamento com Violet teria sido uma farsa — implorou Philip. — Não posso postar-me numa igreja e mentir, e não posso me condenar a uma vida desonesta. Será que não consegue mesmo entender isso?

— Eu entendo que você não sabe qual é seu dever para com esta família — declarou a voz gélida de uma mulher. A mãe de Philip, percebeu Michele. — Você sabe que esse escândalo pode trazer prejuízo aos negócios da nossa família, e ainda assim agiu de acordo com o próprio interesse.

— Mãe, acha mesmo que meu rompimento com Violet vai afetar o mercado imobiliário? — respondeu Philip com uma risada incrédula.

— Ah, mas seu filho não tem respeito algum pelos negócios desta família. De fato, a edição de hoje de *Town Topics* insinua que ele planeja ir para uma escola de música no próximo outono — o tio de Philip acusou, enojado. — Escola de música, não Harvard. Isso é verdade, Philip?

Fez-se um silêncio de surpresa. Michele fechou os olhos com força, em agonia por Philip.

— Sim, é verdade — admitiu ele. — Mãe, sinto muito se não sou o filho que você esperava. Mas o Instituto de Arte Musical é o melhor conservatório do país, o mais difícil de entrar, e, depois de me ouvirem tocar, eles me ofereceram uma vaga. Tenho que aproveitar esta oportunidade. Eu tenho um dom, mãe, e a música é o que nasci para fazer. Por favor, me dê sua bênção quanto a isso.

— Você não é meu filho. — A sra. Walker disse isso com tanta frieza, que Michele recuou como se tivesse recebido um tapa. — Meu filho fez a promessa de se casar com Violet Windsor. Meu filho deveria começar a trabalhar na Companhia Walker neste verão. Se quiser ser meu filho, é isto que deve fazer.

Fez-se outro longo silêncio, e Michele prendeu a respiração. Quando Philip, enfim, falou, sua voz soava pesada, mas corajosa:

— Muito bem. Se sua consideração por mim é tão condicional que está baseada apenas na pessoa com quem vou me casar e no que faço para viver, então está claro que não me ama. E eu não quero ter uma mãe que não pode amar o próprio filho. Vou organizar minha situação e sair desta casa assim que me formar. Não terá que me ver de novo depois disso.

Depois dessas palavras, Philip abriu a porta de repente, quase se chocando com Michele. Ele parecia cansado e derrotado, mas seus olhos brilharam ao vê-la. Ela segurou a mão dele, e Philip a conduziu escada acima, rumo ao seu quarto. Era um dormitório espaçoso em estilo império, com revestimento de madeira nas paredes e mobiliário de mogno. Cortinas de um bordô escuro pendiam sobre a cama, e na parede oposta havia uma bela escrivaninha em estilo Luís XIV, feita de mogno decorado com ouro. Como primeira vez no quarto de Philip, a experiência deveria ter sido emocionante para Michele, mas ela se sentia mal por tudo que acabara de ver e ouvir.

Uma vez que a porta se fechou atrás deles, Philip deixou-se cair sentado na cama. Michele sentou-se ao seu lado.

— Você ouviu tudo? — ele perguntou, a voz inexpressiva.

Michele fez que sim com a cabeça.

— E também vi o que aconteceu com Violet. Estava no terceiro andar. Cheguei lá... no meio da situação toda.

Philip estremeceu.

— Lamento que tenha tido que ver aquilo.

— Philip, eu não aguento isso — Michele desabafou. — Não aguento ver sua vida desmoronar por minha causa, sendo que eu não tenho nada para te oferecer em troca.

Philip a olhou, e seu espanto era evidente.

— O que você quer dizer com "não tem nada para me oferecer"? Desde que meu pai morreu, você é a única pessoa no mundo que trouxe alguma felicidade à minha vida.

— Mas eu não sou real no seu mundo. Violet é real. Ela pode te dar uma família e um lar de verdade... — Michele se interrompeu, subitamente em lágrimas. — Você tem que se casar com ela.

Philip atraiu o rosto dela para perto do seu.

— Olhe nos meus olhos. Você é real para mim, e é isso que importa — disse ele com convicção. — Acha que eu poderia ser feliz com Violet sabendo que você está por aí, em algum lugar no tempo? E, além disso, sei que não sou eu quem ela realmente quer. Ela quer um empresário, como meu pai e como o pai dela. Ela sente vergonha da minha música. Ela não quer a mim de verdade.

Michele o fitou, ainda chorando. Desejava tanto acreditar nele, acreditar que o envolvimento dela com o passado não estava de fato arruinando tudo.

— Preciso, na verdade, te agradecer — ele murmurou. — Se não fosse por você, talvez eu não tivesse coragem de ir atrás do que eu realmente quero da vida. Sei que posso deixar minha marca neste mundo, não apenas por causa do meu sobrenome, e sim devido ao meu talento.

Michele sorriu em meio às lágrimas.

— Sei que vai conseguir. E, Philip...? — O sorriso dela sumiu quando pegou a mão dele. — Sinto muito... por sua mãe e seu tio.

O olhar de Philip se perdeu num ponto adiante, a expressão sombria.

— Eu os odeio.

— Você não está falando sério — disse Michele, constrangida.

— Claro que estou — retrucou ele com dureza. Quando olhou de novo para Michele, seus olhos estavam cheios de dor. — Sempre desprezei meu tio. Ele é um oportunista mesquinho que não fez segredo da sua felicidade por se tornar o chefe da família quando meu pai morreu. Porém, tentei amar minha mãe. Eu queria amá-la. Mas como poderia, quando vi a forma como ela feriu meu pai?

— O quê? — Michele olhou espantada para Philip. — Do que você está falando?

— Eu apenas observava enquanto ela fazia meu pai sofrer nos últimos anos do casamento deles. Eu não tinha como impedir — desabafou Philip, a voz falhando. — Ele sempre foi apaixonado por ela, mas estava claro que ela não sentia o mesmo; que havia se casado com ele por obrigação, e não por amor. A forma como ela flertava com outros homens partiu o coração dele. E, mesmo quando ele ficou doente, ela não conseguia demonstrar o amor que uma esposa deveria ter. Se tivesse demonstrado, talvez papai tivesse se restabelecido. Nunca vou perdoá-la por isso.

— Philip, eu sinto tanto — sussurrou Michele. Ela passou o braço em volta dos ombros dele.

— Eles querem controlar e destruir minha vida como fizeram com a dele, mas não vão conseguir — falou Philip, determinado. — Vou ser mais forte e resistir, começando por sair daqui.

Michele assentiu.

— Eu sei. Você está fazendo a coisa certa.

— Nunca vou esquecer o dia em que Irving Henry, o advogado do meu pai, veio para a leitura do testamento — começou Philip, mas a expressão chocada de Michele fez com que ele se interrompesse no meio da sentença. — Que foi?

— Irving Henry? — repetiu Michele, sentindo um arrepio percorrer sua espinha. — É o nome do meu pai, só que ao contrário.

— É uma coincidência estranha — concordou Philip.

Michele fez que sim com a cabeça, tentando absorver essa nova informação.

— Mas continue. O que você estava dizendo?

— Quando o senhor Henry veio para ler o testamento, tanto ele quanto eu sabíamos que meu tio havia vencido. Sabe, quando meu avô morreu, seu testamento estipulava que o filho mais velho, meu pai, deveria herdar a maior parte da fortuna. Mas, se papai morresse antes que eu completasse 30 anos, então meu tio ficaria com tudo. Minha herança está num fundo, que devo receber em duas partes, quando fizer 21 anos e quando fizer 30. Ao mesmo tempo, papai deixou esta casa para mamãe, e ela, sabendo que meu tio controlaria as finanças, convidou-o para morar aqui. Agora, ela o adula como uma sanguessuga, na esperança de que ele continue a sustentá-la do mesmo jeito que papai fazia. Sou apenas um peão no jogo deles, e devo casar-me com Violet Windsor para aumentar a fortuna da família através do dote e do contrato de casamento. — Philip balançou a cabeça, enojado. — Não vou mais participar desse jogo e fico doente só em saber que o fiz por tanto tempo. De bom grado, eu abriria mão da minha herança agora, apenas para ter certeza de que não sou como eles.

Michele tocou a face de Philip.

— Me escuta. Você não é nem de longe parecido com eles. Nem de longe. Não poderia ser. Eu já te disse. Você está à frente do seu tempo.

Philip conseguiu soltar uma risada.

— E você está atrás do seu, aqui no passado. Não admira que sejamos uma...combinação perfeita.

Philip se aproximou para beijá-la. Michele fechou os olhos; a sensação dos lábios dele nos dela nunca deixava de emitir fagulhas através do seu corpo. Ela amava a forma como os beijos dele eram ao mesmo tempo suaves e urgentes, a maneira como ele traçava cada milímetro da sua boca com os lábios quando a aninhava entre os braços. Ela se sentia segura e protegida nos braços dele, embora tivesse uma sensação de frio na barriga, como se houvesse dado um grande salto no nada.

Quando se afastaram, Philip sussurrou:

— Papai tinha orgulho da minha música. Sei que ele teria apoiado minha decisão. Ele foi a única família que tive. Sinto falta dele todos os dias.

Michele assentiu com tristeza.

— Eu sei. Também sinto constantemente a falta da mamãe. É como se sempre existisse um buraco em mim. Mas lembra o que você disse? Você é minha família agora, e eu sou a sua.

Philip olhou-a por um longo momento.

— Eu te amo, Michele Windsor.

Michele prendeu a respiração.

— Sério?

Philip acenou com a cabeça, sorrindo-lhe.

— Você sabe que sim.

— Eu também te amo — ela sussurrou.

E de repente os braços dele a apertaram, e eles se beijaram com paixão. Mal conseguindo controlar seus pensamentos, Michele deixou o corpo tombar para trás na cama e puxou Philip para junto de si. Queria sentir o peso dele em cima dela, correr as mãos pelos cabelos dele e por suas costas. Ele era tudo que ela tinha no mundo, e era como se não conseguisse nunca chegar perto o suficiente dele. Ele beijou seu pescoço, as mãos explorando-a, enquanto ela começava a desabotoar a camisa dele...

Philip de repente rolou para o lado, saindo de cima dela, e sentou-se abruptamente.

— Me desculpe — falou, corando enquanto tentava recuperar o fôlego. — Eu não devia...

— O que você quer dizer? — perguntou Michele, magoada. — Você não... quer?

— É claro que quero — ele respondeu, rindo com a pergunta dela, surpreso. — Mas nós não somos casados ainda.

Foi então que Michele se lembrou: em 1910, qualquer coisa além de um beijo antes do casamento era considerada escandalosa.

— Mas estamos juntos, não estamos? Para mim é tudo que importa — Michele respondeu baixinho.

Philip ajeitou uma mecha de cabelo atrás da orelha dela.

— Michele, quero você mais do que imagina. Mas ter você antes de casarmos é desrespeitoso e desonroso. Não posso fazer isso.

Michele tentou imaginar algum adolescente dizendo essas palavras para ela em 2010 e não conseguiu evitar um risinho. O tempo com certeza havia mudado um bocado as coisas naquele quesito.

— Tudo bem. Se é assim que você quer... Mas como vamos conseguir nos casar se eu não existo no seu tempo? Odeio ver tantas coisas normais que não podemos fazer juntos. — Ela mordeu o lábio, ansiosa. — E, além do mais, estou com medo, Philip. Ainda não tenho controle total sobre minhas viagens no tempo. E se... e se eu não puder chegar até você sempre? Especialmente com você indo embora daqui, como vou te encontrar?

— Prometo que nunca irei tão longe que não possa me encontrar — respondeu ele com seriedade. — Ainda estarei aqui em Nova York, estudando no conservatório de música. E, mesmo que o Tempo tenha cometido um engano ao nos colocar em séculos diferentes, ainda assim encontraremos um ao outro. Estamos juntos agora. Portanto, teremos que confiar no Tempo. Você não concorda?

Michele o encarou.

— Quando você fala assim, eu sinto... é como se fizesse algum sentido.

Philip sorriu e a envolveu num abraço.

— Ótimo. Agora vamos tentar não nos preocupar mais por hoje, com nada. Vamos só ficar aqui, juntos.

Michele sorriu e se aconchegou a ele.

— Parece um bom plano.

Naquele sábado, Michele acordou com um torpedo de Caissie. *Está livre hoje? Preciso falar com você. Quer almoçar no Burger Heaven?*

Michele arqueou as sobrancelhas, perguntando-se o que estaria acontecendo. *Legal, a gente se vê lá,* teclou. *Tipo meio-dia.*

Enquanto caminhava as várias quadras até a lanchonete, respirando o ar frio de outono, admirou-se com o quanto sua vida tinha mudado desde que chegara a Nova York um mês antes.

Estivera convencida de que sua existência chegava ao fim naquele momento. Mas agora, com Philip, deu-se conta de que na verdade tinha sido o começo de um destino que ela estava fadada a cumprir. *Se ao menos mamãe ainda estivesse aqui comigo,* pensou, melancólica. Michele ansiava poder conversar com ela, contar-lhe tudo sobre Philip, ouvir sua reação, ver seu sorriso.

Ao chegar, ela encontrou Caissie já acomodada numa mesa nos fundos da lanchonete, o rosto enfiado num livro que parecia científico com uma foto de Albert Einstein na capa.

— Oi, garota — Michele saudou-a. — Será que perdi a circular avisando que iríamos estudar alguma coisa hoje?

— Oi. — Caissie abriu um sorriso. — Você vai saber daqui a pouco por que eu trouxe isto. Mas vamos fazer o pedido antes. Não sei você, mas eu estou faminta.

Depois de pedirem, Caissie colocou o livro na mesa entre elas, de modo que ambas pudessem observar o semblante enrugado e em preto e branco de Einstein.

— Tá legal. E, por favor, explique logo por que você trouxe Albert para almoçar com a gente — pediu Michele, enquanto o garçom trazia as bebidas para a mesa. — Ciência não tem nada a ver comigo, para sua informação.

— Para sua sorte, comigo tem. — Caissie tomou um gole do refrigerante e continuou: — Tá legal, tenho que admitir que, mesmo que você tivesse uma pequena evidência da sua viagem no tempo naquela noite, e mesmo que eu tenha me interessado por sua história, depois que você foi embora eu disse a mim mesma que não havia a mínima possibilidade de você ter voltado a 1910. Você tinha que estar delirando.

Michele ficou decepcionada.

— Era disso que eu tinha medo. Mas...

— Espera — interrompeu Caissie. — Eu sabia que você acreditava naquilo, sabia que você não estava de brincadeira comigo nem nada disso, e foi por esse motivo que fiquei tentada a falar de você com um... você sabe, falar com um profissional, procurar ajuda, esse tipo de coisa. Mas não fiz isso, porque tinha algo no fundo da minha mente, que eu mal conseguia lembrar, mas que me fazia imaginar se você não estaria certa. Sabe quando você tem um nome na ponta da língua e ele não sai? Bom, era assim, e eu só lembrei na noite passada. É aí que entra nosso amigo Albert.

Caissie olhou fixamente para Michele.

— Albert Einstein acreditava em viagem no tempo. E mais: ele provou que teoricamente seria possível.

— O quê? — o queixo de Michele caiu.

— Ontem à noite fiquei estudando as teorias dele e trouxe o livro pra você dar uma olhada. Leia sobre a Teoria Especial da Relatividade, que ele publicou em 1905. Os experimentos dele basicamente reverteram a crença de que o tempo é linear e o mesmo para todas as pessoas. Mostraram que o passado de uma pessoa poderia, hipoteticamente, ser o futuro de outra! — Caissie abriu o livro numa página com a ponta dobrada. — Escuta. Einstein diz: "A distinção entre passado, presente e futuro é apenas uma ilusão de teimosa persistência". Bem a sua situação!

A cabeça de Michele girava.

— Uau. Não posso acreditar. Sempre achei que fosse só... mágica.

— Bom, quer dizer, tem algo inerentemente mágico nisso — disse Caissie. — Mas o ponto é: agora sabemos que a ciência dá um respaldo.

— Como Einstein achava que funcionava uma viagem no tempo? — Michele perguntou, ansiosa.

— Está tudo no livro — Caissie o entregou a ela. — Mas, basicamente, Einstein provou que, se um objeto se move depressa o suficiente através do espaço, ele pode mudar sua passagem através do tempo. Assim, o tempo passa mais devagar na medida em que um objeto se aproxima da velocidade da luz, ou seja, viajar mais rápido que a luz poderia mandar você de volta no tempo.

— Mas como eu posso estar viajando mais rápido que a velocidade da luz? Quer dizer, pelo que você diz, parece que seria necessário um tipo de nave ou algo assim.

— É, isso me deixou confusa também. Mas você mesma não disse que, quando vai e volta através do tempo, tem a impressão de que está à velocidade da luz?

— Bom, isso é — admitiu Michele. — Mas eu disse isso só como força de expressão. Ainda não entendo como...

Caissie apontou para a chave que pendia do pescoço de Michele.

— Você disse que é a chave que te manda de volta, não é? Me fala mais sobre como funciona.

— Bom, parece loucura, mas tem algo nesta chave. Não sei o que é, mas o cientista ou mágico, ou sei lá quem, que criou esse negócio colocou alguma coisa aqui dentro que faz abrir gavetas e portas trancadas, e ainda se mover e ganhar vida. Nem imagino onde ou como meu pai a conseguiu. E, quando a chave toca algum objeto do passado, é aí que volto no tempo. Isso está bem claro, mas ainda não entendo bem como é que volto ao presente. Essa parte muitas vezes fica fora do meu controle.

— Uau. — Caissie ficou olhando para a chave. — Meu Deus, pode imaginar que sensação essa novidade causaria? Poderíamos conseguir que as melhores cabeças do mundo estudassem a chave...

— Caissie, não! — Michele agarrou o pulso da amiga por cima da mesa. — Você prometeu; não pode dizer nada. Por favor. Isto é particular. Não quero me transformar num circo de horrores. E, além do mais, jamais poderia entregar a chave para outra pessoa.

— Tudo bem, tudo bem. Não vou dizer nada — prometeu Caissie, cedendo. — Mas você está privando o mundo de um avanço científico espetacular.

— Como você sabe que seria espetacular? — rebateu Michele. — Quer dizer, sou uma única pessoa voltando no tempo. Imagine se todos fizessem isso. Todo o mundo como o conhecemos poderia estar acabado, ou pelo menos sair totalmente dos eixos.

— Acho que você tem razão — concordou Caissie, relutante.

— Mas, já que você parece tão interessada e é minha única confidente, posso te contar tudo que quiser saber sobre o assunto — sugeriu Michele. — E talvez em algum momento eu deixe você estudar a chave. Mas ninguém mais.

— Isso seria demais! — Os olhos de Caissie brilharam.

— Só é tão doido que esteja acontecendo tudo isso comigo — falou Michele. — Eu sempre fui a pessoa mais comum quando comparada com meus amigos.

— Agora não é mais — riu Caissie. — De jeito nenhum.

— Tá legal, posso confessar uma outra coisa? — Michele sentiu um sorriso meio bobo abrindo-se em seu rosto, enquanto começava a confidenciar para uma Caissie assombrada tudo sobre sua relação com Philip.

12

Naquela noite, Michele sonhou que Philip a chamava.

— Tenho uma coisa para você — ele disse, os olhos azuis brilhando com intensidade. — Por favor, venha até mim.

Quando acordou, eram três da manhã, mas não houve jeito de adormecer de novo. Ela sabia, e podia sentir, que, em algum lugar de 1910, Philip tentava se comunicar com ela. E ela teria que ir até ele.

Levantou-se e se vestiu, nervosa, os olhos desviando o tempo todo para o grande relógio de mesa. Por favor, por favor, não deixe que meus avós ou Annaleigh, ou outra pessoa qualquer, descubram que eu saí, rezou em silêncio. Vestiu o casaco de Philip, que ele permitira que ficasse com ela, e calçou seu sapato baixo mais macio para não fazer ruído algum no andar de baixo. Assim que chegou ao Saguão Principal, prendeu a respiração enquanto abria a enorme porta da frente, desejando que se fechasse com o máximo de silêncio possível. Do lado de fora, atravessou correndo os portões e foi para o edifício vizinho. De pé diante do edifício, apertou o casaco de Philip bem junto de si com uma das mãos e segurou a chave com a outra.

— Mande-me para ele — sussurrou.

E então, bem diante dos seus olhos, o edifício de apartamentos ruiu e veio ao chão. Ela abriu a boca para gritar, horrorizada com o que fizera... bem na hora em que a gloriosa Mansão Walker ganhou vida no mesmo lugar, parecendo materializar-se em segundos, a partir do nada.

Michele correu até a mansão. Prendeu a respiração de novo e, para seu alívio, ao colocá-la de encontro à fechadura da porta de entrada, a chave se moldou a ela, e a porta se abriu.

Ao entrar, ouviu de imediato. Philip tocava piano. Com um sorriso, correu até a sala de música. Deteve-se à porta, observando-o, enquanto os dedos dele voavam sobre as teclas, tocando uma das suas composições de *ragtime*. Quando ele levantou a cabeça e a avistou, seus olhos se iluminaram de tal forma, que Michele, de imediato, sentiu as faces se aquecerem, o coração batendo quase tão depressa quanto o ritmo sincopado que ele estivera tocando. Philip deu um pulo do banquinho do piano e a puxou para seus braços.

— Você está aqui! — gritou, beijando-a de novo e de novo. — Você me ouviu; não posso acreditar que deu certo.

— Você estava mesmo me chamando? — Michele sentia-se sem fôlego. — Não foi só um sonho?

— Sim, eu realmente estava te chamando. Mas tinha tentado antes e nunca funcionou. Você sempre parecia vir até mim em momentos diferentes. Queria saber por que funcionou agora.

— Eu não sei, mais isso é incrível — admirou-se Michele. Ela o puxou para mais um beijo. — O que estava tocando agora? Adorei. É tão contagiante.

— É o que eu queria lhe mostrar — ele respondeu, ansioso. — Estava pensando em você, e então a música simplesmente me veio...da mesma forma que você. E eu queria que escrevesse uma letra para ela. Por isso a chamei.

Michele sorriu, o rosto enrubescendo.

— Uau. Estou honrada. Mas não sei se posso fazer assim na hora.

— Claro que pode — ele afirmou, confiante. — Esta música precisa das suas palavras.

— Tá... Vou tentar. Você pode continuar tocando enquanto eu vou pensando na letra? Tem aí caneta e papel?

— Bem aqui. — Philip ficou de pé e levantou a parte de cima do banco do piano, revelando onde guardava livros de música, partituras em branco e um caderno de notas.

Enquanto ele tocava a música de novo e de novo, Michele ficou sentada ao seu lado. Certas palavras ficavam ecoando em sua mente enquanto o observava e se perdia na melodia: "perseguindo o tempo".

Depois de um período em que Philip tocava e Michele escrevia freneticamente, riscando linhas e reescrevendo-as, ela por fim tinha algo.

Respirou fundo e então, com sua voz suave, cantou com a melodia de Philip.

Catch my eye, tell me what you see [Olhe em meus olhos, me diz o que vê]
Wonder if they could guess it about me [Pergunto-me se conseguem adivinhar algo sobre mim]
Here I'm standing in a double life [Aqui estou, vivendo uma vida dupla]
One with love, one with strife [Uma com amor, outra com discórdia]
Try to act normal and play it cool [Tento ser normal e seguir adiante]
So afraid of breaking a rule [Com tanto medo de quebrar uma regra]
But now I'm falling too hard to stop [Mas agora estou caindo depressa demais para parar]
Can't help but take the next drop. [Não posso evitar entregar-me à próxima queda.]

Então ela cantou a parte do refrão:

I can't live in the normal world, [Não posso viver no mundo normal,]
I'm just chasing time [Estou apenas perseguindo o tempo]
I belong in that endless whirl [Meu lugar é naquele turbilhão sem fim]
The place where you're mine [O lugar onde você é meu]
So take me there, where I long to be [Então me leve até lá, onde quero estar]
Inside time's mystery [Dentro do mistério do tempo]
Upside down and it feels so right [De cabeça para baixo, mas parece tão certo]
Take my hand, we'll take flight. [Pegue minha mão, vamos voar.]

— Que tal isso, para começar? — perguntou Michele, tímida.

— Adorei! — Philip pulou do banco do piano, agitado, girando-a para que ficasse de frente para ele. — É perfeito.

— Sério? — Michele abriu um grande sorriso. — Tá legal, vamos continuar trabalhando, então.

E foi assim que passaram as horas da madrugada, escrevendo e tocando, cantando e rindo. Michele percebeu que nunca tinha se divertido tanto na sua vida.

Philip copiou em partitura *Chasing Time* [Perseguindo o Tempo] e a primeira canção que ambos tinham feito em parceria, *Bring the Colors Back* [Traga as Cores de Volta]. Enquanto o observava alternar com maestria a execução das músicas com o registro delas, a admiração por ele aumentou ainda mais.

— Você é um gênio — ela exclamou com um grande sorriso.

Philip sorriu, mas parecia ouvi-la um tanto desatento, a expressão preocupada.

— Michele, você faria uma coisa para mim? — ele perguntou de repente.

— Qualquer coisa.

— Você descobriria um jeito de divulgar esta música para o mundo, assim como *Bring the Colors Back*, no seu próprio tempo?

— Eu? — Michele soltou uma risadinha de surpresa. — Mas não sou cantora e não sei nada da indústria da música.

— Você poderia encontrar alguém que pudesse cantar, e também um pianista, já que não vou estar lá. Sei que vai encontrar um jeito. Poderia ser o início da sua carreira como letrista.

— Mas não seria justo — protestou Michele, pouco à vontade. — Mesmo que eu por acaso conseguisse lançar as músicas, por que receberia crédito por tê-las escrito se você não vai estar lá para ter o reconhecimento? Não gosto disso. Você devia ao menos publicar a partitura aqui, no seu tempo. Então, talvez sua mãe e seu tio entendessem que sua música...

— Não — interrompeu Philip com firmeza. — Quero que essas músicas vivam no futuro, numa época que eu mesmo não poderei viver. Quero saber que, de alguma forma, estou lá com você.

Por um momento, Michele ficou dominada demais pela emoção para conseguir falar.

— Tá bem — ela sussurrou.

Philip estendeu a mão e acariciou os cabelos dela.

— Eu te amo, você sabe.

— Também te amo. — Ela apoiou a cabeça no ombro de Philip enquanto ele voltava a tocar as músicas e a transcrevê-las nas partituras. O rosto dele estava concentrado, como se estivesse convencido de que a chave para ficarem juntos através do tempo pudesse ser encontrada na música deles.

Com os primeiros raios da luz do dia entrando pelas janelas, Michele disse, relutante:

— Acho que preciso voltar.

— Ah, meu Deus, perdi completamente a noção do tempo — exclamou Philip em tom culpado.

— Tudo bem. Adorei cada minuto. — Michele sorriu.

— Vou levar você para casa. — Philip se levantou, oferecendo-lhe o braço.

— Até 2010? — ela riu.

— Quisera eu. Mas ao menos até a Mansão Windsor. — Ele lhe entregou a partitura deles. — Você volta logo?

— Com certeza eu volto — Michele prometeu.

Era a noite anterior à viagem de campo a Newport, e, enquanto Michele arrumava suas coisas para viajar, o celular tocou. Ela olhou a tela, onde aparecia uma foto de Kristen. Michele mordeu o lábio, sentindo-se culpada ao perceber quantos dias fazia que não falava com suas melhores amigas. Apressou-se em pegar o telefone.

— Oi, garota! — atendeu. — Desculpa ter demorado tanto...

— Michele! Por onde você tem andado, menina? Amanda também está aqui.

— Ah, meu Deus, não posso acreditar que finalmente estou com você ao vivo! — exclamou Amanda. — O que tá rolando por aí? Tá tudo bem com você?

— Ah, está sim. Na verdade, está tudo muito bem, acredite se quiser — Michele respondeu. — Tem tanta coisa acontecendo por aqui...

— Você arranjou um cara — declarou Kristen.

O queixo de Michele caiu, e ela teve que rir. Era tão evidente assim?

— Por que você diz isso? — perguntou, tentando soar inocente.

— Não tente esconder. Conhecemos você quase tão bem como nos conhecemos — alertou Kristen.

— Além do mais, é meio que óbvio. Você desaparece por dias e agora sua voz está toda sonhadora e feliz, de um jeito meio anormal — observou Amanda. — O que eu não entendo é por que não quer contar para a gente. Hellooou, é para isso que servem as melhores amigas.

— Eu sei — admitiu Michele. — Sinto muito. Acho que é porque tudo parece um pouco incerto, e não queria falar cedo demais.

— Você tá super a fim dele, não está? — Amanda arriscou, toda feliz. — Quer dizer, quando se interessou por Jason, você contou pra gente bem rapidinho. Esse cara novo deve ser especial.

— Ele é — admitiu Michele, sorrindo. Se ela pudesse revelar *como* ele era especial...

— Tá legal: detalhes, por favor. A gente pode checar ele no Facebook? — perguntou Kristen, ávida.

— Hã, não — Michele riu. — Ele não está nessa. Também não está no Twitter.

— Uau — exclamou Kristen, espantada. — Bem misterioso e tipo antiquado, hein?

— Bom, de qualquer forma, eu conto pra vocês depois, se rolar alguma coisa — Michele se apressou em dizer, ansiosa por mudar de assunto antes de falar demais. — E aí, quais as novidades com vocês? Quero saber tudo.

Vinte minutos mais tarde, depois que tinha terminado de se atualizar, Michele lembrou-se de que talvez seus avós esperassem que ela fosse se despedir deles naquela noite, pois sairia para viajar bem cedo na manhã seguinte. Não tinha ouvido ninguém subir as escadas, portanto desceu para procurá-los. Localizou Annaleigh no mezanino.

— Ei, você sabe onde estão meus avós? — perguntou.

— Sim, eles pediram que fosse servido chá na biblioteca quinze minutos atrás, então ainda devem estar lá — respondeu Annaleigh.

— Valeu.

Michele desceu a escada e foi para a biblioteca. Encontrou o aposento vazio, mas duas xícaras de chá pela metade repousavam sobre uma das mesas de leitura, ao lado de um livro aberto. Michele imaginou que os avós provavelmente haviam saído por um instante, então sentou-se à mesa para esperar por eles. O livro à frente era um álbum de fotos antigo. Olhou a foto na qual o álbum estava aberto... e seu queixo caiu de espanto.

A foto desbotada em preto e branco mostrava um homem atraente, num terno vitoriano engomado, os cabelos ondulados repartidos ao meio, os olhos escuros desviando-se da câmera. De alguma maneira, ele parecia familiar, como um velho conhecido que ela não via há muito tempo. A legenda da foto dizia IRVING HENRY, advogado. 1900.

— Irving Henry — ela sussurrou. O advogado que trabalhara para o pai de Philip... O nome do próprio pai, só que invertido. O que a foto dele faria num álbum dos Windsor?

— Michele!

Ela ergueu os olhos quando Dorothy exclamou seu nome. Os avós acabavam de voltar e exibiam um estranho desconforto por vê-la ali. Michele estava perturbada demais com a foto para se lembrar de ser educada, e indagou, de modo impulsivo:

— Quem é este aqui? Ele parece familiar, e o nome dele...

— Não é ninguém importante — respondeu Walter, um pouco depressa demais. — Foi só um advogado que trabalhou para a minha família no século passado.

Michele os encarou com firmeza.

— Tem alguma coisa que vocês não estão me contando — falou lentamente. — Ele não é "ninguém", ou vocês não estariam olhando a foto dele.

— Querida, seu avô só estava me mostrando um dos antigos álbuns de fotos de família — respondeu Dorothy com uma risada fingida. — O senhor Henry foi um fiel empregado da família. É o único motivo pelo qual ele está aí. E essa é a única foto dele no álbum inteiro. Não há nada de especial a respeito desse homem.

Michele levantou-se, incapaz de controlar a frustração.

— Por que vocês fazem tanto segredo o tempo todo? Sei que estão escondendo alguma coisa de mim. Eu percebo, não sou idiota.

— Já basta, Michele. Você está sendo impertinente — repreendeu Walter, severo. — Não estamos escondendo nada. Lamento se isso a desaponta, mas não há mais nada a ser dito sobre isso.

Michele suspirou. Dava para ver que não chegaria a lugar algum com eles. E tinha que admitir que começava a se perguntar se suas viagens no tempo não estariam afetando sua habilidade de perceber a diferença entre realidade e fantasia.

— Tá legal, desculpa — falou a contragosto. — Bem, só vim para me despedir. A viagem para Newport é amanhã.

Walter assentiu com um aceno de cabeça.

— Divirta-se.

— Boa noite, querida. Cuide-se — acrescentou Dorothy.

— Obrigada. Boa noite.

Antes de deixar a sala, Michele sentiu o impulso de se voltar para olhar uma última vez a foto de Irving Henry. E, ao fazê-lo, poderia jurar ter sentido a chave pulsar de encontro ao seu pescoço.

Michele acomodou-se num assento junto à janela no trem, uma fileira atrás de Caissie e Aaron. Estava a ponto de colocar os fones de ouvido quando ouviu uma voz atrás de si:

— Posso sentar aqui?

Ela levantou a cabeça. Era Ben Archer, exibindo seu sorriso de covinhas. Michele estivera ansiosa por algum tempo a sós para pensar, mas sabia que não podia dizer não.

— Tudo bem — respondeu, dando ao rapaz um sorriso simpático.

Enquanto Ben se instalava ao seu lado, Michele podia ouvir Caissie sussurrando com Aaron nos assentos à frente. Era evidente que ela tinha percebido a chegada de Ben, e Michele esperava de verdade que ela não fizesse uma tempestade num copo d'água. Um instante depois, o trem deixou a Penn Station rumo a Rhode Island.

— Já esteve em Newport? — perguntou Ben num tom casual.

— Nunca. E você?

— Já. Um casamento de família alguns anos atrás.

— Legal — comentou Michele.

Fez-se um instante de silêncio incômodo, e então Ben voltou a falar:

— Como Nova York está te tratando até agora? Deve ser ótimo morar na Mansão Windsor. Lembro-me de ter passado tantas vezes na frente dela quando era pequeno, pensando como devia ser incrível lá dentro.

— É bem legal — concordou Michele. — Mas o que eu mais gosto não são as coisas valiosas; é toda a história.

— Sério? Então você vai amar Newport — ele afirmou. Depois, olhou para o iPod e os fones no colo dela. — Que tipo de música você tem escutado?

— Pra ser sincera, um pouco de tudo. Tenho obsessão por quase todos os tipos de música. — Michele sorriu. — Neste momento, estou alternando entre as gravações solo de Thom Yorke e um pouco do *vintage* de Nina Simone.

— Bacana. Quero ouvir um pouco desse Thom Yorke. — Ben pegou os fones de ouvido, bem-humorado.

— Claro. Deixa eu escolher uma faixa.

Enquanto ele ouvia a música no iPod dela, Michele recostou-se na poltrona e olhou para fora da janela. Enquanto as cidades suburbanas passavam ligeiras, sentiu as pálpebras pesarem. Apoiou a cabeça na janela, fechou os olhos por um instante e se permitiu pensar em Philip...

Sentiu alguém sacudir com delicadeza seu braço. *Philip*, pensou, alegre, erguendo os braços para ele. Mas, ao abrir os olhos, viu com certa decepção que era Ben. Fingiu depressa que se espreguiçava, os braços esticados, a face queimando.

— Eu dormi? — perguntou, meio grogue.

— Dormiu — ele respondeu. — Já chegamos a Rhode Island.

— Tá brincando? Eu dormi o caminho todo?

— Acho que estava precisando descansar — disse Ben.

— Desculpa por não ter sido uma boa companhia — respondeu Michele, constrangida.

— Tudo bem. Você estava... bonitinha, enquanto dormia — ele disse, parecendo um pouco tímido também.

— Ah. Obrigada. — Michele baixou os olhos, o rosto ainda mais vermelho. Sentia que precisava desencorajar Ben. Mas como?

— Kingston, Rhode Island — o condutor anunciou.

— Muito bem, turma, é aqui — exclamou o sr. Lewis, colocando-se de pé.

Michele, Ben e os demais estudantes se levantaram e pegaram as bagagens, preparando-se para desembarcar. O sr. Lewis tinha explicado que não havia trem direto para Newport, de modo que um ônibus fretado viria pegá-los na estação para levá-los à ilha.

Na estação, Michele afastou-se discretamente de Ben e alcançou Caissie e Aaron, dividindo com eles uma fileira de poltronas no ônibus. Chegando a Newport ao pôr do sol, ela sorriu, olhando para a vegetação de Rhode Island, diferente de tudo que havia visto em Nova York ou em Los Angeles. Viajaram sob o dossel das árvores, com campos verdes ao longo da estrada. Ao chegarem à costa, com sua vista espetacular do oceano, Michele apertou o braço de Caissie, deslumbrada. Penhascos a pique davam lugar a uma imensidão de água azul cintilante, pontilhada de barcos e faróis.

O centro de Newport era como um relógio histórico, com praticamente todos os edifícios datando do século XVIII. O sr. Lewis ia apontando os lugares à medida que passavam.

— Aquela à direita é a igreja da Trindade, onde George Washington e a rainha Elizabeth rezaram... E vejam, esta é a biblioteca Redwood, a primeira dos Estados Unidos, de 1747! A taverna White Horse à esquerda, a mais antiga do país, remontando ao século XVII.

Viraram na avenida Bellevue, e a paisagem mudou radicalmente. Construções coloniais deram lugar a quarteirão após quarteirão de enormes casarões e mansões palacianas, como a Mansão Windsor e as outras que Michele vira na antiga Quinta Avenida.

— Estes são os famosos chalés de Newport, que visitaremos amanhã e no domingo — explicou o sr. Lewis. — A partir do final do século XIX, Newport se tornou o principal destino de verão para a alta sociedade, e todas as famílias ricas tinham casa aqui para passar as férias e dar festas.

— Peraí...chalés? — exclamou Aaron, incrédulo.

— Sim, esse sempre foi o nome dado a casas de veraneio em Newport — explicou o sr. Lewis. — Até a casa dos Vanderbilt, The Breakers, é chamada de chalé, e tem quatro andares e mais de setenta cômodos. A maioria das famílias famosas que tinha casa aqui, como os Astor e os Vanderbilt, já não estão mais conosco, de modo que a Sociedade de Preservação do Condado de Newport preservou as casas e as transformou em museus. É por isso que escolas como a nossa têm a oportunidade de ter uma ideia de como era a vida naquela época.

Caissie e Michele trocaram uma risadinha. Mal sabia o sr. Lewis que Michele não precisava de uma visita ao museu para ter uma ideia de como era a vida no passado.

— Vamos visitar o chalé da família Walker? — perguntou Michele.

— Sim, vamos — respondeu o sr. Lewis. — Amanhã de manhã.

Michele conteve um sorriso, sem querer chamar atenção para si, mas sentiu seu humor melhorar. Não poderia ver Philip naquele final de semana, mas sabia que se sentiria próxima dele enquanto percorresse sua casa de veraneio.

Logo chegaram ao hotel Viking, um hotel-butique imponente, de tijolos, situado no alto do que o sr. Lewis chamou de Colina Histórica. Uma placa na porta da frente informava: HOTEL HISTÓRICO DOS ESTADOS UNIDOS. FUNDADO EM 1926.

A classe entrou no saguão atrás do sr. Lewis, e esperou enquanto o professor fazia o *check-in* deles e pegava as chaves dos quartos. Ao retornar para junto dos alunos e informar quem dividiria quarto com quem, Michele suspirou aliviada por estar com Caissie, e não com uma das metidas dos Quatrocentos.

Depois de se instalarem nos quartos e deixarem as malas, a turma se reuniu no restaurante do hotel, One Bellevue, para jantar. Michele, Caissie e Aaron sentaram-se juntos numa mesa para três e perceberam o olhar desapontado que Olivia Livingston lançou a Michele.

— Bom, parece que alguém ainda não aprova que uma Windsor escolha amigos fora do registro social — Caissie comentou secamente.

— Aquela menina tem sérios problemas — disse Michele, revirando os olhos.

— Aaron, com quem você está dividindo o quarto?

— Com um dos jamaicanos *fake* — ele respondeu. — Até agora tive o prazer de ser apresentado a uma amostra de *dancehall reggae*, e tenho a sensação de que vem muito mais por aí.

— Você me promete que vai passar pelo final de semana sem ficar com um sotaque rasta? — brincou Caissie.

— Acho que consigo. — Aaron, de brincadeira, torceu o nariz de Caissie, e ela ficou vermelha e enterrou depressa o rosto no menu que tinha nas mãos.

Michele reprimiu um risinho. Eles gostavam mesmo um do outro.

13

Na manhã seguinte, um ônibus turístico levou a turma para a primeira visita do dia: a mansão dos Walker em Newport. Enquanto se aproximavam do destino, Michele sentia-se zonza pela combinação de nervosismo e ansiedade; por fim, o veículo parou diante de um portão de entrada sobre o qual tremulava uma bandeira. Um grande cartaz dizia PALAIS DE LA MER, CONSTRUÍDO PARA A FAMÍLIA WALKER, DE NOVA YORK, 1901. VISITAS DAS 9 ÀS 18 HORAS, DIARIAMENTE. Por trás do portão, erguia-se uma ampla construção branca de pedra. Caissie apertou a mão de Michele enquanto cruzavam o portão e percorriam o caminho de acesso.

O sr. Lewis conduziu a classe pelas portas francesas em arco. No vestíbulo de entrada, foram orientados a esperar pela próxima visita, que começaria em cinco minutos. Michele estava alheia ao burburinho dos colegas, olhando ao redor com ansiedade, imaginando Philip entrando de repente pela porta da frente num dia de verão ou subindo a escada em curva para ir ao quarto.

A guia logo chegou. Judy era uma mulher de seus 60 anos, nascida em Newport. Ela os levou através dos cômodos sociais no térreo, explicando a história da família Walker.

— Esta casa pertenceu originalmente a Warren H. Walker, de Nova York, que a compartilhava com sua esposa, Paulette, e o filho deles, Philip.

À menção do nome Philip, Michele estacou de repente, o coração a ponto de explodir. Percebeu que era a primeira vez que alguém em sua vida moderna reconhecia a existência dele, e isso lhe causou uma sensação indescritível. Quando estava em pleno ano de 2010, às vezes era difícil de acreditar por completo que ele era real, mesmo usando seu casaco ao redor dos ombros ou tendo a música dele na cabeça. E, agora, ali estava uma guia de turismo contando-lhes a história do garoto que ela amava e de sua família. Sorrindo sozinha, Michele chegou perto de Caissie, e ambas seguiram Judy e a classe ao próximo aposento.

— O avô de Warren Walker estabeleceu a família como um gigante do ramo imobiliário, ainda no século XVIII. Depois da morte do pai, Warren herdou a empresa, que cresceu ainda mais sob sua liderança. Paulette, por outro lado, era uma aristocrata de origem francesa e, assim como a alta sociedade estadunidense, venerava tradições, estilos e modos dos franceses, tornando-se uma das anfitriãs mais populares da época. E claro que Philip também atraía muita atenção, com suas ótimas origens e aparência ainda melhor.

Judy levou o grupo para o andar de cima para ver os quartos da família e de hóspedes. Olivia e seus amigos soltaram exclamações admiradas ao verem a decoração de época no quarto dos pais de Philip, com delicados móveis antigos da era de Luís XV e molduras que continham fotografias de família em preto e branco, colocadas sobre uma bela lareira dourada.

— Infelizmente, Warren Walker morreu de um ataque cardíaco em 1908, com apenas 47 anos de idade — Judy prosseguiu. — Depois da sua morte, seu irmão mais novo, Harold, assumiu o controle da família e dos negócios e logo foi morar com Paulette e Philip.

Michele pensou no tio abrutalhado de Philip e estremeceu.

Por fim, chegaram à porta do quarto de Philip. O coração de Michele aqueceu-se quando ela viu o P. J. W. entalhado na porta. Era uma sensação muito estranha estar tão perto da vida dele e, ao mesmo tempo, a um século de distância.

O quarto de Philip no Palais de la Mer, decorado no estilo império, transmitia a mesma sensação de seu quarto em Nova York. O cômodo era pintado de um azul profundo, tendo móveis de madeira escura e teto decorado com afrescos. A visão de fotografias em preto e branco dele com amigos e família, emolduradas e presentes por todo o quarto, criou um nó na garganta de Michele. Se ele pudesse estar ali com ela, em 2010, e não como um personagem do passado...

— A família Walker teve uma dose acima do normal de perdas — esclareceu Judy, a expressão sombria. — E a maior de todas as tragédias envolveu o ocupante deste quarto, Philip Walker.

A cabeça de Michele ergueu-se com violência. Caissie olhou-a, preocupada, enquanto Judy prosseguia:

— Em 1927, ao 35 anos de idade, Philip Walker foi declarado morto.

Michele sufocou um grito. O quarto rodou à sua volta, e ela achou que fosse vomitar. Caissie segurou sua mão para ampará-la.

— O corpo dele nunca foi encontrado, e a localização dos seus restos mortais é um mistério até os dias de hoje. No entanto, uma anotação misteriosa em seu diário, escrita na noite anterior ao seu desaparecimento, fez com que a polícia considerasse sua morte como suicídio.

Michele recuou devagar até a parede e apoiou-se na madeira fria enquanto tentava controlar a náusea que a envolvia. Aquilo não podia estar acontecendo. Era só um pesadelo do qual ela iria acordar. Seu Philip vibrante, lindo, determinado e brilhante nunca teria se matado. Nunca.

— E o que dizia o diário? — perguntou Amy van Alen, curiosa.

— Foi bastante noticiado nos jornais da época, e tenho inclusive um trecho aqui para ler a vocês. — Judy olhou para sua prancheta e começou a leitura: — "Dezesseis longos anos de espera insuportável. Não posso aguentar mais. Ela devia ter voltado, ela sempre voltava, e agora vejo a crueldade desta espera impotente, vivendo à mercê do Tempo. Arrastando-me ao longo dos dias, pergunto a mim mesmo por que me dar o trabalho, quando sei que o único lugar onde posso encontrá-la não é aqui na Terra. Assim, basta disso. Para mim chega".

Por um momento, um burburinho se abateu sobre a classe. Michele sentiu-se deslizar pela parede, a visão falhando por um instante enquanto ela lutava contra aquela terrível descoberta. *Algo me aconteceu e não pude voltar para ele. Não pude voltar por dezesseis anos! Ele achou que eu o havia abandonado e morreu por minha causa. É tudo culpa minha. Ele deveria ter sido um grande músico, vivido uma longa existência. O que aconteceu; o que foi que eu fiz?*

— A vida adulta de Philip foi infeliz — observou Judy. — As colunas sociais da época descreviam-no como a alegria da festa na juventude, com tudo ao seu favor. Mas, com o passar do tempo, ele foi se isolando mais e mais, e, apesar das inúmeras mulheres disponíveis que competiam por sua atenção, ele sempre dizia que já estava comprometido. Mas ninguém nunca viu a jovem, e, quem quer que tenha sido ela, se é que existia de fato, parece ter causado o fim de sua vida. Bem, agora vamos passar para coisas mais alegres...

Enquanto Judy levava o pessoal para fora do quarto de Philip, Michele e Caissie ficaram para trás, trocando olhares, horrorizadas.

— Eu o matei, não é? — sussurrou Michele. — Como pode um amor tão perfeito, tão certo, terminar assim?

Caissie a encarava, os olhos arregalados.

— Eu...eu não sei.

— Não entendo o que aconteceu. Por que não consegui voltar para ele? — Michele cobriu o rosto com as mãos, a garganta trancada pelo choro. — Ele devia ter realizado tanta coisa. Philip ia mudar o mundo com sua música.

— Você o ama de verdade, não é, Michele? — perguntou Caissie.

— É claro que amo! — gritou Michele.

— Então, você sabe o que tem que fazer.

Michele fez que sim com a cabeça, mas não conseguia falar.

— Você tem que se afastar dele — Caissie murmurou. — É o único jeito. Você tem que, de algum jeito, explicar tudo isso e terminar com ele, o mais rápido possível, para que ele tenha uma chance de partir para outra. Se fizer isso... Bom, quem sabe você possa mudar o passado e talvez salvá-lo.

— Você se importa de me deixar aqui por um instante? — perguntou Michele, meio atordoada. — Estou precisando ficar sozinha.

— Tá legal. — Caissie lhe deu um abraço antes de sair do quarto.

Michele deixou-se cair no chão. Sabia que Caissie estava certa, mas aquela certeza era terrivelmente dolorosa. Como poderia desistir da única pessoa na sua vida da qual gostava de verdade, a única pessoa viva que de fato a amava? Agora não haveria mais distrações agradáveis, ninguém para melhorar as coisas quando a saudade da mãe se tornava grande demais para suportar. *Se eu fizer isso, vou estar mais sozinha do que nunca,* pensou. E como ela poderia partir o coração dele, deixá-lo quando sabia o quanto ele a amava?

— Não posso fazer isso — sussurrou Michele.

Ela queria se levantar, sair daquele quarto, mas algo a mantinha presa no lugar. Ficava revirando na mente o que Judy havia revelado, o terrível destino que se abatera sobre Philip, e tudo por culpa dela.

Não posso deixar isso acontecer com ele, pensou, angustiada. *Amar significa colocar a outra pessoa em primeiro lugar, e é isso que tenho de fazer. Não posso deixar que ele se torture, esperando por mim ano após ano. Não posso deixar que ele desista dos seus sonhos e da sua vida. Tenho que fazer com que ele siga em frente. Tenho que salvá-lo. Não importa o quanto eu sinta falta dele, contanto que saiba que ele sobreviveu, ficarei bem.*

Ela apertou a chave da corrente e fechou os olhos.

— Por favor, me leve de volta a Philip. Preciso dizer adeus.

— Phil! O barco chegou! — uma voz jovem e exuberante chamou.

Michele abriu os olhos de repente, levantando-se. Um garotinho de uns 10 anos, vestido com roupinha de marinheiro, entrou correndo no quarto e fez uma careta de decepção ao ver que Philip não estava lá. E, claro, não viu Michele endireitando-se e retomando o fôlego.

Michele saiu do quarto de Philip atrás do garoto e foi mais uma vez transportada para um cenário saído do dia a dia da Nova York dos velhos tempos. A casa dos Walker em Newport reluzia de tão nova, com criados uniformizados andando com altivez de um lado para o outro, seguindo as ordens do patrão e cuidando para que a casa estivesse perfeita.

Um homem de seus 40 anos chegou ao alto da escada, o braço ao redor de um adolescente de cabelos escuros e os mais belos olhos azuis.

Ah, céus. Era Philip. Só que... Teria ela ido para o tempo certo? Este Philip com certeza parecia mais novo.

— Phil, o barco novo está aqui! Está aqui!

O garotinho gritava, pulando de emoção.

O homem que estava com Philip despenteou os cabelos dele e riu.

— Viu isso, Philip? Acho que seu primo está mais ansioso do que eu para lhe mostrar a nova embarcação dos Walker. Não lhe disse que era a melhor?

Philip sorriu.

— Com certeza você disse, papai.

Papai? Michele estava zonza. Em que ano tinha ido parar?

Ela correu de volta ao quarto de Philip e vasculhou o conteúdo da escrivaninha até encontrar um calendário, que estava aberto no mês de julho... de 1907.

Michele ficou olhando para o calendário, chocada. Como podia ter viajado para 1907, quando o pai de Philip ainda estava vivo e Philip sequer a conhecia? Ele não podia conhecê-la. Se ele a visse agora, cedo demais, isso mudaria toda a relação entre eles. E se isso estragasse as coisas? Ela tinha que sair dali e voltar para o próprio tempo.

Ao sair correndo pela porta, trombou em cheio com alguém.

— Ai — gemeu, esfregando a testa machucada.

Ela ouviu alguém inspirar bruscamente e ergueu os olhos. Foi quando percebeu que estava nos braços de Philip. Ele a mantinha em pé, olhando-a, atônito.

— Quem é você? — ele exclamou. — De onde você veio?

— Eu... eu não posso dizer agora — balbuciou Michele. — Preciso ir embora.

— Por favor, não vá — pediu Philip. — Só me diga seu nome.

Mas Michele se virou e desceu as escadas correndo. Não deviam se encontrar, senão dali a três anos!

Michele ouviu passos atrás dela enquanto corria, e uma mão se fechou ao redor do seu pulso. Mas de repente ela sentiu que se desvencilhava e deu um grito assustado ao ver que corria literalmente através do tempo. Os degraus acima dela, bem como o andar de cima, eram de 1907, com um Philip de 15 anos de idade olhando com desespero para ela, enquanto os degraus abaixo e o térreo eram de 2010. Caissie a esperava ao pé da escada, olhando-a com preocupação.

— O que aconteceu? — perguntou quando Michele chegou ao degrau mais baixo.

— Te conto mais tarde. Preciso sair daqui — respondeu Michele, ofegante. — Pode dizer ao senhor Lewis que me senti mal e precisei voltar ao hotel?

Caissie concordou, nervosa.

— Tem certeza de que vai ficar bem sozinha?

— Vou, só preciso sair daqui.

Michele deixou a casa dos Walker enquanto a lembrança do primeiro encontro com Philip voltava com tudo à sua mente: *Era* você... *era você a moça que vi no meu chalé de verão três anos atrás...*

Então Philip tinha razão. Ele tinha mesmo visto Michele anos antes do baile.

Ao voltar para Nova York na noite seguinte, Michele havia se sentado toda rígida na poltrona, o corpo gelado. Era inacreditável como as circunstâncias tinham mudado desde sua última viagem de trem, dois dias atrás. Antes, estava tomada pela emoção de estar apaixonada; agora, sentia-se praticamente anestesiada de dor pela tarefa que a aguardava.

Havia feito tudo que podia para não pensar no iminente rompimento com Philip, sabendo que a única forma de conseguir se segurar durante o final de semana era dando a si mesma uma dose cavalar de negação. Mas agora que voltava para casa, com Caissie dormindo no assento ao lado, Michele se permitiu parar de fingir. Pensou na mãe de Clara, Alanna. Será que fora assim que Alanna se sentira ao ter de deixar George Windsor? Michele sentiu uma nova onda de saudades da mãe. Como ela poderia não estar ali quando Michele mais precisava dela?

Chegando à Penn Station, Caissie e Michele tomaram um táxi juntas. As duas foram para o prédio de Caissie, o semblante de Michele pálido como o de um fantasma. Uma vez em seu quarto, Caissie perguntou se Michele gostaria de ficar um tempo a sós.

— Eu vou bater um papo com papai, contar a ele como foi a viagem. Vou avisar sua avó que você vai passar a noite aqui. Sabe, caso precise ficar um tempo... lá.

— Valeu. — Michele engoliu com dificuldade.

Caissie lhe deu um abraço carinhoso.

— Boa sorte. Você está fazendo a coisa certa.

No segundo em que se viu sozinha, Michele tirou o cartão de Philip de dentro da bolsa. Ela o trazia consigo o tempo todo. Fechando os olhos e segurando com força o colar, desejou que o Tempo a levasse de volta até ele.

Em instantes, o quarto de Caissie se transformou diante dos seus olhos, passando por dezenas de diferentes transformações, até que ela se viu no quarto de Philip. Ele estava sentado à escrivaninha e deu um salto na cadeira quando a viu aparecer.

— Michele! — Ele a rodopiou e a beijou com ternura. — Senti sua falta!

Ela retribuiu o beijo, e foi tão bom, que a ideia de nunca beijá-lo de novo, de nunca estar com ele outra vez, trouxe lágrimas aos seus olhos. Ela se afastou dele.

— Michele, qual é o problema? Por que está chorando? — Philip segurou as mãos dela, preocupado.

— Philip, tenho que te contar algo, e é difícil...é difícil de verdade para mim.

Ele a soltou e deixou-se cair na cadeira mais próxima, talvez com medo das palavras que se seguiriam.

— Vou ter que dizer adeus — disse Michele, o estômago dando um nó. — Eu te amo, mas... Tenho que ficar no meu próprio tempo, e você no seu.

A cor sumiu do rosto de Philip.

— Não, você não está falando sério; não podemos fazer isso. Temos que ficar juntos.

— Mas não poderemos jamais estar juntos de verdade — ela disse, a voz embargada pela tristeza. — Não posso existir totalmente no seu tempo, e você não consegue ir para o meu. No fim, isso vai acabar com a gente.

Philip a olhava, balançando a cabeça.

As lágrimas de Michele agora fluíam livremente.

— Eu te amo, mas não posso ficar mais com você. Por favor, tente entender o que vou dizer. Descobri que... que algo vai acontecer. Não sei o que nem por que, mas não serei capaz de viajar até você de novo, ao menos não por... por muitos anos. E você é bom demais, você tem vida demais para desperdiçá-la esperando por mim. — Ela se deu conta de que agora balbuciava por entre lágrimas, mas não podia parar. Tinha que fazê-lo entender. — Não vou conseguir viver comigo mesma sabendo que sua vida vai terminar por minha causa. Eu vivo no futuro, e por isso vi como tudo vai dar errado se continuarmos com isso. Preciso que você viva sua vida. Por favor, faça isso por mim.

— Mas... como vou aguentar? — perguntou Philip, a voz embargada.

— Como eu vou aguentar? — gritou Michele. — Tudo que sei é que, mesmo quando não estamos juntos, eu ainda te amo e penso em você todos os dias. E a única coisa que vai me fazer aguentar a barra é saber que você viveu uma vida longa e feliz, que conseguiu realizar seus sonhos e tocar as pessoas com sua música. Não posso deixar que nossa relação impeça você de ter a vida que merece. Por favor, me prometa que vai partir para outra, dedicar-se à sua música e não deixar que nada o derrube.

Philip ficou em silêncio por um longo momento, tentando evitar as lágrimas.

— Eu prometo — ele disse, afinal, a voz pouco mais que um sussurro. — Por você.

Enquanto Michele o olhava, percebeu que tremia. Ele a envolveu em seus braços, e ela enlaçou seu pescoço e o beijou com ímpeto redobrado. Quando os beijos se tornaram mais e mais ardentes, ele a conduziu para a cama. E, por um momento, nos braços um do outro, conseguiram se esquecer de que era uma despedida.

Ela estava adormecida nos braços de Philip, a cabeça aninhada no ombro dele. Mesmo com a terrível certeza de que aquela era a última noite deles juntos, conseguiu encontrar consolo e paz por estar tão próxima dele. Mas, de repente, já não estava mais.

— Michele?

Ouvindo a voz de Caissie, Michele piscou e olhou para cima, enquanto 1910 desaparecia. Estava deitada no piso do quarto de Caissie, e nenhum braço a rodeava. Quando viu que Philip se fora de verdade, uma onda de novas lágrimas a invadiu. Caissie ajudou-a a se levantar e reconfortou-a enquanto chorava.

— Tem algo que eu possa fazer pra você se sentir melhor? — perguntou, ansiosa. — Podemos alugar um filme que te distraia ou...?

— Obrigada — Michele agradeceu. — Mas me sinto tão mal. Acho que vou voltar para casa e cair na cama.

— Tá legal. Você vai ficar bem, eu sei. — Caissie abraçou-a com força. — Me liga se precisar de algo.

No curto caminho entre o apartamento de Caissie e a Mansão Windsor, Michele foi incapaz de conter as lágrimas. Sabia que havia agido de maneira correta com Philip, mas como poderia encarar sem ele os dias, meses e anos à sua frente?

O amor deles a havia salvado depois que a mãe tinha morrido. O que a salvaria agora? E, agora que ela havia encontrado o tipo de amor real e verdadeiro com que todos sonham, mas que raramente ousam esperar de verdade, como poderia sequer imaginar estar com outra pessoa? *Não posso,* pensou Michele. *Não há ninguém mais com quem eu possa me casar, ou mesmo namorar. Philip era o cara. E agora estou condenada a uma vida inteira sentindo sua falta. Deus do céu, se ao menos mamãe estivesse aqui.*

E, de repente, ela percebeu algo: devia ter sido exatamente isso que a mãe sentira quando Henry desaparecera. Tinha sido com isso que Marion convivera todos os dias, por quase dezessete anos. A única pessoa que conseguiria entender o que Michele estava passando também se fora. E agora ela chorava por todos eles, pelos pais e por Philip. Quando entrou na mansão, estava em frangalhos.

Dorothy estava no Saguão Principal falando com Annaleigh quando Michele entrou, mas as duas se interromperam ao vê-la.

— Michele, o que aconteceu? — perguntou Annaleigh.

Num gesto pouco característico, Dorothy aproximou-se de Michele e a envolveu num abraço protetor.

— Annaleigh, preciso falar em particular com minha neta.

— Claro. — Annaleigh assentiu com a cabeça e deixou o aposento.

Quando ficaram a sós, Dorothy perguntou a Michele:

— O que aconteceu, querida? Achei que ia passar a noite na casa de Caissie. Vocês duas brigaram?

— Não — Michele conseguiu dizer.

Dorothy ficou em silêncio por um instante, depois perguntou:

— Está sentindo falta da sua mãe?

A essa altura, Michele chorava tanto, que não podia sequer falar. Dorothy puxou-a para um abraço, o primeiro que lhe dava desde que Michele chegara. Ela apoiou a cabeça no ombro da avó, enquanto Dorothy lhe afagava os cabelos, murmurando palavras tranquilizadoras.

— Por que você não coloca seu pijama mais confortável e se acomoda na cama? Vou levar para você um chá de camomila — ela falou com carinho.

Michele assentiu e foi para o quarto, atordoada. Trocou de roupa, colocou o pijama e se arrastou para a cama. Dorothy entrou minutos depois com uma caneca de chá quente. Por um momento, a garota ficou surpresa por ela ter aparecido. Dorothy nunca tinha visitado a neta em seu quarto antes, e não era do seu feitio tomar conta de Michele. Mas agora a avó estava ali, colocando-a na cama e alisando seus cabelos, até que por fim Michele adormeceu.

14

Na manhã seguinte, Michele acordou sentindo que tinha sido atropelada por um caminhão. Todo seu corpo doía, e havia um nó dolorido na garganta. Os olhos estavam inchados, e o estômago, tão revirado, que ela não conseguia se imaginar comendo nada por um bom tempo. *Mas, se consegui salvar Philip, valeu a pena,* lembrou a si mesma. Desesperada por descobrir se tinha funcionado, correu até a escrivaninha, ignorando as ondas de náusea que sentiu ao se levantar da cama.

Com as mãos trêmulas, entrou na internet e digitou Philip James Walker no Google. Enquanto analisava, ansiosa, os *links* que surgiam na tela, percebeu de imediato que havia algo errado. Nenhum daqueles artigos, nenhum dos *links* tinha a ver com seu Philip. Nenhuma daquelas pessoas era Philip. Se ele tivesse se tornado conhecido por sua música, não deveria estar entre os primeiros resultados? E, mesmo que não tivesse ficado famoso, se houvesse levado uma vida longa e proveitosa, pertencer à importante família Walker não lhe garantiria uma citação na Wikipédia ou em alguma outra enciclopédia *on-line*? Mas, até o momento, nada. Quando chegou à pagina doze dos resultados de busca, Michele enterrou a face nas mãos, derrotada. Como poderia ter paz de espírito agora, sem saber se evitara o final trágico de Philip? O que havia acontecido com ele?

Levantou-se da cadeira de um salto e correu até o *closet* para vestir qualquer coisa. Ir à escola era mais ou menos a última coisa em que poderia pensar no momento. Mas precisava falar com Caissie, e aquilo não podia esperar.

Michele foi até o armário de Caissie antes da primeira aula e, por sorte, encontrou-a sozinha. Os olhos da amiga se arregalaram ao vê-la.

— Ai, meu Deus. Você tá legal?

— Preciso falar com você — exclamou Michele. — Será que podemos almoçar a sós hoje, em algum lugar discreto?

— Claro. — Caissie examinou Michele com atenção. — Não acho que vá conseguir comer nada... Que tal assim: eu como qualquer coisa no intervalo e aí a gente pode passar a hora do almoço na biblioteca.

Michele conseguiu dar um sorrisinho débil.

— Valeu. Te encontro lá.

As aulas da manhã transcorreram num borrão indistinto, o corpo de Michele estava presente, mas o espírito a cem anos de distância. Por fim, o sinal tocou para o almoço, e ela foi depressa para a biblioteca. Ela e Caissie encontraram uma mesa isolada nos fundos e, no momento em que se sentaram, Michele despejou toda a história, as lágrimas enchendo seus olhos enquanto falava.

— O que você acha que aconteceu? — ela perguntou depois de terminar.

— Sinceramente, não sei — respondeu Caissie devagar. — Mas tenho uma ideia de como tentar descobrir.

— Como? — perguntou Michele, interessada.

— Você acha que consegue voltar à década de 1920, antes da data em que Judy disse que ele... que ele morreu? Ela disse que foi em 1927, certo? Se puder encontrá-lo algum tempo antes disso, vai poder descobrir em primeira mão se ele está bem, e se não... você sabe. Daí terá uma chance de tentar consertar isso.

Michele encarou Caissie.

— É uma boa ideia. Só que não tenho nada parecido com o diário de Clara para me mandar de volta a 1920.

— Você não pode dar uma busca na casa depois da aula? — sugeriu Caissie. — Quero dizer, deve ter algo dessa época por lá.

— Espera aí! — exclamou Michele ao se lembrar de algo. — Eu tenho uma coisa sim. Mas é de 1925.

— Serve! — Os olhos de Caissie se iluminaram. — Ai, meu Deus. Você vai conhecer os alucinantes anos 1920!

No segundo em que chegou em casa, Michele subiu para o quarto correndo, de dois em dois degraus. Abriu a gaveta da escrivaninha, onde ainda estava guardado o caderno de composição musical de Lily Windsor, que ela havia encontrado em sua visita ao sótão, semanas antes, e do qual tinha se esquecido por completo.

— Que isto funcione, por favor — sussurrou.

Com uma das mãos, segurou a chave que trazia no pescoço. Com a outra, abriu o caderno de composição na primeira página de letras. Ao ler o título da música, *Born for It* [Nasci para Isto], escrito na letra tortuosa de Lily, Michele viu-se afundando nas páginas do livro, assim como acontecera com o diário de Clara. Então, sentiu o Tempo se apossando de seu corpo e começou a rodopiar no espaço tão rápido, que sua cabeça parecia prestes a se descolar do pescoço a qualquer momento. *Deve ser a isso que Caissie se referia com ir mais rápido que a velocidade da luz*, pensou. Depois, começou a cair. Precipitando-se através do túnel do tempo, soltou um grito de gelar o sangue.

— Com todos os anjos! Quem é você e de onde veio?

Michele levantou o olhar e lá estava ela: sua bisavó, a cantora famosa, antes de ser uma estrela. O cabelo castanho-avermelhado e curto estava modelado com as mesmas ondas que exibia no retrato que pendia no quarto de Michele, e ela usava um vestido pregueado na altura do joelho. Sem a maquiagem pesada do quadro, Lily parecia jovem, talvez mais jovem que a própria Michele.

Michele lhe lançou um sorriso deslumbrado, por um instante esquecida de todos os seus problemas. Nunca em um milhão de anos teria imaginado que chegaria a conhecer Lily Windsor. E o quarto... Não podia ser mais diferente do quarto de Clara, ou, aliás, do seu. A decoração era toda no estilo *art déco*, cosméticos e acessórios ocupando cada centímetro de espaço, e as paredes estavam cobertas com pôsteres exibindo nomes como Douglas Fairbanks Jr. e Ziegfeld Follies.

— Meu nome é Michele — disse ela, por fim, à sua bisavó. Em seguida, lembrando-se do que havia dito a Clara, pigarreou e acrescentou, um tanto embaraçada: — Sou um espírito.

— O que, um fantasma? — rugiu Lily. — Não fiz nada para você, saia já daqui!

Pelo jeito, os espíritos eram mais respeitados em 1910 do que na década de 1920.

— Hã, não — respondeu Michele. — Não sou esse tipo de fantasma. Sou um espírito do bem. Estou aqui para ajudar.

Lily ficou olhando para ela.

— Imagine só! Por que eu acreditaria em você?

— Pareço um fantasma assustador?

— Na verdade, não — admitiu Lily, observando-a com cautela. — Aliás... bom, você se parece um pouco comigo.

Michele abriu um sorriso, sentindo-se muito feliz com aquelas palavras. Olhando o quarto ao redor, notou um exemplar de *A tempes-*

tade, de William Shakespeare, em cima da cama desfeita, e teve uma centelha de inspiração.

— Você leu *A tempestade*.

— Se eu li? — desdenhou Lily. — Só é minha peça favorita de Shakespeare.

— Ótimo, então vai entender o que sou. Um espírito, assim como Ariel na peça.

— Oh!

Enquanto Lily a examinava, Michele percebeu que ela estava bem tentada a acreditar na ideia de ter seu próprio Ariel.

— Bom, seria mesmo a minha cara ter alguma coisa sobrenatural entrando na minha vida — Lily disse com uma ponta de orgulho na voz, soltando depois um suspiro dramático.

Michele tentou não rir.

— Bom, pois é. Poderia ser pior.

— Aliás, eu estava buscando solução para um problema terrível. É por isso que está aqui?

— Hã, qual é o problema? — Michele perguntou.

— Beeem... — Lily a olhou com cuidado por alguns instantes, como se avaliando se Michele parecia confiável. — Tudo bem, vou me abrir com você. Preciso sair daqui sem ninguém perceber e ir ao grande concurso musical desta noite no Cotton Club.

— Mas por que você precisaria de um concurso musical? Você é... — Michele calou a boca bem a tempo, recordando que Lily ainda não devia ter se tornado conhecida.

E, de fato, Lily explicou com impaciência:

— Esse concurso é minha grande chance! Tenho que descobrir um jeito de chegar lá!

— Tudo bem, mas antes você pode me dizer uma coisa? — Michele respirou fundo. — Sabe alguma coisa sobre Philip Walker? Ele ainda mora aí ao lado?

Lily olhou desconfiada para Michele.

— Os espíritos não deveriam saber tudo?

— Me diz, por favor — Michele implorou.

— Ah, tudo bem. Ele não é mais nosso vizinho faz anos. Acho que ouvi dizer que está em algum lugar em Londres. Nunca vi aquele boboca. Os Walker entraram para a lista negra da nossa família depois que ele rompeu o noivado com minha prima Violet, quando eu ainda era um bebê. Parece que estava apaixonado por outra garota. — Lily revirou os olhos, como dizendo: *Imagine alguém preferir outra garota à maravilhosa Violet*. E completou, com ar conspiratório: — Claro, desde então detestamos aqueles horríveis Walker. E, em retribuição, papai está a ponto de aniquilar financeiramente o senhor Walker.

Michele encarou Lily, a cabeça rodopiando com aquelas notícias. Era ela o motivo para a tremenda rixa Windsor-Walker? *Faz sentido. Devia ter sacado antes,* pensou. Sempre tinha achado que a briga se devia a alguma outra coisa, sabotagem nos negócios, por exemplo. Mas não ela! Michele sentiu uma pontada de medo sabendo que era tudo culpa sua. E, pior: Philip nem estava ali em Nova York. Como teria qualquer chance de salvá-lo agora? *Tenho que atraí-lo de alguma maneira,* percebeu Michele. *Tenho que descobrir um jeito de trazê-lo para cá.*

— E aí, como você acha que podemos chegar ao clube? — pressionou Lily. — Ele fica lá no Harlem.

— Me deixa pensar. — Michele caminhou pelo quarto e, de repente, parou e olhou para Lily. *Espera aí,* pensou, a mente girando a mil. *Lily é cantora, e sei com certeza que ela ficou famosa. Se eu der a ela as músicas que escrevi com Philip, e ela as apresentar, ele não apenas vai saber que estou aqui, mas isso também pode lançar a carreira dele!* Teria que inventar algum pseudônimo para ele, claro, pois não podia imaginar que Lily fosse fazer qualquer coisa para ajudar um "horrível Walker". E aquela podia ser mesmo a grande chance de que ele precisava. Michele não podia imaginar Philip desistindo da vida justamente quando, enfim, estivesse atingindo as pessoas com sua música.

— Lily, acho que podemos nos ajudar — ela disse num rompante. — Vou fazer você chegar ao Cotton Club. Mas você precisa cantar minhas músicas.

— Perdão? — exclamou Lily, lançando-lhe um olhar ofendido. — Desde quando os espíritos têm seus próprios motivos e fazem barganhas? Além do mais, já preparei minha música para a audição.

— Não quero dizer hoje, mas em breve. E não precisa cantar se as odiar totalmente. Mas tenho um bom pressentimento sobre você cantando essas músicas — Michele tranquilizou-a, sentindo-se meio culpada por chantagear a bisavó. Depois, lançou-lhe um olhar sugestivo. — Talvez valha a pena você seguir minha... orientação espiritual.

— Ah, cara. Tudo bem — cedeu Lily. — Eu as ouvirei, mas mais tarde. Agora, qual é seu grande plano?

— Diga a seus pais que vai passar a noite na casa de uma amiga, mas tenha certeza de que é uma amiga que vai te dar cobertura se eles entrarem em contato. Então, em vez de ir para a casa da sua amiga, vamos até o hotel Plaza, pedimos um quarto, e de lá tomamos um táxi para o Harlem.

Enquanto falava, Michele se perguntava em que encrenca estaria metendo as duas.

— Ah, agora você está sendo esperta! — exclamou Lily, os olhos brilhando. — É um plano engenhoso. Tenho dinheiro para emergências na gaveta de lingerie; deve ser suficiente para o hotel e o táxi.

— Mas tenha o cuidado de colocar bastante maquiagem e se vestir como se fosse mais velha para que, quando você tentar se hospedar, eles pensem que tem pelo menos 18 anos — alertou Michele.

— Não se preocupe com isso. Se tem alguém que entende de disfarces, é Lily! — foi a resposta confiante.

— Ah, mais uma coisa — acrescentou Michele. — Só você pode me ver.

Lily trocou-se e vestiu um quimono. Michele ficou assistindo, curiosa, enquanto ela se arrumava, cantarolando e fazendo exercícios vocais engraçados o tempo todo.

— Ei, onde estão os outros? Clara, Frances e os demais? — perguntou, imaginando como é que Lily viera morar na mansão.

— Elas moram na casa delas com os maridos, claro. Primo James se mudou para a Inglaterra, onde se casou com Lady Pamela, e, quando tio George morreu, meu pai herdou a mansão.

Lily sentou-se à penteadeira e começou a tirar, com fúria, suas já finas sobrancelhas, até que Michele teve que impedi-la.

— Espera, você está tirando demais!

Lily sacudiu para Michele as sobrancelhas raquíticas.

— Ah, querida, essa é a moda. — Ela balançou a cabeça, achando graça. Em seguida, realçou os olhos com lápis preto e aplicou rímel de um frasco em que Michele leu, surpresa: MAYBELLINE. Espalhou nas faces um blush em pó de cor viva e depois aplicou com cuidado um batom vermelho chamado Cupid's Bow, que deu aos lábios dela uma aparência dramática de muito carnudos.

— Que tal? — perguntou Lily.

Michele achou a maquiagem exagerada, especialmente o blush, vermelho demais no rosto, mas pelo menos os olhos esfumados e os lábios vermelhos faziam-na parecer bem mais velha. Ela acenou a cabeça em aprovação.

Lily tirou de uma gaveta uma faixa grossa, e Michele ficou chocada ao ver que estava envolvendo os seios com ela, achatando-os.

— Hã, isso não vai contra o efeito que você pretende? — comentou. — Pensei que estivesse tentando parecer mais velha.

— Por onde você tem andado, meu bem? — perguntou Lily em tom de censura. — Não sabe que seios grandes estão fora de moda? Quanto mais chatos, melhor.

Michele teve que rir. Sua geração ficaria horrorizada com aquilo. Mas, baixando o olhar para seu peito nada enorme, pensou que teria sido um sucesso retumbante na década de 1920.

Lily entrou apressada em seu quarto de vestir e, ao voltar, usava um vestido estilo melindrosa de lantejoulas, deslumbrante. A respiração de Michele ficou presa na garganta. *Mamãe teria adorado,* pensou. Era um vestido sem mangas, prateado, na altura do joelho, com cintura baixa e uma saia drapeada. Sobre os cabelos ondulados, ela havia colocado um chapéu *cloche.*

— Maravilhoso — declarou Michele.

— Ah, obrigada! — Lily tirou da cômoda uma estola de plumas negras e envolveu os ombros com ela. *E agora você exagerou,* pensou Michele, mas Lily parecia tão satisfeita consigo mesma, que Michele não teve coragem de lhe dizer para pôr de lado a estola.

— E agora vou ligar para a governanta e informá-la sobre meus planos, assim é ela quem vai contar aos meus pais. Se me virem vestida assim, tudo estará perdido.

Claro que o interfone ainda não havia sido instalado no quarto, e Lily ligou para a governanta usando um antigo telefone de gancho. Depois de explicar que dormiria na casa de Sally, Lily preparou uma sacola com o que precisaria para passar a noite fora e vestiu um par de sapatos baixos de ponta fina e um casaco longo com um padrão vistoso.

— Vamos!

Entraram apressadas no elevador e saíram da mansão pelo jardim dos fundos, caminhando, depois, as duas quadras até o hotel Plaza. Michele entrou atrás de Lily no belo edifício em estilo Beaux-Arts. Ao chegarem ao saguão que dava para a Quinta Avenida, com seu teto alto e piso em mosaico, ela ficou maravilhada em poder contemplar o Plaza em todo seu esplendor da década de 1920. A pompa e grandiosidade do hotel serviam como cenário perfeito para as pessoas, vestidas à Gatsby, que entravam e saíam.

Chegando ao balcão da recepção, Lily registrou-se com o nome de Condessa Crawford.

— Você não podia escolher algo menos sutil? — perguntou Michele, revirando os olhos. A bisavó nem se preocupou em responder, claramente orgulhosa do novo nome.

Enquanto Lily pedia ao recepcionista para lhe chamar um táxi, Michele perambulou pelo saguão. Ficou olhando as mulheres glamorosas, com casacos de vison de debruns extravagantes, afundando os saltos nos espessos tapetes persas, enquanto os homens, usando cartolas e portando bengalas elegantes, estavam sentados em antigas poltronas e sofás franceses. Os candelabros lançavam um brilho ofuscante sobre as pessoas sofisticadas que povoavam o aposento.

Michele sentiu que seguravam sua mão e, ao se voltar, viu Lily sorrindo com empolgação.

— O táxi chegou. Está acontecendo de verdade!

As duas saíram pela entrada principal do Plaza, onde um compacto táxi Ford amarelo acabava de estacionar. O motorista postou-se ao lado do carro, vestido num uniforme formal com botões de latão e botas reluzentes. Com cavalheirismo, abriu a porta do carro para Lily e afofou o assento traseiro de couro com uma raquete de madeira.

Puxa, com certeza é bem diferente do que rola com os táxis da Nova York moderna, pensou Michele com uma risadinha, entrando depois de Lily, sem ser vista.

Enquanto seguiam em direção norte no carro de modelo antigo, Michele colou o rosto à janela. Fascinada, observava casarões, lojas, hotéis e restaurantes do Upper East Side escasseando e dando lugar às muitas igrejas, predinhos residenciais de pedra e os pequenos comércios do Harlem. Não demorou muito, e o carro foi cercado pelo som do *jazz* e da vida noturna ao chegarem ao edifício que lembrava uma casa-grande de fazenda sulina, conhecido como Cotton Club.

Lily pagou o motorista e o instruiu a retornar para pegá-la em três horas. Depois, pegou Michele pela mão, e ambas saltaram do carro.

Vindos lá de dentro, os volteios brilhantes de um piano e o clamor estranhamente familiar de um trompete de *jazz* atraíam as duas. Ao entrarem na fila do lado de fora, Michele ficou nervosa. Todo mundo parecia tão mais velho do que ela e Lily. Como conseguiriam entrar?

— Lily, não tenho muita certeza de se...

— Podemos ir embora logo depois do concurso — garantiu Lily. — Viemos até aqui, não podemos desistir agora!

Quando chegaram ao começo da fila, o porteiro estudou Lily com desconfiança, como se pudesse ver através das camadas de maquiagem.

— O que está fazendo aqui sozinha? Você não tem idade suficiente. Saia daqui.

— Não, juro que tenho idade suficiente — assegurou Lily em desespero, mas a voz dela soou tão infantil ao dizer aquilo, que Michele estremeceu.

— Identidade, por favor — exigiu o porteiro.

— Ah, não, deixei em casa! — gritou Lily, um pouco agitada demais.

O porteiro acenou para um policial próximo, e Michele e Lily se entreolharam, horrorizadas. Era o fim. Lily não ia cantar no Cotton Club, seria levada para casa pela polícia e era tudo culpa de Michele.

— Ela está comigo.

Lily se assustou quando uma mão firme segurou seu ombro. Virou-se e deu de cara com um desconhecido atarracado que fumava um charuto. Era atraente, embora de uma beleza rudimentar, com a barba por fazer e olhos escuros um tanto sonolentos, e usava um terno de lã de três peças e um chapéu *homburg* de feltro. Ele lançou a Lily um breve sorriso tranquilizador.

— Ah, senhor, eu não tinha percebido. Está tudo bem, então. Desculpe pelo transtorno, senhorita. — Atônitas, Lily e Michele olharam para o porteiro quando seu tom, de repente, passou de brusco a amigável.

Sem uma palavra, o salvador de Lily a conduziu para dentro, com Michele atrás deles. O mundo do Cotton Club as envolveu em sua névoa de fumaça, os trombones do *jazz*, vozes roucas e pés que bailavam. Apesar da Lei Seca, as bebidas alcoólicas praticamente transbordavam dos copos. Michele se surpreendeu ao perceber que, enquanto quase todos os que se apresentavam no palco eram afro-americanos, a plateia era toda de caucasianos. Deu-se conta de que, embora desde 1910 o público estadunidense tivesse aprendido a apreciar o dom da música negra, na década de 1920 os afro-americanos ainda eram tratados como cidadãos de segunda classe e não podiam administrar os próprios estabelecimentos onde se apresentavam.

O homem as levou até uma cabine perto da banda, e, quando Michele ergueu os olhos, quase se desequilibrou com o choque de deparar com Louis Armstrong, o maior trompetista de *jazz* do século XX, tocando com a banda, ainda jovem. Então era por isso que a música tinha soado tão familiar!

— Não posso acreditar que estou vendo Louis Armstrong ao vivo! — exclamou Michele para Lily, deslumbrada. Mas Lily não parecia impressionada. Michele perguntou-se se estaria testemunhando o início da carreira dele.

— Veja só como estamos perto de Fletcher Henderson! — exclamou Lily, apontando para o pianista, que tocava com uma devoção furiosa.

— Como você se chama, boneca? — perguntou o homem, tirando do bolso um novo charuto.

— Li... Condessa Crawford — respondeu Lily, o rosto ruborizado. — Prazer em conhecê-lo. E você é...?

— Thomas Wolfe. Eu produzo os shows aqui. — Com isso, Thomas olhou para Fletcher, que o saudou com um aceno de cabeça.

Lily arregalou os olhos.

— Por que você me ajudou? — quis saber.

— Bom, não pude deixar de sentir pena de você. Admito que é jovem demais para estar aqui, mas não podia permitir que uma linda dama como você fosse mandada embora — respondeu ele com um sorriso repleto de dentes. Lily quase desmaiou de prazer, mas alguma coisa não soou bem a Michele.

— Safado — sussurrou para Lily.

Depois que a orquestra de Fletcher Henderson tocou mais duas músicas, o mestre de cerimônias do Cotton Club anunciou o início do concurso de canto. Michele e Lily assistiram com atenção enquanto cantores de todo tipo subiam ao palco, apresentando de tudo, de canto gospel aos sucessos do momento na Broadway. Uma bela mulher de voz rouca, que fez Michele se lembrar de Billie Holiday, cantou uma balada cheia de sentimento, que levou às lágrimas metade da casa, enquanto um jovem com terno risca de giz e polainas empolgou a plateia com uma dança acrobática no meio de sua música.

Lily foi a penúltima a se apresentar, e Michele percebeu uma sombra de hesitação cruzar seu rosto quando subiu ao palco. Mas um segundo depois já desaparecera, e ela dançou e cantou com todo o seu coração, demonstrando um talento inacreditável ao apresentar *Fascinatin' Rhythm* [Ritmo Fascinante], de Gershwin. Michele ficou de boca aberta, impressionada. Sempre soubera que Lily tinha uma voz incrível, mas era fantástico ouvir uma garota de 16 anos interpretar uma canção com a alma sensível de Ella Fitzgerald, cantando em *scat* e atingindo notas inacreditavelmente agudas, ao mesmo tempo que dançava como Ginger Rogers. Ela tinha a presença poderosa de uma estrela.

Ao chegar à última nota, a plateia toda se ergueu, gritando e assoviando. Lily voltou à cabine, o rosto corado de felicidade.

— Uau! — gritou Michele. — Não poderia ter sido melhor. Parabéns!

Lily deu um sorriso largo para Michele e depois se voltou para Thomas, que se derramou em elogios.

— Maravilhoso, simplesmente maravilhoso! Como você consegue cantar como um anjo e ao mesmo tempo dançar daquele jeito?

Lily deu uma risadinha.

— Ah, é treino, sabe.

Depois da última canção, vinda de um candidato não tão talentoso, que teve a infelicidade de se apresentar logo depois de Lily, o mestre de cerimônias anunciou que os juízes iriam se reunir para decidir e que ele anunciaria o vencedor dali a uma hora. Lily ficou uma pilha de nervos durante a espera, enquanto a orquestra fazia o possível para chamar a atenção dos clientes.

Por fim, o mestre de cerimônias voltou ao palco, e o silêncio caiu sobre todo o clube, que aguardava o resultado.

— E o ganhador desta semana de apresentações no Cotton Club é... Condessa Crawford!

A plateia rugiu sua aprovação, e Lily se levantou, delirante. Logo foi envolvida por uma multidão de novos fãs, e também pelos juízes do concurso e membros da orquestra de Fletcher Henderson. Michele viu, admirada, o aperto de mão entre Lily e Louis Armstrong. *É minha bisavó!*

Lily voltou apressada para a mesa, os olhos ainda dançando.

— Temos que ir. Já se passaram mais de três horas. Nosso táxi está esperando.

Quando estavam acomodadas no velho modelo T, Michele teve que perguntar:

— Você acha que seus pais vão deixá-la fazer mais apresentações? Quer dizer, o Cotton Club é um bar clandestino.

— Céus, não — riu Lily. — Uma jovem herdeira indo para o Harlem para cantar *jazz*? É algo impensável no meio frequentado por eles. Assim, é melhor não saberem. Serei uma garota Windsor boa e comportada de dia, e a Condessa Crawford, rainha do *jazz*, de noite.

Michele balançou a cabeça, rindo. Parecia impossível que aquela garota de espírito independente e livre-pensante pudesse ter dado à luz alguém tão empertigado e rígido como Walter. E, de repente, ela se lembrou de um dos raros comentários de sua mãe a respeito da família:

Vovó me contou que meu pai mudou quando se apaixonou por mamãe. Claro, ele sempre foi bem mais quieto que Lily, e acho que esse era seu jeito natural de estabelecer sua independência, sendo filho único de uma celebridade daquelas. Mas mamãe era de uma família muito rígida e arrogante da Nova Inglaterra, e tinha também personalidade dominadora, embora de outro tipo. Papai apenas se deixou levar pela forma de pensar e pelas crenças da mamãe. Assim, para minha avó, a alta sociedade era um tédio, mas meus pais deixaram que essa sociedade controlasse a vida deles. Às vezes acho que, se não fosse por mamãe, Henry Irving poderia ter sido aceito como meu noivo.

Michele olhou para Lily, sentindo uma onda de tristeza por seu espírito e coragem não terem passado para o único filho.

15

Naquela noite, de volta ao Plaza, as garotas acomodaram-se em seu quarto no décimo quarto andar, pago com a reserva para emergências de Lily. O aposento tinha duas lareiras de mármore, candelabros ornamentados e uma vista para a Quinta Avenida que incluía a Grand Army Plaza, uma praça circular na frente do hotel onde estava a estátua equestre do general Sherman, da Guerra Civil. Olhando ao redor, Michele disse a si mesma que, da próxima vez que viajasse no tempo, precisaria mesmo se lembrar de trazer sua câmera digital. Tinha uma vaga noção de que devia voltar para casa, pois havia passado muito da hora de se recolher. Mas a exuberância despreocupada de Lily e a Nova York da era do *jazz* começavam a deixar sua marca. Estava encantada demais para prestar atenção à hora.

Lily fez um pedido ao serviço de quarto, e as duas jovens comemoraram com frango e torta de presunto, *petit-fours* e cidra borbulhante.

— Esta noite foi gloriosa, de verdade — Lily suspirou de felicidade. — Não sei como lhe agradecer.

— Tenho que admitir: eu mesma me sinto orgulhosa de mim — sorriu Michele.

— Bem, me parece que tínhamos um trato — disse Lily, magnânima. — Que tal você cantar suas músicas para mim agora?

Michele ficou paralisada. Antes estava tão confiante no seu plano, mas agora tinha a impressão de que seria ridículo cantar para Lily, depois de ver como ela havia arrasado. E se ela odiasse as músicas?

— Não sei. Sou uma cantora terrível...

— Bom, é por isso que, em vez de cantar, você escreve — comentou Lily com naturalidade. — Agora, quero ouvir. Estou morrendo de curiosidade para escutar que tipo de música um espírito me traria.

— Tudo bem. Aqui vai. — Michele virou-se para a porta, de modo a não ter que encarar Lily enquanto cantava. Decidiu começar com *Bring the Colors Back.*

Why, when you're gone [Ah, quando você se vai]
The world's gray on my own [Meu mundo se torna cinza]
You bring the colors back... [Você traz as cores de volta...]

E seguiu adiante. Quando terminou, virou-se nervosa e viu Lily sorrindo para ela, sem poder crer.

— Bem, você estava certa quanto a não ser boa cantora... mas a música é demais! — exclamou Lily. — Exatamente o que gosto de cantar. Gostaria de lhe dar um toque mais de *blues* com um pouco de *jazz*. Assim:

Why, I feel numb [Ah, sinto-me atordoada]
I'm a sky without a sun [Sou um céu sem sol]
Just take away the lack [Apenas leve embora a ausência]
And bring the colors back. [E traga as cores de volta.]

Lily havia interpretado lindamente.

— Ficou muito melhor! Ficou da hora! — exclamou Michele.

— Da hora? — Lily franziu o cenho, confusa.

— Quer dizer, hã, demais! Ficou fabulosa — disse Michele com uma risada.

— Você escreveu sobre um garoto? — perguntou Lily com curiosidade. — Ele é bem-apanhado?

Michele concordou com a cabeça, engolindo em seco.

— Sim. Muito.

— Nunca senti isso por uma pessoa — confessou Lily. — Mas é o que sinto pela música, e o que sinto quando canto. É onde encontro as cores no meu mundo. — Ela abriu um sorriso, que Michele devolveu, feliz por Lily ter se identificado com sua letra.

— Quero ouvir a outra. — Lily olhou com ansiedade para Michele.

— Tá. Tente imaginar esta como um *ragtime*.

Michele cantou *Chasing Time,* agora um pouco mais segura de si, de modo que não lhe pareceu necessário cantar de costas para Lily.

— Nossa, isso é supimpa! — exclamou Lily, empolgada. — A letra é bem intrigante e combina com uma *vamp* como eu. O *ragtime* caiu de moda, mas tem um estilo novo, parecido, que está ficando popular e que serviria para essa música. É chamado *big band*. Já ouviu falar?

— Já, eu adoro! — respondeu Michele, entusiasmada. — E então, o que você me diz? Vai cantar as músicas?

— Vou — concordou Lily. — E, devo dizer, você é uma letrista muito boa.

O rosto de Michele ardeu de orgulho. *Se mamãe pudesse ouvir a grande Lily Windsor me elogiando!*

— Só escrevi as letras — disse, modesta. — Meu coautor compôs a música.

— Bem, essas letras são bem especiais — falou Lily. — Aproveite, porque pode não acontecer de novo. Eu não elogio os outros com frequência, sabe?

— Obrigada! — Michele abriu um sorriso enorme. — Muito obrigada mesmo.

Michele acordou de manhã numa cama de casal desconhecida, mas muito confortável. Olhou o grande relógio carrilhão do outro lado do quarto e num sobressalto sentou-se na cama. Eram dez da manhã. *Ah, céus. Caí no sono aqui. Estou completamente encrencada quando voltar ao meu tempo.* Fez o possível para afastar o pensamento e se concentrar em Lily. Tinha que levá-la de volta para casa antes que os pais dela ficassem desconfiados e descobrissem a verdade. Saiu da cama e sacudiu Lily com suavidade, acordando-a.

— Lily, a gente precisa ir embora.

Lily saltou da cama e com presteza limpou a maquiagem que na noite passada estivera exausta demais para tirar. Vestiu um recatado conjunto de suéter e saia e um chapéu de aba larga que cobria metade do seu rosto. Michele lhe garantiu que estava apresentável para os pais, e as duas desceram sem demora até o saguão do hotel para fazer o *check-out*.

Quando voltaram à Mansão Windsor, um mordomo alto e de trajes formais recebeu-as à porta.

— Bom dia, Lily. Chegou bem a tempo para o *brunch*.

— Tenho que ir — Michele murmurou a Lily em tom de desculpas.

— Ah, ainda não — insistiu Lily, quando estavam fora do alcance da audição do mordomo. — Fique ao menos até depois do *brunch*.

— Bom...tudo bem. — Michele a seguiu até a sala de jantar, calculando que uma hora não devia fazer muita diferença àquela altura.

— Olá, mamãe, papai — saudou Lily, contornando a cadeira deles para beijá-los no rosto antes de se acomodar no seu lugar, de frente para eles. Michele deslizou para a cadeira vazia ao lado dela.

— Bom dia, querida — respondeu o sr. Windsor, escavando seu *grapefruit* enquanto examinava as manchetes do *New York Times*. Mesmo sendo uma manhã de sábado, parecia estar vestido para ir ao escritório, com paletó, colete e calças de pernas largas.

— Como passou a noite? — perguntou a sra. Windsor no tom de voz melódico e antiquado ouvido nos filmes em preto e branco. Ela tinha cabelos castanho-avermelhados, como Lily, e usava-os ondulados, na altura dos ombros, repartidos de lado. Vestia um suéter longo de lã, por cima de uma saia pregueada que chegava aos tornozelos, e tinha no pescoço um longo colar de pérolas com um nó.

— Ah, foi divertido — Lily respondeu casualmente. — Quem está nos jornais hoje, papai? Algum amigo nosso?

— Infelizmente, sim. John Singer Sargent morreu de ataque cardíaco — respondeu com pesar o sr. Windsor.

— Ah, não! — exclamou Lily. — Que horrível. E pensar que ele pintou meu retrato faz tão pouco tempo... Não fazia ideia de que era a última vez que eu o veria...

Michele ficou assombrada. Então o quadro de Lily Windsor pendurado na sua sala de estar era de John Singer Sargent? Ele era um dos mais famosos pintores estadunidenses. Michele tinha visto o trabalho dele em museus, desde que era pequena. Ficou imaginando se o quadro de Clara também seria dele.

— Iremos ao enterro, claro — informou a sra. Windsor a Lily.

Enquanto a conversa transcorria, Michele recostou-se na cadeira e ouviu, fascinada, as referências aos eventos que 85 anos antes eram atuais. Lily ficou entediada quando o assunto desviou-se para política, mas Michele escutou com atenção. Soube que o presidente dos Estados Unidos era, então, Calvin Coolidge, que o sr. e a sra. Windsor pareciam adorá-lo por ter cortado impostos, e que a primeira mulher governadora no país acabava de ser eleita em Wyoming. O sr. Windsor falou com preocupação sobre o novo ditador da Itália, Benito Mussolini, e

Michele estremeceu ao ouvir o nome, reconhecendo-o como um dos vilões do Eixo na Segunda Guerra Mundial, que ainda estava por vir.

A conversa mudou para livros, e o sr. Windsor comentou que o novo título de Fitzgerald, *O Grande Gatsby*, não estava vendendo tão bem quanto seu livro anterior.

— Vocês já o leram, meninas? — ele perguntou.

— Eu decididamente o odiei — respondeu a sra. Windsor.

— Ah, mas é supimpa! — exclamou Lily. Depois riu, mas a sra. Windsor lhe lançou um olhar irritado.

— Realmente, querida, não entendo como pode gostar de um romance tão ruim como aquele, sobre essas melindrosas tolas que zombam da sociedade. Espero que não se comporte dessa forma enquanto estivermos por perto.

— Não, mamãe — respondeu Lily num tom irritado, que revelou a Michele que já deviam ter tido muitas variações daquele tipo de conversa.

— É isso que gosto de ouvir: que minha filha é uma senhorita de modos apropriados. Falando nisso, os Vanderbilt e os Whitney vão organizar um evento de gala e convidaram você para cantar. Seu pai e eu estávamos pensando se você não poderia cantar a ária de Madame Butterfly.

Lily fez uma careta.

— Não, mãe, eu não canto música clássica. Você sabe disso. Por favor, me deixe cantar o que sei cantar bem...

— Aquelas músicas do Harlem? — interrompeu o sr. Windsor. — Absolutamente não, Lily. Você sabe que não seria nada apropriado.

— Mas é só *jazz*. Não tem nada de errado com ele — argumentou Lily. — Pensem só: seria a oportunidade perfeita para a sociedade ver como tenho talento.

— Está fora de questão — afirmou a sra. Windsor com firmeza. — Você vai apresentar uma música artística ou não apresentará nada. Agora, mudemos de assunto.

Lily lançou a Michele um olhar exasperado. *Qual é a dessa gente?*, perguntou-se Michele. Primeiro, negavam a Philip a música que ele amava, e agora negavam também a Lily?

Depois do *brunch*, Michele acenou a Lily para que a seguisse até lá fora. Quando chegaram à escada da frente, e nem os pais de Lily nem os empregados podiam ouvir, Michele falou:

— Tenho mesmo que ir agora, mas vou voltar logo.

— Promete? — O olhar de Lily de repente ficou ansioso. — E não esqueça: você tem que me trazer as partituras das músicas.

— Eu sei. Da próxima vez, trago. Vejo você em breve.

Michele deu um abraço em Lily, esperou que ela entrasse e depois segurou seu colar. Tempo, estou pronta para você me mandar de volta agora.

De repente, o portão da frente se abriu e um cavalheiro de idade entrou no jardim. Michele ficou paralisada.

Ele usava terno e se apoiava numa bengala de cabo prateado, carregando uma pasta no outro braço. O cabelo grisalho estava repartido ao meio, e os olhos escuros por trás dos óculos de metal pareciam estranhamente familiares a Michele. Então, ela percebeu quem ele era.

— Irving Henry — ela sussurrou. Parecia uma versão envelhecida da foto que havia visto no velho álbum dos Windsor.

Para seu espanto, Irving levantou os olhos.

— Pois não, senhorita?

Michele cobriu a boca com a mão.

— Você consegue me ver?

O rosto claro de Irving ficou ainda mais pálido. Ele chegou mais perto, enquanto olhava para Michele, os olhos presos na chave ao redor do pescoço dela. Começou a tremer, mal conseguindo se manter ereto apesar da bengala.

— Você está bem? — Michele adiantou-se para ampará-lo, mas, ao tocar seu braço, sentiu uma força puxando-a para trás, e o turbilhão familiar do Tempo a envolveu. Olhou para Irving Henry enquanto rodopiava para longe, e viu que ele a observava fixamente, a boca aberta de espanto e os olhos úmidos com lágrimas inexplicáveis.

— Ah, você decidiu voltar para casa?

Michele olhou ao redor e descobriu que estava de volta a 2010, quase se chocando com Annaleigh na escada da frente.

— Ah — ela respondeu, recuperando o fôlego. Estava tão imersa nos pensamentos sobre Irving Henry, que por um instante mal conseguiu falar. — Eu estava... estava na casa de Caissie. Não avisei você?

— Não, você não avisou — respondeu Annaleigh num tom de voz azedo. — Mas, por sorte, quando liguei para os Hart, Caissie atendeu e disse que você estava lá. Se não fosse isso, seus avós teriam chamado a polícia. Por que insiste em sair sem nos avisar, deixando o celular em casa? Venha, entre. Seus avós querem falar com você.

— Sinto muito, de verdade — falou Michele, entrando atrás de Annaleigh, relutante.

Os avós estavam sentados no Saguão Principal, e ambos levantaram o rosto depressa ao ouvirem os passos delas.

— Ela chegou — anunciou Annaleigh.

— Obrigada, Annaleigh. Por enquanto é só — disse Dorothy, dispensando-a. Ela fitou Michele com um olhar de lamentação, e a garota de imediato sentiu uma onda de vergonha atingi-la por tê-los deixado preocupados, ainda mais quando a avó tinha sido tão gentil com ela na noite anterior.

Assim que Annaleigh se foi, Walter partiu para cima da neta.

— Jovenzinha, quando é que vai aprender as regras desta casa? É muito simples: você tem que nos avisar quando for sair. Não deveria ser necessário que Annaleigh ficasse tentando localizá-la pelo telefone. Da próxima vez que fizer isso, vai ficar dentro de casa por um mês.

— Sinto muito — ela murmurou. — Não vai acontecer de novo. — *É melhor que não aconteça,* pensou. Não sabia o que faria se tivesse que ficar presa em 2010 por um mês inteiro!

Assim que estava no quarto, pegou o telefone e ligou para Caissie.

— Obrigada por me dar cobertura — agradeceu depois de a amiga atender. — Você não vai acreditar no que rolou.

Caissie escutou com atenção total enquanto Michele lhe contava sua aventura com Lily. A única parte que Michele omitiu foi o encontro com Irving Henry. Ela ainda não sentia vontade de falar sobre aquilo. Começava a ter uma ideia de quem ele poderia ser, e a ideia era incrível e impensável demais para compartilhar naquele momento.

— Uau. Só você para conseguir encontrar um amor de verdade e ainda por cima começar uma carreira de letrista no passado — disse Caissie, rindo de espanto, quando ela terminou.

— Bom, não foi por mim que fiz isso. Quer dizer, de qualquer forma, eu não ia poder dizer, aqui no nosso tempo, que as músicas são minhas. Mas é o único jeito que consigo imaginar para ajudar Philip.

— Foi uma ótima ideia — concordou Caissie. — Você não devia voltar agora com as partituras?

— Eu bem que estou pensando nisso, mas tenho medo de sair de novo assim tão já e de repente arranjar ainda mais encrenca com meus avós. A última coisa de que preciso é ficar presa em casa. Vou amanhã, depois da escola — ela decidiu. — Você pode ser meu álibi de novo? Acho que vou dizer a eles que estamos trabalhando num projeto grande e demorado, e isso vai explicar por que fico fora por tanto tempo.

— Tá. Ótimo plano — concordou Caissie. — Boa sorte!

No dia seguinte, no intervalo entre duas aulas, enquanto trocava os livros no armário, Michele ouviu uma voz familiar atrás de si.

— E aí, tudo bem?

Ela se virou e esboçou um breve sorriso a Ben Archer.

— Oi, e aí?

— Precisa de alguma ajuda? — ele acenou com a cabeça, indicando os livros.

— Não, tá tudo bem. Mas obrigada. — Ela trancou o armário e caminhou lado a lado com Ben para a aula de ciências. Imaginava o que ele queria, quando o ouviu pigarrear, nervoso.

— Bom, hã...esse lance do Baile de Outono... — ele começou.

Michele sentiu um frio na barriga. *Ah, não.* Será que iria convidá-la para ir com ele? Como ela podia pensar em sair com outro cara quando ainda estava tão preocupada com Philip? Mas como poderia dizer não? Gostava de Ben como amigo, e não queria ferir seus sentimentos.

— Andei pensando, sabe, já que você é nova aqui, sei lá, talvez não tenha ninguém com quem ir — ele continuou, e ficou vermelho quando percebeu como aquilo poderia ter soado. — Quero dizer, não que eu ache que ninguém mais vai te convidar.

Ah, puxa. Ela quase tinha esquecido a falta de jogo de cintura da maioria dos caras da sua idade em 2010. Philip, com toda sua eloquência e elegância, com certeza a deixara mal-acostumada. Como aquele papo começava a deixá-la deprimida, forçou uma risada, querendo deixar Ben mais à vontade.

— Tá tudo bem. Sei o que você quis dizer.

— Legal. Bom, de qualquer modo, quer ir comigo? Ao baile?

Michele estudou o chão, pensando no que responder. *Tecnicamente você não está mais com Philip,* lembrou a si mesma, e o pensamento fez seu coração se oprimir de modo doloroso. *Você não pode se manter afastada dos outros caras pelo resto da vida.* Mas era uma ideia tentadora.

— Hã, sim — respondeu por fim, lançando-lhe um sorriso. — Obrigada, Ben. Só que estou numa relação complicada com alguém, a distância. Adoraria ir com você como amigos, se você achar que tudo bem.

Ben pareceu decepcionado por um instante, mas se recuperou depressa.

— Sem problema. Está tudo ótimo ir como amigos — respondeu com elegância.

— Ótimo. — Michele viu que tinham chegado à sua sala. — Bom, a gente se fala depois, então. Acho...que vai ser legal.

— Vai sim — sorriu ele. — Vejo você mais tarde.

Assim que voltou à Mansão Windsor e avisou Annaleigh de que estaria trabalhando num projeto de escola na casa de Caissie, Michele pegou as partituras que Philip escrevera e as colocou com cuidado na bolsa. Pegou o caderno de composição musical de Lily para voltar a 1925, mas uma folha solta caiu de dentro. Era o programa de uma das apresentações dela no Cotton Club. Quando se abaixou para pegá-lo, Michele foi arremessada de volta no tempo...

Retornou ao Cotton Club e descobriu que duas semanas haviam se passado desde que Lily vencera o concurso. Michele encontrou-a muito à vontade no ambiente enfumaçado, toda aconchegada numa cabine com o produtor, Thomas. Quando viu Michele, Lily lhe deu um sorriso e se ergueu de um salto.

— Já volto — disse a Thomas, e foi depressa para o banheiro feminino.

Michele a seguiu. Depois de ver que não havia mais ninguém ali, Lily deu um gritinho.

— Menina espírito, você voltou! — ela oscilou nos saltos altos. — Estava imaginando quando iria revê-la.

— Você está bêbada? — Michele perguntou, vendo a expressão vidrada de Lily.

— Só tomei um pouquinho de champanhe hoje — respondeu Lily com um sorriso travesso.

— Por que aquele tal Thomas estava praticamente agarrando você? Ele é tão velho! Notou que está ficando careca? — Michele fez uma careta.

— Não seja tão puritana — retrucou Lily, mas Michele percebeu que tinha tocado num ponto sensível. — Tenho que me preparar nos bastidores. Meu show está a ponto de começar.

— Tudo bem. Boa sorte — disse Michele enquanto Lily se afastava.

Michele voltou para a plateia. A Orquestra Fletcher Henderson tocava de novo, e, naquela noite, além de tocar o trompete, Louis Armstrong cantava. Michele moveu o corpo no ritmo da música, enlevada, enquanto escutava a voz grave tão famosa. Era tão incrível!

Ao redor, casais dançavam os estilos da década de 1920, do Charleston ao turkey trot, braços e pernas se agitando. As mulheres eram ruidosas e animadas, trajando vestidos com decotes ousados e sempre fumando — um contraste incrível com as damas recatadas, de trajes pudicos, que Michele encontrara em 1910. A maioria dos homens vestia elegantes ternos risca de giz e cartolas, mas Michele notou alguns tipos de aparência ameaçadora. Perguntou-se se seriam gângsteres ou contrabandistas de bebidas, ou ambos.

De repente, em meio ao burburinho geral, ouviu um nome familiar:

— O senhor e a senhora Windsor acabaram de chegar, você já soube?

— Vieram ver a cantora nova de quem todos falam, a nossa Condessa!

Michele ficou gelada. Não podiam estar falando dos pais de Lily, podiam? Acompanhou os pescoços virados e sussurros até a entrada do Cotton Club. Não havia dúvida: lá estavam eles, entrando apressados, e com uma aparência furiosa. Era óbvio que tinham descoberto a respeito de Lily. Criados de fisionomias preocupadas flanqueavam os Windsor, resguardando-os dos frequentadores que se aglomeravam ao redor.

Michele correu pelo clube, nervosa, em busca da entrada para os bastidores. Achou-a e, então, viu Lily aguardando nas coxias.

— Más notícias — disse Michele num rompante. — Seus pais estão aqui. Parece que descobriram.

A cor sumiu do rosto de Lily.

— Ah, céus. Temos que sair daqui! Me ajude a tirar este vestido, por favor! — Ela começou a puxar a roupa, agitada.

Michele passou a ajudá-la com os botões, mas de repente parou.

— Não — disse, percebendo algo. — Você tem que continuar.

— O quê? Você está maluca? — exclamou Lily.

— Sua única chance é fazer a melhor apresentação da sua vida e cantar como nunca. Eles já sabem de tudo, de qualquer forma, mas, se você for lá e se apresentar, eles vão ver com os próprios olhos como você é boa — insistiu Michele. — E quem sabe? Talvez fiquem impressionados o suficiente para permitir que você continue.

— Acha mesmo que isso pode acontecer? — perguntou Lily, cética.

— É sua melhor chance — encorajou-a Michele. — Agora você não pode recuar.

— Não sei se consigo fazer isso. — Lily sentou-se, nervosa.

Michele pegou a mão dela e a fez se levantar de novo.

— Você pode, sim. Não tem por que se preocupar. Vem. Tenho um bom pressentimento quanto a isso.

Lily respirou fundo, estremecendo.

— Tudo bem. Deseje-me sorte.

16

Enquanto Michele observava das coxias, Lily entrou no palco e começou sua primeira canção, um cover de *My Man* [Meu Homem], de Fanny Brice.

> *It cost me a lot, but there's one thing that I've got, it's my man... [Sai caro para mim, mas, se há uma coisa que tenho, é meu homem...]*

Ela conquistou a plateia de imediato, enfeitiçando a todos com aquela história de amor tão dolorosa. Sua voz madura e melancólica fez com que esquecessem por completo estarem diante de alguém jovem demais para ter vivido história semelhante. Mas havia ali um casal que não estava gostando nem um pouco daquilo. Os pais dela, sentados a uma das mesas da frente, rígidos e com os semblantes marcados pela fúria. Lily engoliu em seco e prosseguiu, dando o melhor de si.

Two or three girls has he that he likes as well as me, but I love him... [Existem duas ou três garotas de quem ele gosta tanto quanto gosta de mim, mas eu o amo...]

Lily terminou de cantar, sendo aplaudida de pé. Mas, em meio à agitação, enquanto agradecia e era ovacionada pela plateia, seu pai abriu caminho através da multidão, a esposa logo atrás, até chegarem junto ao palco.

— Papai! — exclamou Lily, o rosto pálido.

Sem uma palavra, o sr. Windsor se adiantou e arrancou a filha do palco. Os aplausos e gritos morreram enquanto um murmúrio chocado se espalhava pela plateia.

— Ei! — bradou Gene, o proprietário do clube. Ele correu até Lily e o sr. Windsor, com Thomas logo atrás. — O que acha que está fazendo com minha cantora?

— Ai, droga — gemeu Michele, apressando-se para se aproximar de Lily. Não era essa a reação que esperava ao insistir para que a bisavó se apresentasse.

Quando Michele chegou à pista principal do clube, a multidão formava um círculo ao redor de Lily, seus pais, Gene e Thomas, testemunhando com partes iguais de entusiasmo e horror a revelação de que a Condessa Crawford era, na verdade, a herdeira Lily Windsor, de 16 anos de idade.

— Dezesseis? — exclamou Thomas, ficando vermelho. — Você me disse que tinha 22!

A face de Gene era uma máscara de ira.

— Está tentando causar minha falência, menininha? Sabe que eu poderia perder o clube se descobrissem que estou contratando artistas menores de idade?

Enquanto Lily olhava de uma cara furiosa para outra, implorando piedade, Michele a viu como alguém totalmente diferente da mulher confiante e desafiadora de antes. Agora, Lily parecia apenas uma adolescente assustada e derrotada.

— Eu... eu acho que não estava pensando direito — respondeu ela num fio de voz. — Só queria ser cantora, ter sucesso e ser ouvida...

— Bem, agora isso tudo acabou — seu pai lhe disse, decidido. Voltou a atenção para Gene. — Não sei como pedir desculpas pelos atos desprezíveis da minha filha. Vou pedir ao meu contador que lhe telefone e calcule um montante adequado para compensar a rescisão do contrato e qualquer inconveniente causado pelo comportamento dela.

O rosto de Gene se iluminou um bocado à menção de "montante adequado", mas agora Lily estava aos prantos.

— Rescisão do meu contrato? — repetiu, a voz embargada.

— Há também a questão da audição de Lily com Florenz Ziegfeld — disse Thomas, evitando olhar para ela. — Devo entender que esse compromisso também foi cancelado?

— Florenz Ziegfeld? — ecoou a mãe de Lily. Michele poderia jurar ter visto uma expressão de orgulho passando pela face dela. — Da Ziegfeld Follies?

— Esse mesmo — Thomas respondeu, desolado. — Ele não vai ficar muito feliz quando souber que a jovem que elogiei tanto não vai comparecer.

— Ah, papai, por favor! — Lily atirou-se sobre o sr. Windor. — Por favor, não me faça cancelar a audição.

O sr. Windsor hesitou por uma fração de segundo, depois franziu o cenho e balançou a cabeça.

— Acho que já chega dessa história de *show business*. Vamos embora daqui.

De volta à sua casa e a seu quarto, Lily estava arrasada.

— O que vou fazer? — ela gemeu, jogando-se na cama. — Perdi tudo!

Michele não queria admitir, mas sentia-se tão impotente quanto Lily. O plano de resgatar Philip por meio do lançamento das músicas deles havia falhado. Ficou petrificada de medo quando lhe ocorreu, de repente: *E se mudei a história e impedi que a carreira de Lily acontecesse? E se não fosse para ela se envolver com o Cotton Club, e minha ajuda tiver acabado com suas chances?*

— Eu sinto tanto, Lily — sussurrou. — Só estava tentando ajudar...

— Não é sua culpa — respondeu Lily, secando as lágrimas dos olhos borrados de rímel.

— Posso perguntar uma coisa? — indagou Michele. — Por que você quer tanto cantar? É só o desejo de ser uma estrela?

— Não! — Lily sentou-se, por um instante distraída dos próprios problemas. — Claro que não é nada disso. Tem a ver com o modo como me sinto quando canto, como se eu ganhasse vida. Como aquela sua canção... bom, é a música que traz cor ao meu mundo. Tudo fica tão cinza sem ela, um tédio sem fim, e eu sigo em frente me arrastando. Mas, quando subo ao palco, a mágica acontece. — Lily tinha um olhar perdido. — E, quanto ao *jazz* e ao *blues*, eu amo a forma como parecem fazer uma ponte entre as pessoas, raças e nacionalidades; eles aproximam as pessoas. Isso é o que eu mais amo.

Assim como Philip, pensou Michele. Sentiu uma admiração renovada por ele e por Lily. Ambos viviam em mundos repletos de preconceito e racismo e, ainda assim, não os compreendiam nem toleravam, e para Michele isso demonstrava como eram especiais.

Ela sorriu para Lily.

— Sei exatamente o que quer dizer. E acho que, se explicar isso aos seus pais, com essas mesmas palavras, eles vão encontrar uma forma de entender. Talvez só precisem que você prometa que o mundo do espetáculo vai ficar restrito ao palco, entende o que quero dizer? — Ela pensou por um instante. — Eles a viram se apresentando numa espelunca, e acho que é compreensível que tenham ficado horrorizados, mais por causa das coisas que acontecem num lugar daqueles do que pela música que você estava cantando. Assim, mostre a eles que não precisam se preocupar com o fato de você se tornar alcoólatra ou uma "mulher perdida", ou o que quer que receiem. Mostre a eles que você quer fazer coisas boas com seu talento. — De repente, lembrou-se do caderno de composição de Lily. — Mostre a eles, escreva uma música falando de tudo isso que você me falou.

— Mas a letrista é você, não eu — falou Lily, franzindo o cenho.

— Você também pode fazer isso — encorajou-a Michele. — É só se sentar e tentar escrever algo como aquelas músicas de *jazz* de que tanto gosta, e vai ver que é uma letrista. Confie em mim, eu sei.

Num arroubo, Lily abraçou Michele.

— Não sei como lhe agradecer por tudo que tem feito por mim. Especialmente quando agi quase o tempo todo como uma fedelha mimada.

Michele sorriu.

— Bom, pra mim também foi emocionante. Pelo menos na maior parte do tempo!

— Se eu conseguir convencer meus pais a me deixarem continuar, prometo que também vou cantar suas músicas — sentenciou Lily. — Sei que significa muito para você, e é o mínimo que posso fazer. Além disso, elas são mesmo supimpas.

— Obrigada. Ah, falando nisso... — Michele tirou as partituras de dentro da bolsa e as entregou a Lily.

— "Música de PW e letras de MW" — leu Lily. — Sem nomes de verdade? E quem é PW?

— Ninguém que você conheça — respondeu Michele com naturalidade. — É assim que preferimos os créditos. Simples e diretos.

— Tudo bem — concordou Lily, meio na dúvida. — Se é assim que deseja...

Michele abraçou a bisavó de novo, ficando sentimental de repente.

— Boa sorte, Lily. Vou torcer por você.

— Obrigada. Vou fazer o melhor que puder, espírito — e sorriu para Michele.

Em 2010, no dia seguinte, Annaleigh estava toda empolgada quando Michele voltou da escola.

— Seus avós vão sair com você esta noite! — ela exclamou com o entusiasmo de alguém que acabara de ganhar num concurso uma tarde de compras numa loja caríssima. — Não é maravilhoso? Vai ser ótimo vocês três passarem juntos uma noitada divertida.

— E aonde vamos? — perguntou Michele. Estava feliz em saber que os avós queriam fazer algo simpático por ela, mas tinha que admitir que ficava meio nervosa com a ideia de passar uma noite inteira com eles.

— Comprei ingressos para vocês três assistirem *Mary Poppins* na Broadway, e depois fiz reservas para um jantar no Chez Josephine.

— *Mary Poppins*? — Michele deu uma risadinha. — Não é um espetáculo para crianças?

— É um espetáculo para a família — corrigiu Annaleigh, mas pareceu ter ficado um pouco preocupada. — Espero que não tenha tomado a decisão errada. Afinal de contas, seus avós me pediram que escolhesse o espetáculo. Achei que um musical seria a melhor aposta, mas a maioria deles é tão moderna, com rock e coisas assim, e sei que desses o senhor e a senhora Windsor não iriam gostar. Então, quando o vendedor disse *Mary Poppins*, pensei: Bom, parece ser o espetáculo perfeito.

— Achei ótimo — interrompeu Michele, sorrindo. — Não se preocupe, tenho certeza de que vamos adorar.

Como era seu primeiro espetáculo na Broadway, Michele decidiu se produzir um pouco. Escolheu um vestido preto na altura dos joelhos, com salto alto, colocando o colar de borboleta Van Cleef de Marion como toque final. Quando se juntou aos avós no andar de baixo, viu que eles também tinham se vestido para a ocasião: Dorothy usava um vestido de chiffon azul-marinho e Walter estava de terno e gravata.

— Michele, você está linda! — exclamou Dorothy quando a neta apareceu na escada. Os olhos da avó se enterneceram quando viu o colar de Marion.

— Obrigada — sorriu Michele. — E obrigada por ter planejado isto.

— Ah, Annaleigh merece todo o crédito pelo planejamento. Mas queríamos proporcionar a você bons momentos esta noite. Sabemos que as coisas têm sido difíceis para você — afirmou Dorothy.

— E...bem...pedimos desculpas por não termos sido uma companhia melhor — concluiu Walter com um sorriso sem jeito. — É difícil para nós, mas queremos tentar.

Michele olhou para eles, emocionada. Estava especialmente surpresa com a suavidade de Walter, e ficou pensando se Dorothy não havia lhe contado sobre seu colapso emocional depois da viagem a Newport.

— Estou muito grata, de verdade. E também peço desculpas pela outra noite. Devia ter respeitado as regras de vocês. Vou fazer isso de agora em diante.

— Que bom — aprovou Dorothy, calorosa. — Agora, precisamos nos apressar se quisermos chegar na hora.

Fritz levou-os através da Midtown até a rua Quarenta e Dois, no coração da Times Square, a agitada e iluminada "rua principal do mundo". O SUV passou por dezenas de teatros da Broadway, com letreiros luminosos tão grandes que podiam ser vistos a quilômetros de distância, e também por pontos de referência de Nova York, como os estúdios da MTV e o Hard Rock Cafe. Fritz parou o carro diante do teatro New Amsterdam, que tinha um pôster gigantesco de *Mary Poppins* ocupando as paredes externas.

Ao entrarem no saguão, Michele soltou uma exclamação de espanto. O teatro New Amsterdam, disfarçado em meio à exuberância *kitsch* da Times Square, era um verdadeiro palácio por dentro. Era um sonho Art Nouveau, pintado e projetado em tons lustrosos de malva, verde e dourado. O saguão era decorado com relevos e entalhes ornados shakespearianos. Cartazes em preto e branco de vedetes e atrizes da velha guarda cobriam as paredes. Depois de entregarem os ingressos, Walter conduziu Michele até um cartaz ao lado da escada que levava ao mezanino.

— Aqui está minha mãe! — disse ele, orgulhoso.

Com uma exclamação de alegria, Michele observou o cartaz. Ali estava a ambiciosa adolescente Lily, sentada num banco diante de uma tapeçaria francesa antiga, usando um vestido de renda e sapatos de dança. A cabeça estava virada de lado para olhar para a câmera, e os olhos tinham um brilho perspicaz, como se dissessem: *É claro que estou aqui. Onde mais estaria?*

— Então ela conseguiu! — exclamou Michele, quase desabando de alívio ao saber que, no fim das contas, sua reescrita da história não havia arruinado a carreira de Lily. — Ela chegou lá mesmo!

Seus avós a olharam intrigados, sem dúvida imaginando por que aquilo de repente era uma surpresa para ela. Michele se virou para Walter.

— Só agora reparei que nunca perguntei por que você e Lily usaram o sobrenome de solteira dela. Quer dizer...e seu pai?

— Nunca o conheci — respondeu ele, os olhos fixos na foto de Lily. — Minha mãe era... muito moderna. Ela não acreditava que uma estrela como ela devesse adotar o sobrenome do marido. — Ele lançou a Michele um olhar astuto. — E também acreditava plenamente em se divorciar de um marido mulherengo.

— Ah. Uau. — Michele olhou para o avô. — Eu não sabia.

E, de repente, uma peça do quebra-cabeça se encaixou. Walter havia crescido sem pai, assim como ela. Ele havia visto Lily ser traída pelo homem em quem confiara. Não admirava que tivesse sido tão rigoroso com a própria filha, tão desconfiado de Henry Irving e seus motivos.

Não era só por ele não ter dinheiro nem posição social, percebeu Michele. Ele se preocupara de verdade com Marion. E, naquele momento, Michele teve a certeza de que, o que quer que Walter e Dorothy estivessem escondendo, não haviam pagado a Henry para ir embora.

— Sinto muito — disse a Walter.

— Não precisa — ele respondeu com um meio sorriso. — Minha mãe sempre dizia que nenhum homem a fez se sentir do jeito que a música conseguia. Tenho a impressão de que ela não sentiu muito a falta do meu pai, especialmente com todos os namorados que continuaram a aparecer, mesmo quando ela já tinha passado da meia-idade. Ela era bem... incomum, minha mãe. Mas era feliz.

Michele sorriu. "Incomum" era a palavra certa.

Um lanterninha levou-os até os devidos lugares, e, enquanto esperavam que o espetáculo começasse, a mente de Michele dava voltas, perguntando-se se Lily havia cantado as músicas que ela e Philip tinham escrito. Não ousava perguntar aos avós, pois talvez não fosse uma informação a que pudesse ter acesso, mas não via a hora de chegar em casa e procurar na internet.

Para sua surpresa, assim que a cortina se abriu e o espetáculo começou, tais pensamentos ficaram de lado, enquanto ela era hipnotizada pela história da babá mágica. As músicas contagiantes, as vozes incríveis da Broadway, os efeitos especiais espantosos e a produção do palco a cativaram. Olhando para os avós, ficou feliz ao perceber que com eles acontecia o mesmo. O espetáculo a fez se lembrar de que tinha assistido ao filme com a mãe quando era pequena, e que Marion por sua vez também o vira com os pais, quando era garotinha. Havia algo de especial naquilo, e num impulso Michele apertou a mão da avó. Dorothy virou-se e sorriu.

Quando começou a música final, *Anything Can Happen If You Let It* [Qualquer Coisa Pode Acontecer se Você Deixar], Michele pensou que com certeza suas viagens através do tempo comprovavam a mensagem da música. O palco ficou às escuras enquanto Mary Poppins e a família Banks eram transportados para as estrelas, e naquele momento algo incrível aconteceu. Algo sombrio se abateu sobre o teatro, e Michele se sentiu sendo erguida de súbito, e deu um pulo na poltrona, com um grito de assombro diante do que via.

Seus avós tinham desaparecido; toda a plateia de *Mary Poppins* sumira, substituída por mulheres com cabelos curtos e bem modelados, usando vestidos de cintura baixa, e homens de cartola e bengala. E naquele palco imponente estava a jovem Lily Windsor, de pé sob um refletor enorme e usando um gracioso vestido branco, longo e sem mangas, com uma estola de pele em volta dos ombros. Sua voz emanava uma beleza etérea e transbordava de sentimento enquanto cantava:

Why, I feel numb [Ah, sinto-me atordoada]
I'm a sky without a sun [Sou um céu sem sol]
Just take away the lack [Apenas leve embora a ausência]
And bring the colors back. [E traga as cores de volta.]

— Ah, meu Deus! — Michele sussurrou. Virou-se para olhar a plateia e, para seu espanto, todos cantavam junto. Eles conheciam a música!

Ela correu até a fileira da frente, lágrimas brotando dos seus olhos enquanto ela própria cantava a letra. O olhar de Lily passou por Michele, depois voltou a se fixar nela, surpresa. Lily, então, sorriu, mas em nenhum momento perdeu o ritmo. Assim que a música terminou, Michele subiu correndo a escada que levava ao palco e foi para os bastidores, flutuando invisível por entre coristas de pernas longas, até localizar Lily.

— Lily! — gritou.

— Venha comigo — sussurrou Lily, e Michele entrou apressada, com ela, num camarim com uma estrela dourada pregada na porta.

Uma vez lá dentro, as garotas gritaram e se abraçaram, pulando juntas como doidas.

— Você conseguiu, Lily! Você convenceu seus pais; você conseguiu entrar no Follies! É daqui pra cima!

— Você também conseguiu. *Bring the Colors Back* é um sucesso. A gravação para fonógrafo sai como água! E vou estrear *Chasing Time* no novo Follies, que começa mês que vem. Ziggy, é como chamamos Ziegfeld, bom... ele adora as duas músicas e acha que são uma boa novidade — disse Lily, empolgada.

— Ah, meu Deus! Obrigada! — *Então é esse o sabor do sucesso*, pensou Michele, enquanto um calor se espalhava por todo o seu corpo.

— E isso me faz lembrar de uma coisa. Um tipo bonitão e elegante apareceu duas semanas atrás e me perguntou se eu conhecia uma Michele, alguém que ninguém podia ver além de mim.

O coração de Michele quase parou. Philip.

— Fiquei assustada com isso, com medo de que ele soubesse nosso segredo, e perguntei o que significava aquilo. Ele disse que queria ver você — prosseguiu Lily. — Falei que você não estava aqui, e ele me deu um pacote e pediu que lhe entregasse. Aí simplesmente se foi! Guardei o pacote aqui na minha penteadeira, por via das dúvidas. Quer vê-lo?

Michele mal conseguia respirar.

— Sim — sussurrou.

Lily abriu uma das gavetas da penteadeira e tirou dela um pacote pequeno. Quando lhe entregou, Michele estava emocionada demais para falar.

— Quem é ele? — perguntou Lily, enquanto Michele olhava para o pacote sem conseguir abri-lo.

— Ele é... — Michele engoliu em seco. — Ele é aquele para quem escrevi a música.

— Imaginei — falou Lily com um sorriso. — Ele é... um espírito, como você?

Michele fez que não com a cabeça. Lily calou-se, surpresa, e sentou--se à penteadeira enquanto Michele estudava o pacote, envolto num envelope. Com o coração batendo descompassado, abriu o envelope e uma carta caiu no chão. Ela a pegou e leu-a avidamente.

16 de junho de 1926

Minha querida Michele,

Como foi insuportável o longo tempo que se passou desde que a tive em meus braços pela última vez; desde que ouvi sua voz tão doce e beijei esses lábios perfeitos. Desde que você partiu, cada dia parecia fundir-se, sem sentido, ao seguinte. Assim foi por quinze longos anos. Saí de casa como planejado, mas o vazio seguiu-me até Londres, mesmo enquanto fui pianista na Orquestra Sinfônica de lá.

E então, duas semanas atrás, tudo mudou. Estava num jantar em homenagem aos compositores George e Ira Gershwin, que estão trabalhando num novo espetáculo, quando George sentou-se ao piano, como sempre faz quando há uma festa. Mas a surpresa foi que ele não tocou uma composição própria... ele tocou a nossa música. A nossa Bring the Colors Back. Você pode imaginar como fiquei chocado e surpreso, e a alegria que senti sabendo que você havia retornado? Você tinha que ter voltado. Descobri com os Gershwin que sua parente Lily Windsor havia transformado essa música num sucesso com o Follies, e imediatamente pedi demissão da Orquestra Sinfônica de Londres e comprei uma passagem para Nova York. Escrevo-lhe enquanto estou no navio.

Seria possível que você tivesse reconsiderado sua posição, depois de tantos anos? Não posso evitar ter esperança, embora sinta medo de tê-la. Uma parte de mim sabe que, se você tivesse mudado de ideia, teria vindo até mim, e não a Lily. Mas, independentemente de vê-la de novo ou não, guardo como um tesouro a sua volta e o que fez por nossa música. É o sinal pelo qual eu vinha esperando, o sinal de que você ainda me ama, assim como eu nunca parei de amá-la.

Devo confessar que não continuei a compor em Londres da forma como teríamos esperado. Você sempre acreditou em mim, e agora é hora de que eu acredite em você do mesmo modo. A reação do público a Bring the Colors Back despertou em mim o desejo de voltar de vez para Nova York e tentar viver como compositor. Obrigado. Obrigado por me devolver o sentido de propósito que no passado senti, quando você estava na minha vida. Michele, prometo encontrá-la de novo, não importa o quão difícil seja. E neste pacote está um símbolo desta promessa: meu anel de família. Também anexei o endereço do hotel onde estou vivendo agora, o Waldorf-Astoria, na esperança de que você consiga me alcançar.

Eu te amo.
Philip

Os olhos de Michele estavam cheios de lágrimas ao terminar de ler a carta de Philip. Cada sentença parecia apertar seu coração, e ela se sentia arrasada e ao mesmo tempo plena. Percebia vagamente que Lily viera para o seu lado e tentava consolá-la, mas sua mente estava a quilômetros de distância, enquanto imaginava como teria sido se ao menos ela e Philip tivessem vivido na mesma época. Por que teria o Tempo cometido semelhante equívoco com os dois?

Lembrou-se da menção ao anel e procurou no fundo do envelope. Lá, envolto em papel de seda, havia um anel de sinete de ouro, entalhado com um W ornamental em relevo.

— Caramba! — exclamou Lily, os olhos arregalados como dois pires enquanto fitava o anel. — Você está noiva?

— No meu coração estou — disse Michele com um sorriso. Ela olhou o anel, sentindo o coração tão pleno que poderia explodir a qualquer momento. Colocou-o no dedo, adorando vê-lo ali. Mas sabia o que devia fazer.

— Lily, você tem papel e caneta que eu possa usar?

— Claro.

Enquanto Lily procurava entre suas coisas, Michele segurou a carta de Philip bem perto de si. Se fechasse os olhos e fizesse força para imaginar, quase podia ouvir a voz dele sussurrando as palavras que escrevera. Michele de repente lembrou-se da palavra que a mãe havia lhe ensinado no último dia que tinham passado juntas: *sodade*. Uma nostalgia tão intensa quanto a da nossa saudade. Era bem como ela se sentia agora.

— Aqui está — Lily entregou-lhe uma caneta, um bloco de papel e um envelope. — Pode usar a penteadeira para escrever.

— Obrigada, Lily.

Michele sentou-se e começou:

Querido Philip,

Amo você da mesma forma como você me ama. Admito que às vezes me pergunto se não amo até mais. Não importa o que aconteça no meu futuro, você será sempre o único.

Não posso agradecer-lhe o suficiente pelo lindo anel. Ele significa tanto para mim, e adoro a possibilidade de usar todos os dias algo que pertenceu a você.

Gostaria de poder dizer que encontrei um modo de ficarmos juntos, mas não achei. Ainda não existo inteiramente em nenhum outro tempo senão o meu próprio. Mas voltei para mostrar-lhe tudo que você abandonou. Por favor, preciso que siga em frente, que forme uma família e, claro, continue compondo. Eu não poderia suportar a dor de saber que fui a causa de uma vida solitária ou que impedi que você alcançasse seu potencial pleno. Mas lembre-se sempre de que ainda sinto como me sentia durante nossos dias e noites juntos em 1910. Sempre considerarei você como minha família de verdade. Espero que você também.

Eu te amo para sempre.
Michele

Os olhos dela estavam embaçados pelas lágrimas quando terminou de escrever a carta. Endereçou o envelope para PW. Não queria despertar a indignação de Lily por estar se correspondendo com um Walker. Depois, voltou-se para a bisavó.

— Lily, poderia me fazer um grande favor? Poderia, por gentileza, entregar isto no Waldorf-Astoria amanhã de manhã?

Lily fez que sim, pegando a carta.

— PW... o compositor das suas músicas — ela disse devagar, começando a entender.

Michele fez que sim com a cabeça, mas não comentou mais nada.

— Você não é somente um espírito, certo? — perguntou Lily de repente.

Michele olhou para ela e decidiu que não podia mais mentir.

— Não, não sou — confessou. — A verdade é que sou do futuro. Do ano de 2010. E...sou sua bisneta.

O queixo de Lily caiu, e ela ficou olhando para Michele, atônita. Foi então que Michele sentiu o Tempo chamando-a de volta, enquanto Lily e o camarim se enevoavam e o chão começava a tremer. Mas, imediatamente antes de 1926 se desvanecer, ela teve o vislumbre de Lily sorrindo, fascinada, enquanto via Michele, a garota que agora sabia ser sua futura bisneta, desaparecendo rumo ao seu próprio tempo.

Vá atrás dos seus sonhos e não vai se arrepender. Qualquer coisa pode acontecer se você permitir.

Michele despencou, aterrissando na poltrona ao lado dos avós, no New Amsterdam, em 2010, e descobriu que todos estavam em pé, batendo palmas cadenciadas em ovação.

São os aplausos finais, Michele se deu conta. *Estive ausente só por uma música? Como pode ser possível?* Ela cambaleou, colocando-se de pé.

Dorothy lançou-lhe um olhar aliviado.

— Aí está você! Onde esteve?

— Ah...tive que ir ao banheiro — improvisou Michele. — Saí de fininho durante a música.

Quando a cortina caiu, Michele baixou os olhos, de relance, para o dedo e prendeu a respiração. Ali estava ele: o anel de sinete de Philip!

17

No caminho para casa, depois de jantarem, Michele sugeriu aos avós que escutassem algum dos discos de Lily Windsor juntos, antes de irem dormir.

— Quando vi o cartaz com ela no teatro, fiquei com vontade de ouvi-la de novo.

— É uma ótima ideia, Michele — respondeu Walter, parecendo feliz.

Ao chegarem em casa, ele as levou ao estúdio, onde estava o aparelho de som antigo. Procurou entre a pilha de discos até escolher Lily Windsor no Carnegie Hall, em maio de 1935. Depois de ajustar o seletor no modo toca-discos, Walter deixou-se cair na poltrona junto à janela, e Dorothy e Michele se acomodaram no sofá.

A primeira música do álbum era aquela do caderno de composição de Lily, Born for It. Michele fechou os olhos e ouviu o som vintage do *jazz* da velha guarda encher o aposento.

Make them feel, make them fly [Faça-os sentir, faça-os voar]
Send their stories to the sky [Envie ao céu as histórias deles]
I'm singin' it [É o que canto]
Ooh, I was born for it [Oh, nasci para isto]

When that trumpet starts to play [Quando aquele trompete começa a soar]
All the world's cares fade away [Toda a preocupação com o mundo se esvai]
I'm livin' it [É o que vivo]
I was born for it. [Nasci para isto.]

— Essa foi, na verdade, a primeira música que ela escreveu — observou Walter. — Ela tinha a sua idade.

Michele sorriu, tomada de emoção.

— Imaginei.

Quando a segunda música começou, Michele ficou paralisada. Parecia a introdução que Philip tocava ao piano para a música deles, Chasing Time. De fato, a voz melancólica de Lily começou a cantar o refrão.

> *I can't live in the normal world, [Não posso viver no mundo normal,]*
> *I'm just chasing time [Estou apenas perseguindo o tempo]*

A orquestra começou a tocar, e foi inacreditável. Tudo isso ia além dos sonhos mais loucos de Michele. *Mamãe nunca acreditaria nisto: Lily Windsor cantando uma das minhas músicas no Carnegie Hall,* pensou com uma risada incrédula.

— Michele! Por que você está chorando? — perguntou Dorothy, alarmada.

— Ah, é só...eu adoro esta música — ela respondeu, agora meio chorando, meio rindo. — Desculpa, sou um pouco sensível.

Parecia incrível que suas viagens no tempo pudessem ter afetado tanto a história — a história de outras pessoas, bem como a sua —, mas tinha sido o que havia acontecido. Começava a ter a impressão de que o tempo ocorria a uma só vez, em camadas, como as camadas de um bolo.

Abaixo dela estavam períodos anteriores de tempo, repetindo-se e repetindo-se, e acima dela estava o futuro. E, de algum modo, por algum motivo inexplicável, ela havia sido escolhida para viver entre as camadas. Enxugou os olhos, escutando o piano com atenção.

— Quem está tocando, você sabe?

— Claro. É Phoenix Warren. Este foi um espetáculo cheio de estrelas — orgulhou-se Walter.

— Phoenix Warren! Vocês sabem que minha mãe me deu esse nome por causa da música dele, "Michele", não é?

— Não, não sabíamos — disse Walter, os olhos perdidos no chão.

O rosto de Dorothy demonstrava dor.

— Vocês sentem a falta dela...como eu sinto — Michele percebeu depois de um instante.

— É claro que sentimos — afirmou Walter numa voz baixa, mas intensa.

— Desculpem-me por...por sempre ter pensado... — a voz de Michele sumiu. Ela não sabia bem como dizer o que pretendia. Mas seus avós pareceram entender.

— Obrigada, querida — respondeu Dorothy com ternura.

Walter olhou o grande relógio de mesa.

— Está ficando tarde. Melhor irmos dormir. Você tem escola amanhã cedo.

— Tudo bem — concordou Michele. — Obrigada de novo por esta noite. Eu me diverti de verdade.

Seus avós sorriram para ela, e Michele ficou feliz em ver que o sorriso deles alcançava o olhar de ambos.

Aquela noite trouxe uma série de sonhos, vinhetas que se desdobravam uma após a outra...

Michele estava sozinha num cemitério frio e silencioso. Não sabia como havia chegado ali e estava desesperada para ir embora, mas sentiu-se sendo empurrada para a frente, em direção a algo que não queria ver. Ela se moveu, como num transe, até que seu sapato tocou uma superfície rígida. Deu um pulo para trás e viu que estava diante de uma lápide branca simples, dizendo: IRVING HENRY, 1869-1944.

De repente, a cena mudou, seguida por sonhos muito mais calmos das danças de cotilhão da virada do século, clubes de *jazz* e o mar de Newport. E então ela viu Philip.

Ele estava junto à lareira num quarto elegante de hotel — e lia a carta dela. Agora aos 30 anos, Philip estava ainda mais lindo do que antes. Ficara mais alto e mais forte; os traços estavam mais definidos; os olhos intensos de algum modo estavam ainda mais profundos e azuis do que antes. Ele fazia Michele se lembrar daqueles astros de cinema da era dourada de Hollywood: Clark Gable e Errol Flynn.

— Vou fazer o que você pede, Michele — ele disse para si mesmo. — Vou seguir em frente, por você. Mas, aconteça o que acontecer, vou encontrar um jeito de voltar para você. Prometo.

Michele acordou com um nó na garganta. Nunca tinha ansiado tanto poder tocar Philip, abraçá-lo, como naquele momento. Ficou tentada a retirar suas palavras, a tentar voltar para ele só por mais uma noite. Mas sabia que não podia. Antes de conhecer Philip, Michele nunca havia entendido quando as pessoas diziam estar tão apaixonadas que colocariam a outra pessoa antes delas próprias. Mas agora entendia. Ela abriria mão de qualquer chance de felicidade por ele, para protegê-lo.

O sonho assustador do cemitério voltou aos seus pensamentos, e Michele estremeceu. Estava claro que Irving Henry tentava lhe dizer algo. Mas estaria ela pronta para ouvir?

— Ah, meu Deus! — Caissie agarrou a mão de Michele e examinou o anel na manhã seguinte diante do armário.

Michele acabava de contar à amiga tudo sobre as últimas aventuras no tempo.

— E você está usando no dedo a aliança de casamento, tô vendo!

Michele recolheu a mão, corando.

— Bom, é...

— Mas como é que seus futuros namorados vão conseguir estar à altura de todo esse caso? — perguntou-se Caissie ao irem para a sala de aula. — Tipo, por exemplo, Ben Archer?

— Como é? — Michele parou e encarou Caissie.

— Ouvi por acaso uma das líderes de torcida contando que ele vai te levar ao Baile de Outono — admitiu Caissie. — Por que não me contou?

— Porque estamos indo só como amigos. Não tem nada de mais — Michele explicou. — Pra ser sincera, eu preferia nem ir. Acho que ele é um cara legal, simpático, e não quis ferir os sentimentos dele. Então...

— Peraí — Caissie ficou encarando Michele, as mãos nos quadris. — Está dizendo que, para você, é o Philip e acabou? Você não vai dar chance a ninguém mais e vai viver como uma freira para sempre?

— Não, eu só... Você não entende. Sinto como se ele... como se ele estivesse esperando por mim — respondeu Michele, envergonhada.

— Michele, ele nem está vivo.

— Você não precisa me lembrar disso — respondeu Michele, irritada. — E não foi isso que eu quis dizer. Nem sei o que eu quis dizer.

— Foi você quem encorajou Philip a seguir em frente — observou Caissie. — E você também precisa fazer isso. Não pode ter uma vida a dois com um fantasma de 118 anos de idade, pode?

— Falou a garota que ainda não conseguiu convidar Aaron para sair — retrucou Michele.

O queixo de Caissie caiu.

— O quê?

— Qual é, você sabe que pode ser honesta comigo — disse Michele num tom mais suave. — Vi como vocês ficam quando estão juntos. Está na cara que estão a fim um do outro, mas estão nervosos demais para admitir.

O rosto de Caissie ficou vermelho.

— Não sei se ele ia concordar com isso... Você jura que não vai dizer nada?

— Juro — disse Michele. — Mas sei que ele sente a mesma coisa.

— Vamos lá, senão a gente se atrasa. — A tentativa de Caissie de mudar de assunto era óbvia. — Vamos tomar o atalho.

Ao cortarem pela administração para encurtar caminho, Michele deteve-se, perplexa. Alguém parecido com o Philip adolescente examinava um mapa da escola.

— Caissie! — ela exclamou.

Caissie, que mandava uma mensagem de texto, olhou um segundo tarde demais. Ele tinha virado a esquina, e, quando passou por elas, Michele viu que não era Philip. Ele não tinha o passo decidido que Philip sempre demonstrara. Na verdade, como poderia ser ele? *Eu sou a viajante do tempo, não ele,* lembrou a si mesma.

— Que foi? — perguntou Caissie, seguindo o olhar da amiga. — O que você está olhando?

Michele mordeu o lábio.

— Nada, eu achei...bom, deixa pra lá.

Michele sentou ao computador naquela tarde, em choque. Nem na Wikipédia, nem nas demais fontes *on-line* que acabava de checar, havia qualquer menção a Philip Walker ou informação sobre ele. Não havia nenhuma lista triunfante das obras do compositor de *Bring the Colors Back*. Nenhum artigo sobre ele, nenhum registro, nada... Era como se sua vida nunca tivesse existido. *O que aconteceu?*, ela se perguntou, sentindo-se zonza. *Eu o salvei... Ele tinha tantos planos; como pode não haver nenhum vestígio dele agora? O que aconteceu com ele?*

Levantou-se, desesperada para falar com Caissie. Tinha que haver alguma coisa que a amiga pudesse fazer, ou algum tipo de explicação científica que pudesse apresentar. Desceu as escadas correndo, mas, quando ia em direção à porta, algo atraiu seu olhar: um brilho estranho, enevoado, vindo da biblioteca.

— Annaleigh? — chamou, inquieta. Não houve resposta.

Ela entrou na biblioteca, cautelosa. Notou que estava sozinha, mas ao mesmo tempo sentiu outra presença ali. Nervosa, tentou recuar, mas sentiu-se sendo empurrada para a frente, como que por alguma mão invisível. Viu um livro sobre uma mesa de leitura, o brilho estranho vindo do teto acima dele. Sem aviso, o livro se abriu sozinho. Michele soltou uma exclamação e tentou correr, mas estava rígida de medo, paralisada no lugar. Ficou olhando, aterrorizada, as páginas que viravam para a frente e para trás, aquietando-se depois. Michele sentiu-se sendo impelida na direção do livro e, ao chegar mais perto, viu que era um álbum de fotos. E estava aberto na velha foto de Irving Henry, de mais ou menos 1900.

Trêmula, estendeu a mão para o álbum, e de repente suas pernas ficaram imóveis, as mãos grudadas ao álbum, enquanto era lançada de volta no tempo. *Está acontecendo de novo*, pensou, assustada.

— Walter! Vamos logo, querido. Vamos chegar tarde.

Michele levou um susto, e o álbum caiu das suas mãos. Estava sozinha na biblioteca, mas a voz feminina que ouviu era familiar. Ansiosa, aventurou-se pelo Saguão Principal.

Um casal de meia-idade esperava junto à porta: um homem de cabelos escuros, de terno preto e chapéu, e uma mulher ruiva vestindo uma saia preta de comprimento três-quartos e um conjunto de suéter. Ao olhar melhor a mulher, Michele a reconheceu de súbito.

— Clara! — gritou, tomada pela emoção de vê-la adulta. Para sua surpresa, porém, Clara pareceu não tê-la ouvido. Ela apenas olhava através de Michele, como se a menina de 2010 não estivesse ali. *Ela não pode mais me ver*, percebeu Michele com tristeza.

Um menino de uns 8 ou 9 anos desceu correndo as escadas, também vestido com um terninho preto. Michele respirou fundo, surpresa, quando ele chegou mais perto. Não havia como se enganar sobre aqueles olhos. Era seu avô, Walter!

— Não quero ir ao funeral de um velho que nem conheço — ele choramingou quando Clara o pegou pela mão.

— Vamos, Walter, isso não é jeito de falar dos mortos — repreendeu Clara. — O senhor Henry era um homem muito bom que trabalhou para nossa família por muitos anos. Temos que lhe prestar nossas homenagens. E, além do mais, vamos encontrar sua mamãe lá.

O senhor Henry. Michele engoliu em seco. Eles vão ao enterro de Irving Henry.

— Não sei por que a mamãe e Stella foram e não me levaram — disse o pequeno Walter fazendo bico.

— Querido, sua prima é uma jovem comprometida, e às vezes ela precisa da tia dela para conversar coisas de menina — explicou Clara. — Você vai entender quando for mais velho e tiver uma garota só para você.

Walter fez uma careta.

— Argh!

Ao olhar ao redor, Michele percebeu que algo estava muito diferente. Não havia tanta opulência Windsor à mostra, e faltavam à mansão vários dos toques luxuosos de decoração. Em vez disso, bandeiras estadunidenses de diferentes formas, tamanhos e texturas estavam penduradas por toda a casa. Até aquele momento, não havia visto nenhum dos, em geral, numerosos criados. Uma bandeira cor de creme, com uma estrela azul e outra dourada, pendia da porta da frente. *A estrela azul significa que alguém da família está no exército, e a estrela dourada significa que alguém morreu na guerra*, lembrou-se Michele das aulas de história. Então se lembrou de repente da lápide de Irving Henry que tinha visto em sonho, e da data inscrita nela. Seria mesmo... 1944? Um arrepio gélido desceu por sua espinha quando ela percebeu que a data situava-se em plena Segunda Guerra Mundial.

— Vamos, Sam, Walter — disse Clara.

Sam, o marido de Clara, abriu a porta e os três saíram, entrando no carro preto de duas portas que estava parado diante da casa. Num impulso, Michele os seguiu, deslizando sem ser vista para o banco traseiro, perto do pequeno Walter. Enquanto Sam dirigia na direção norte, Michele era distraída da conversa pela visão da Manhattan da década de 1940. Cartazes para o esforço de guerra adornavam cada edifício comercial. BOATOS CUSTAM VIDAS!, bradava um, com uma ilustração sombria de um homem sussurrando segredos de estado. COMPRE BÔNUS DE GUERRA!, imploravam sinais em cada esquina. Mas a imagem mais comum nos cartazes era a face sorridente e determinada, como a de um avô, do presidente daqueles tempos de guerra, Franklin Delano Roosevelt.

As vitrines das livrarias anunciavam títulos como *The Officer's Guide* e *So Your Husband's Gone to War!* [O Guia do Oficial e Então o seu Marido Foi para a Guerra!] As lojas de departamentos ofereciam uma variedade de equipamentos de emergência, de cortinas de blecaute a máscaras de gás do Mickey Mouse para crianças.

Michele estremeceu. *Que tempo assustador para se viver*, pensou. Os nova-iorquinos que caminhavam apressados pelas calçadas vestiam todos as mesmas roupas simples de algodão, nada como os vestidos de gala e os *smokings* de 1910 ou os deslumbrantes vestidos das melindrosas dos anos 1920. Michele via, naquelas faces, a mesma expressão nervosa, embora determinada.

Sam estacionou no Cemitério e Mausoléu da Igreja da Trindade, cercado por olmos, carvalhos e gramados extensos, dando vista para o rio Hudson. Michele foi atrás quando se dirigiram para um grupo de pessoas reunidas junto a um buraco na terra, onde o caixão estava sendo baixado. Postou-se um pouco para trás de Clara, Sam e Walter, pensando em como era surreal e maluco, não só que ela estivesse de volta à década de 1940, mas perto do avô com quem moraria em 2010. E ele não fazia a menor ideia de que sua futura neta estava ali entre eles.

— Mamãe! — gritou Walter de repente, acenando.

— Oi, querido! — arrulhou uma voz familiar.

— Lily — sussurrou Michele, quase arrebatada pela emoção de estar ali com todos eles.

Lily era agora uma mulher de seus trinta e poucos anos e ainda tinha um glamour deslumbrante, mesmo com as roupas negras de luto. Já não usava o penteado curto dos anos 1920, e o cabelo agora caía todo ondulado à altura dos ombros, sob um chapéu de abas largas. Uma garota mais ou menos da mesma idade de Michele estava com ela, vestida com uma blusa preta de babados, uma saia justa combinando, meias brancas e sapato bicolor. Os cabelos pretos ondulados e os olhos castanho-claros pareciam familiares a Michele, que percebeu se tratar de Stella, a garota do retrato de sua sala de estar. *Ela deve ser filha de Clara!*

Quando Lily e Stella vieram para junto da família, Stella de repente estacou. Seu olhar encontrou o de Michele. *Ela pode me ver*, percebeu Michele, confusa. *Mas por que ela? Por que não os outros?*

Lily apertou Walter num abraço, e Clara e Sam fizeram sinal para que Stella se juntasse a eles, mas ela não se mexeu.

— Quem é esta? — exclamou. — A garota atrás de vocês. Essa de calças rasgadas.

Michele olhou para baixo. *Ah, é.* Usava jeans da Abercrombie com rasgões estratégicos.

Lily ergueu o olhar rapidamente ao ouvir as palavras de Stella, e os olhos de Clara percorreram a área. Por um momento, os olhos de ambas se encontraram, mas desviaram-se depressa. E Michele soube: *as duas estão procurando por mim!*

— Docinho, não há ninguém assim por aqui — disse Sam.

Stella olhou para os pais sem poder acreditar, apontando para Michele.

— Mas ela está bem ali!

— Não estamos vendo ninguém, querida — disse Clara com um gesto de desculpas.

A cor sumiu do rosto de Stella enquanto olhava de Michele para os pais, claramente chocada por não poderem vê-la. Forçou uma risada, tentando disfarçar o pânico.

— Não tem importância, então — disse ela, tremendo. — É que estou com fome e devo ter ficado um pouco zonza. Por isso pensei ter visto alguém.

— Vamos almoçar logo depois da cerimônia — garantiu-lhe Sam. — Venha aqui ficar conosco.

Stella obedeceu, mas postou-se o mais longe possível de Michele, lançando-lhe olhares assustados de tempos em tempos.

— Está tudo bem. Não vou te machucar. Eu posso explicar — disse-lhe Michele, tentando tranquilizá-la. Mas Stella de imediato virou o rosto, fingindo não ter ouvido.

Naquele momento, o sacerdote chegou. À medida que a cerimônia prosseguia, a mente de Michele vagueou. Ficou imaginando onde estaria Philip agora. Estaria bem? Estaria em Nova York? Quando conseguiria descobrir o que havia acontecido com ele?

— Meu tio Irving era um homem que não pertencia a seu tempo. — Michele ergueu a cabeça num gesto brusco ao ouvir aquilo. Um homem loiro de meia-idade falava, relanceando os olhos pelas fichas de notas que tinha nas mãos. — Todos sabemos que era um advogado brilhante. Também sabemos que era brilhantemente excêntrico. — Uma risada percorreu a multidão. — Meu tio tinha uma obsessão com o tempo... Tempo, com maiúscula, como o chamava. Ele acreditava no futuro. Era onde dizia ser seu lugar, onde dizia ter encontrado o amor. Era parte da sua excentricidade criativa, sim. Mas a paixão do tio Irving pelo futuro me consola, pois sei que é onde ele está agora: no Céu do seu Futuro.

Com um sorriso, o homem loiro recuou, e as pessoas aplaudiram, murmurando em concordância.

Michele sentiu o coração bater forte no peito. Sua mente corria, confirmando a resposta que parecera inacreditável demais para ser real. Ela desabou na terra, incapaz de ouvir o resto da cerimônia, com as palavras do sobrinho de Irving ecoando nos seus ouvidos. *Ele acreditava no futuro. Era onde dizia ser seu lugar, onde dizia ter encontrado o amor.*

Por que Irving Henry tinha sido capaz de vê-la? Por que tinha olhado tão fixamente para a chave ao redor do pescoço dela? Por que a havia encarado como se tivesse visto um fantasma? Por que o rosto dele parecia vagamente familiar a ela?

Porque ele é meu pai.

Michele envolveu os joelhos com os braços, sentindo todo o corpo estremecer, as lágrimas enchendo seus olhos. O jovem por quem Marion se apaixonara, que atendia pelo nome de Henry Irving, que parecia tão diferente dos outros rapazes da década de 1990, não era outro senão o homem que agora estava sendo enterrado. Isso queria dizer que ela era filha de um pai do século XIX e uma mãe do século XX. Era inacreditável. *Mas, de qualquer forma... será que isto é mais impossível do que eu estar bem aqui neste momento?*

18

Atordoada, Michele seguiu os Windsor de volta ao carro depois que a cerimônia terminou. Sua cabeça ainda girava a mil com a descoberta. Stella a viu entrando no carro e anunciou que voltaria para casa com tia Lily. Sam chegou à Mansão Windsor antes de Lily, e Michele aproveitou a oportunidade para subir as escadas e ir ao seu quarto, ou, antes, ao quarto de Stella. Não via a hora de voltar ao próprio tempo.

Quando abriu a porta do aposento, seus olhos perceberam todas as mudanças. O estilo *art déco* do quarto de Lily tinha dado lugar a uma aparência alegre e *kitsch* dos anos 1940. Um telefone vermelho-vivo, de disco, estava sobre a escrivaninha, e, colocada em lugar de honra, uma grande mesa sustentava um rádio e um fonógrafo. Os pôsteres na parede eram de Frank Sinatra, Judy Garland e da Banda Glenn Miller, da Força Aérea do Exército. Fotos de Stella com um sujeito alto e atraente, em uniforme do exército, estavam espalhadas pelo quarto. O calendário na escrivaninha mostrava o mês de maio de 1944.

Michele deixou-se cair na cadeira diante da escrivaninha e estava a ponto de pegar a chave quando ouviu uma exclamação abafada. Ergueu os olhos e viu Stella na porta, trêmula de medo.

— O que você quer? — perguntou ela, a voz esganiçada. — Por que está me seguindo?

— Não estou seguindo! Não vou te fazer mal, não se preocupe.

Será que conto quem sou de verdade?, pensou Michele. *Então posso lhe dar a boa notícia de que os Estados Unidos vão vencer a guerra.* Mas, quando estava para abrir a boca, ouviu um alerta em sua mente. *E se o fato de ela saber disso de antemão mudasse o desfecho da guerra? E se o elemento que dera a vitória aos Estados Unidos tivesse sido a atenção obsessiva à guerra, a fixação, mesmo na frente doméstica, em fazer todo o possível para vencer?*

— Você é um fantasma, não é? — sussurrou Stella. — Um fantasma do cemitério.

O álibi do fantasma havia funcionado com Clara e Lily, mas Michele percebeu que a ideia de ter sido seguida até sua casa por um fantasma de cemitério não seria nada confortável para Stella.

— Não — ela se apressou em responder. — Eu sou... alguém que só você pode ver. Mas sou do bem. Você não tem nada a temer.

Stella olhou para Michele.

— Quer dizer... quer dizer que você só está na minha cabeça? Como um... um amigo imaginário?

— Não, eu sou real — assegurou Michele, receosa de que Stella entrasse em pânico achando que estava ficando maluca. — É só que você é a única que pode me ver ou me ouvir.

— Por que eu?

— Bom, porque...porque é preciso que nós conheçamos uma à outra — improvisou Michele.

Stella a estudou, assimilando aquilo. Fechou os olhos com força quando um pensamento lhe ocorreu.

— Está aqui por causa do Jack? Aconteceu algo com ele?

— Quem?

— Jack Rosen. Meu noivo — respondeu ela, nervosa, mordiscando a unha. — Ele está lutando na guerra e faz semanas que não manda notícias. Não é do feitio dele...

— Seu noivo? Que idade você tem? — Michele estava surpresa.

— Dezessete.

— Uau. Você é nova demais para se casar — observou Michele.

— Todo mundo se casa cedo hoje em dia. Não sabemos quanto tempo resta aos namorados — Stella murmurou. — Mas ele vai sair de licença no mês que vem, e estamos planejando nos casar. Não vai ser uma daquelas festas enormes, típicas dos casamentos dos Windsor, pois não temos rações suficientes para uma recepção ou condições para um belo vestido de casamento. Mas não me importo. Vai ser um casamento de conto de fadas pelo simples fato de nos casarmos e ele estar em casa a salvo.

Michele sorriu para ela.

— Tenho certeza de que vai ser ótimo.

De repente, soou o uivo terrível e potente de uma sirene. Michele se assustou, mas Stella não pareceu surpresa.

— Que é isso? — exclamou Michele.

— Exercício de blecaute de ataque aéreo — respondeu Stella bruscamente, correndo para fora do quarto.

Michele desceu as escadas atrás dela até o Saguão Principal. Clara, Sam, Lily e Walter logo se juntaram a elas, junto com dois empregados, e todos carregavam velas. Michele viu, surpresa, quando Sam apertou um botão e toda a casa submergiu em escuridão. Todas as luzes se apagaram, e pesadas cortinas negras tamparam as janelas, cobrindo o menor raio de luz. Depois, saíram correndo pela porta da frente, seguidos por Michele. Atrás da casa havia um pequeno barracão que Michele nunca tinha visto antes. Uma vez lá dentro, percebeu que era um abrigo antiaéreo. As paredes eram protegidas por sacos de areia, e havia um beliche no espaço apertado, além de uma estante com comida e material de primeiros socorros. Michele estremeceu e sentou-se apoiada nos sacos de areia, abraçando os joelhos de encontro ao peito. Sabia que era só um exercício, mas mesmo assim era assustador. O pequeno Walter se enrodilhou na cama inferior do beliche, Lily embalando-o em seus braços, enquanto Stella subia para o leito de cima. Clara e Sam estavam junto aos sacos de areia, perto da invisível Michele, com os empregados do outro lado, de frente para eles. Fizeram-se alguns minutos de silêncio, enquanto esperavam pelo fim do alerta, e depois Lily pigarreou.

— Stella e eu passamos algumas horas na Cruz Vermelha hoje de manhã, preparando pacotes para os soldados. Incluímos sua carta e seu presente no pacote para Charles.

— Logo nosso filho vai estar a salvo e em casa — disse Sam, confiante, e olhou para Stella. — E Jack também.

A sirene soou de novo, e Michele tampou os ouvidos. Era um barulho horrível. Enquanto os outros pegavam suas velas e se preparavam para sair do abrigo, Michele fechou os olhos, pensando em 2010, e implorou em silêncio para que o Tempo a levasse para casa.

E então lá estava ela, de pé no gramado dos fundos da Mansão Windsor, onde, no passado, se erguera o abrigo antiaéreo.

Tremendo no ar frio da noite, Michele correu até a porta da frente. Mas, ao virar a maçaneta, viu, horrorizada, que sua mão estava nua — o anel de Philip tinha desaparecido! Ele devia ter caído enquanto corriam para o abrigo. Ela olhou para a mão, arrasada. Como poderia ter perdido algo tão importante?

Na manhã seguinte, um grito de angústia despertou Michele. Ela pulou da cama, aterrorizada. Foi então que viu que não estava no seu quarto, mas no de Stella. Correu até o calendário da escrivaninha e viu que era 7 de junho de 1944. Por um instante, ficou paralisada de surpresa. Nunca antes havia voltado no tempo enquanto dormia. O que estava acontecendo?

O grito se transformou num uivo. Michele correu para fora do quarto e pelas escadas abaixo, rezando o tempo todo para que não houvesse nenhum problema sério demais, e que todos estivessem bem. Mas encontrou Stella caída no chão, repetindo e repetindo o nome de Jack. Um oficial do exército estava de pé à porta, o rosto abatido. Clara, Sam e Lily se aglomeravam ao redor de Stella, o rosto contorcido pelo sofrimento enquanto tentavam consolá-la. O pequeno Walter estava atrás deles, de pijama, a face congelada e o corpinho trêmulo.

Michele assistia horrorizada à cena, o coração na garganta. Stella deixou cair o telegrama, e Michele leu a terrível frase inicial: *Lamentamos informar que o soldado Rosen foi morto em ação.*

De repente, Michele sentiu-se furiosa como jamais se sentira na vida. Qual era o sentido de amar, quando as pessoas que você amava eram tiradas de você? Por que o amor existia, quando a Morte e o Tempo estavam sempre de prontidão para atacar?

Fechou os olhos com força, e os rostos de Marion e Philip encheram sua visão. *Por que devemos passar tanto tempo da vida sentindo a falta das pessoas, em vez de estar com elas?*, perguntou-se. Seus olhos estavam marejados de lágrimas quando ela se aproximou de Stella e a envolveu num abraço.

Pelo resto do dia, a família Windsor ficou concentrada no estúdio, movendo-se ao redor de Stella. Michele estava sentada ao seu lado, segurando-lhe a mão de forma protetora. Clara sentava-se do outro lado, afagando o cabelo da filha. Lily, na cadeira de balanço ao lado do sofá, tinha Walter no colo. Stella não conseguia falar, mas os demais falavam de Jack com orgulho. Houve muita emoção quando chegou um telegrama do próprio presidente Roosevelt relatando que Jack havia morrido em combate enquanto lutava contra os nazistas na Normandia, no dia anterior. O presidente concederia a Jack uma medalha póstuma de honra.

Sam leu em voz alta os artigos de jornal, louvando o sucesso do Dia D e afirmando que ele assinalava o começo do fim para a Alemanha nazista.

— Seu noivo morreu por este país, Stella, e a missão dele foi um sucesso — disse Sam com convicção. — Não há um modo mais nobre de partir.

Stella acenou de leve com a cabeça, o rosto ainda inexpressivo, chocado.

De repente, os sons de uma parada distante foram ouvidos: trompetes soando, pessoas gritando e assoviando, pés batendo no chão.

Michele olhou com ansiedade para Stella. Quando a parada se aproximou, descendo a Quinta Avenida, a música se tornou alta e clara:

Over there, over there, [Por lá, por lá,]
Send the word, send the word, over there, [Espalhe a notícia, espalhe a notícia, por lá,]
That the Yanks are coming, the Yanks are coming, [Que os ianques estão chegando, os ianques estão chegando,]
The drums drum-drumming everywhere... [Os tambores soam, soam por toda parte...]

Stella ergueu-se devagar e foi até a varanda da frente, os outros seguindo logo atrás. Ficou na balaustrada, olhando em silêncio. Quando a parada se aproximou da Mansão Windsor, com as estrelas azul e dourada penduradas nas janelas, ela parou e dirigiu o resto da música para a família postada ali.

So prepare, say a prayer, [Então prepare-se, faça suas preces,]
Send the word, send the word, to beware [Espalhe a notícia, espalhe a notícia, para alertar]

We'll be over, we're coming over, [Chegaremos, estamos chegando,]
And we won't came back till it's over, over there! [E não voltaremos até ter terminado, terminado por lá!]

Michele viu quando Stella, as lágrimas transbordando dos olhos, começou a mover a boca acompanhando a música, reunindo forças para um sorriso corajoso à multidão na parada. Stella olhou para as pessoas, vendo os cartazes que diziam VIVA O DIA D!, que ostentavam também estrelas azuis e douradas.

— Estou...estou tão orgulhosa dele — balbuciou Stella, e caiu aos prantos nos braços de Clara.

Enquanto via a cena patriótica dentro e fora da Mansão Windsor, Michele sentiu orgulho em ser estadunidense. Fora o sonho de um mundo melhor e o espírito de sobrevivência na hora da crise, que fizeram Jack e milhares de outros jovenzinhos arriscarem a vida pelo país e pelos aliados. Esse mesmo espírito fez Stella exclamar de repente:

— Quero terminar a missão de Jack.

— O que quer dizer, querida?

— Quero fazer algo importante para ajudar — ela disse, andando de um lado para o outro no estúdio. — Temos que vencer esta guerra. É a única forma de Jack não ter morrido em vão.

Depois de alguns minutos, Lily falou:

— Que tal um levantamento de fundos, ou uma campanha? Sempre há necessidade de vender mais bônus de guerra e coletar borracha e metais para o exército.

— É isso! Um concerto para levantar fundos. Com você como atração principal! — exclamou Stella. — Em vez de ingressos, as pessoas teriam que comprar bônus e doar material para o exército.

Enquanto discutiam a ideia, Michele ficou olhando Stella, admirada. *Não fui mandada aqui para ajudá-la, mas para aprender com ela. Perdi minha mãe e Philip, mas preciso ter coragem, como Stella, como todos os homens e mulheres que perdem as pessoas amadas, mas seguem em frente com a própria vida.*

Michele de repente foi inundada com o orgulho de ser uma Windsor. As mulheres da família Windsor haviam passado por tragédias e sofrimento, mas sempre tinham mantido a cabeça erguida e seguido em frente, sem perder a esperança. Eram as mulheres mais fortes, mais inspiradoras que ela já conhecera, e sentia-se estimulada por elas, motivada a seguir seu exemplo.

Ela puxou Stella de lado.

— Sei que Jack está orgulhoso de você neste momento — ela disse. — E eu também tenho orgulho simplesmente por conhecê-la.

— Obrigada — sussurrou Stella.

A campainha tocou e, um instante depois, um grupo de colegas de classe de Stella entrou apressado, o semblante cheio de dor enquanto avançavam para abraçar a amiga. Michele foi até a escada, sentindo que era hora de retornar. Mas, antes de conseguir chegar ao terceiro andar, sentiu o Tempo empurrando-a para a frente, e agarrou-se ao corrimão no momento exato em que era lançada no ar...

Ela aterrissou no mezanino, ainda agarrada ao corrimão com toda a força. Pela porta de vidro, podia ver Walter no escritório, escrevendo à sua escrivaninha. Ele tinha a cabeça baixa e não viu Michele. Enquanto observava o avô de cabelos grisalhos, tudo que podia ver era o garotinho que ele havia sido, o corpo pequenino e trêmulo, o rosto aterrorizado ante o horror da guerra. Sentiu uma onda repentina de afeição por ele, e também tristeza. Começava a perceber como havia sido trágico que Marion e seus pais nunca tivessem reatado o relacionamento.

Lembrou-se da cerimônia do funeral de Irving Henry e estremeceu. Então Walter tinha visto seu enterro quase cinquenta anos antes de o relacionamento de Henry com Marion começar. Como poderia ser possível? Perguntou-se o que os avós saberiam sobre ele, o quanto saberiam. Mas, ao olhar para dentro do escritório de Walter, percebeu que ainda não estava pronta para perguntar.

Na tarde seguinte, Michele entrou devagar na biblioteca, procurando o velho álbum de fotos. Precisava ver de novo a foto de Irving Henry. *Meu pai,* ela se lembrou. Ainda não parecia real.

Abrindo o álbum, viu uma inscrição na primeira folha: *Feliz aniversário, mamãe e papai! Espero que desfrutem estas fotos tanto quanto eu. Com amor, de Stella, 1940.* No momento em que se deu conta de que fora Stella quem montara o fatídico álbum de fotos, sentiu a coreografia do Tempo assumir o controle, mandando-a de volta ao passado...

— Ah, é você!

Michele deu um pulo de surpresa. Stella estava diante dela, usando um vestido de noite escuro, bolsa em punho, e parecendo pronta para sair de casa.

— Você voltou — exclamou Stella, arregalando os olhos.

— É, acho que sim — respondeu Michele, olhando ao redor. — Como você está? Tudo bem?

— Sim. Na verdade, estamos saindo para o concerto de levantamento de fundos que tia Lily e eu organizamos. Gostaria de assistir?

— É claro que sim! — Michele seguiu Stella para fora, onde Clara e Sam esperavam por ela no carro dele, ambos em trajes formais de noite.

Quando o carro entrou na Times Square, Michele notou que os famosos letreiros brilhantes e coloridos estavam muito menos iluminados, fazendo o lugar parecer um fantasma de si mesmo. Mas as ruas estavam lotadas, e eles se viram presos num congestionamento de carros e táxis.

— Este é o maior movimento que já vi numa rua de Nova York desde o início do racionamento de combustível e energia — comentou Sam. Ele olhou para Stella pelo retrovisor. — Estão todos vindo por sua causa, docinho.

— Estão vindo por causa de Lily e para apoiar o esforço de guerra — corrigiu-o a garota, ainda assim com expressão de orgulho.

Quando caminhavam em direção ao teatro Palace, na Broadway, Michele quase ficou sem fôlego com a cena que tinha diante de si. Do lado de fora do teatro, havia uma longa fila de gente entregando sacolas de preciosos materiais de guerra — borracha, folha de lata, papel, náilon e seda — a dois voluntários, postados diante de enormes caixas em que estava escrito COLETA DE MATERIAL PARA A VITÓRIA. Sam carregava sua própria sacola de material, e Michele seguiu a família para a fila. Depois de fazer sua doação, eles entraram no saguão, onde havia duas mesas com voluntários vendendo bônus de guerra. Tendo comprado três bônus, que serviam de ingresso, foram até seus lugares reservados bem próximos ao palco.

E que espetáculo foi aquele! Michele ficou de pé no corredor, ao lado da poltrona de Stella, assistindo deslumbrada enquanto Lily fazia o papel de apresentadora do Concerto V de Vitória, repleto de estrelas. O show começou com Lily dirigindo um coro de soldados numa emocionante execução de *Over There* [Por lá]. Então The Andrews Sisters, o trio harmônico famoso na época, cantou seu sucesso *Boogie Woogie Bugle Boy*, enquanto a plateia ficava de pé e dançava. Louis Armstrong entrou no palco sob uma intensa ovação, e ele e Lily apresentaram a balada nostálgica *The White Cliffs of Dover* [Os Penhascos Brancos de Dover], que simbolizava a esperança otimista da Inglaterra de um retorno à paz. Lily, Louis e The Andrews Sisters cantaram várias outras canções patrióticas, de *Remember Pearl Harbor* [Lembre-se de Pearl Harbor] a *Praise the Lord and Pass the Ammunition!* [Louve o Senhor e Passe a Munição]. Quando estavam chegando ao final do espetáculo, Lily pegou o microfone e anunciou:

— Esta última música é dedicada ao corajoso noivo da minha sobrinha Stella, o soldado Jack Rosen, que morreu lutando por nosso país no Dia D. Ele é um herói, e sua ausência será muito sentida.

A plateia irrompeu em aplausos e vivas para Jack, e, quando Michele se virou para Stella, viu que os olhos dela estavam marejados de lágrimas. Michele apertou-lhe a mão.

— Tenho um convidado especial para esta música — prosseguiu Lily. — Peço a todos que deem as boas-vindas a Phoenix Warren.

A plateia mais uma vez explodiu em vivas e assovios, e Michele se inclinou para a frente, ansiosa para vislumbrar o afamado artista cuja composição inspirara seu nome.

Ele subiu ao palco em meio a uma estrondosa onda de aplausos, e os olhos de Michele se cravaram no artista. Lá estava ele, alto e orgulhoso em seu terno azul-marinho adornado com um broche V de Vitória, e, mesmo com o cabelo grisalho, era o tipo de homem que parece bonitão e charmoso na meia-idade. Quando ele sorriu para a plateia, Michele sentiu uma pontada de familiaridade. Onde tinha visto aquele sorriso antes? Phoenix dirigiu-se decidido ao piano, e foi então que Michele percebeu os olhos de um azul profundo. Por um momento, não pôde respirar. Phoenix Warren era, na verdade, Philip Walker!

Enquanto a cabeça de Michele rodava, Lily começou a cantar, acompanhando-o, a música de ambos ecoando pelo teatro em bela harmonia.

I'll be seeing you [Verei você]
In all the old familiar places [Em todos aqueles lugares já tão conhecidos]
That this heart of mine embraces [Que este meu coração abraça]
All day through. [Ao longo do dia inteiro.]
In that small café [Naquele pequeno café]
The park across the way [No parque do outro lado da rua]

The children's carousel [No carrossel das crianças]
The chestnut tree, the wishing well... [Na castanheira, no poço dos desejos...]

Enquanto Michele olhava inebriada para Philip e Lily em cima do palco, ela se deu conta de como aquela letra era verdadeira. *Talvez nenhuma dessas pessoas esteja viva no meu tempo — mas ainda assim posso vê-las, posso encontrá-las.* Se as viagens no tempo haviam lhe mostrado algo, era que 2010 não era o único tempo presente. *Os outros tempos estão todos à nossa volta, e os espíritos daqueles que amamos e perdemos estão todos ao nosso redor. Só precisamos ser capazes de vê-los e senti-los.*

Ela desceu apressada pelo corredor até a beirada do palco, mas os olhos de Philip estavam fechados, como sempre quando tocava.

I'll find you in the morning sun [Encontrarei você no sol da manhã]
And when the night is new [E quando a noite ainda for jovem]
I'll be looking at the moon, [Estarei olhando para a lua,]
But I'll be seeing you. [Mas é você que verei.]

Philip abriu os olhos. O rosto dele foi tomado pelo assombro quando a viu ali, e então aqueles olhos tão belos encheram-se de lágrimas.

Enquanto Lily e Philip agradeciam, Michele subiu pela lateral do palco e esperou por ele nas coxias. Depois de uma breve reverência, ele correu palco afora e agarrou a mão dela, levando-a para um corredor vazio nos bastidores. Estavam juntos, por fim, mas, enquanto estavam ali, de frente um para o outro, ficou claro que havia algo diferente agora. Philip havia amadurecido.

— Então você é... Phoenix Warren — balbuciou Michele. — Acredita que meu nome é uma homenagem à sua música?

— Michele — disse Philip baixinho. — Eu a escrevi para você.

Michele passou os braços ao redor dele, e eles trocaram um longo abraço. Algo ainda estava diferente, porém. Ela o havia visto pela última vez quando eram ambos adolescentes e namorados. Mas a passagem do tempo havia deixado nele sua marca, e agora só podiam ser amigos. Amigos que haviam, para sempre e de modo irrevogável, mudado a vida um do outro.

Quando se separaram, Michele falou:

— Então você manteve a promessa que me fez. Eu tinha pensado... Bom, eu não sabia o que tinha acontecido com você.

— Quando li no jornal, em 1927, que meu tio e mamãe achavam que eu havia morrido, percebi... Talvez fosse um equívoco divino — disse Philip. — Eles tinham decidido que nenhum herdeiro Walker seria um artista e fizeram de tudo para arruinar minha carreira e minha vida, até mesmo a distância, quando eu estava em Londres. Então, percebi que havia perdido tudo que me importava, exceto a música. E decidi que Philip James Walker não existiria mais, e eu renasceria como alguém novo. Da mesma forma que a fênix renasce das cinzas.

— Uau. — Michele apertou a mão dele. — Você não faz ideia de como estou feliz em saber que você está bem, mais do que bem... Que está vivendo seu sonho.

Philip sorriu.

— Tinha que ser assim. Não podia quebrar minha promessa a você. E agora, você vai me fazer a mesma promessa? De sempre seguir adiante com sua vida, persistir com sua escrita e ter uma família?

— Achei que você tinha prometido que voltaria para mim. — Michele não conseguiu evitar dizer isso, enquanto lágrimas brotavam nos seus olhos.

Philip enxugou com carinho uma lágrima dela.

— E vou — ele respondeu. — De algum modo. Talvez não do jeito que você espera.

Antes que Michele tivesse a oportunidade de perguntar o que ele queria dizer com aquilo, ela ouviu sons de passos nos bastidores. Virou-se e notou uma mulher bem-vestida, de seus 40 anos, de cabelos loiro-avermelhados e olhos castanho-claros.

— Querido, você estava maravilhoso! — a mulher exclamou, correndo para junto de Philip e envolvendo-lhe o pescoço com os braços possessivamente. Michele recuou como se tivesse levado um soco no estômago.

Philip virou-se para lançar a Michele um olhar de desculpas. Ela balançou a cabeça e disse em meio às lágrimas:

— Está tudo bem. Estou feliz por você não estar sozinho. — Depois, correu para o palco e desceu a escada para a plateia, e lá estava Stella, procurando por alguém.

— Aí está você — disse ela ao avistar Michele. — Você está bem? Por que está chorando?

Seja corajosa como Stella, Michele lembrou a si mesma.

— Estou bem. Parabéns, Stella, você fez algo maravilhoso esta noite.

Stella lhe deu um sorriso.

— Obrigada. Eu só queria que Jack tivesse visto isto.

— Sei que ele viu — garantiu Michele.

Stella pegou a mão dela.

— Venha. Estamos indo para casa.

Enquanto voltavam para a Mansão Windsor, de algum modo Michele sabia, instintivamente, que voltava para casa, para seu próprio tempo, e desta vez para ficar. De fato, ao descer do carro em 1940, viu-se sozinha de repente. Virou-se para ver onde estavam Stella e seus pais, mas eles tinham desaparecido, junto com o veículo. Estava de volta a 2010.

19

Naquela noite, Michele sonhou com a mãe.

Michele subia para o andar de cima, sorrindo de felicidade. Parou, chocada, ao ter aquela visão no alto da escada. Marion, cercada por um brilho branco enevoado.

— Mamãe! — gritou ela, correndo para os braços estendidos da mãe.

— Você se saiu muito bem, querida — disse Marion, esboçando um largo sorriso para a filha.

— Mamãe, é tão bom te ver. — Ela enterrou o rosto no ombro de Marion, inspirando o cheiro familiar e reconfortante da mãe. Olhou para cima, empolgada. — Pensei numa coisa... Voltando no tempo, fui capaz de mudar a história. Vou descobrir um jeito de voltar para aquele dia e salvar você!

Marion fez que não com a cabeça.

— Não, meu amor, você não pode. Era minha hora de ir. Quando sua hora chega, não há nada que nenhum de nós possa fazer para mudar.

Michele baixou os olhos, de onde agora lágrimas transbordavam.

— Mas por quê? Por que era sua hora? Como pode ser, se era tão jovem? Eu precisava tanto de você.

Marion segurou o rosto de Michele entre as mãos.

— Mas sempre estarei aqui com você, assim como Philip. Eu já cumpri meu propósito na Terra.

— E qual era ele? — perguntou Michele, enxugando os olhos.

— Trazer você ao mundo, é claro. Porque você é uma jovem com potencial para mudar o mundo. — Ela envolveu a filha com os braços, e ambas trocaram um abraço apertado e repleto de lágrimas.

— Mamãe, descobri a verdade sobre ele — disse Michele. — Meu pai.

Marion abriu um sorriso triste.

— Eu sei. É uma surpresa tão grande... mas ainda assim faz sentido. Explica muita coisa.

— Você viu ele? — perguntou Michele, ofegante. — Quer dizer, agora que vocês dois estão...

Marion balançou a cabeça, os olhos pesarosos.

— Não. E tenho a sensação de que ele não deixou a Terra, não de verdade. Ele ainda está viajando, ainda está procurando por... algo.

— Eu vou encontrá-lo — declarou Michele, o coração acelerando de ansiedade. — Não sei quando nem como, mas sei que vou encontrá-lo. Por nós duas.

Marion concordou com a cabeça, afagando o cabelo da filha e sorrindo.

— Preciso ir agora, minha doce Michele — ela sussurrou. — Saiba que te amo para sempre.

— Eu também te amo, mamãe. Para sempre — Michele respondeu.

— A gente se vê — disse Marion com um sorriso, pouco antes de desaparecer.

Na manhã seguinte, Michele subiu os degraus da entrada da escola com passos leves. Pela primeira vez desde sua chegada a Nova York, estava pronta para viver — viver de verdade — no seu próprio tempo de novo. Enfim sentia-se pronta para se render ao presente.

Quando vasculhava a bolsa em busca do dever de casa, ouviu o som de um aluno atrasado entrando na sala justamente quando o último sinal soou.

— Pessoal, temos outro aluno que foi transferido — anunciou o sr. Lewis. — Turma, este é Philip Walker.

Michele ergueu a cabeça de supetão, chocada.

Ah... meu... Deus.

Estava atônita demais para mexer um músculo sequer quando seu olhar se encontrou com a cópia exata de Philip Walker quando jovem. Michele percebeu que tinha sido ele que ela vira na administração da escola aquele dia; era ele quem ela havia pensado ser Philip.

O aluno novo continuou olhando para ela com aqueles olhos intensos cor de safira, mesmo enquanto o professor lhe entregava uma pasta com o material de aula. Quando ele estendeu a mão para pegar a pasta, Michele o viu em seu dedo: o anel de sinete de ouro que Philip lhe dera. O mesmo que ela havia perdido.

Michele sorriu para ele, assombrada, e as palavras de Philip ecoaram nos seus ouvidos: *Aconteça o que acontecer, vou encontrar um jeito de voltar para você. Prometo.*

CONTINUA...

NOTA DA AUTORA

A história de *Muito Além do Tempo* é ficção, mas o mundo em que os personagens vivem é baseado na realidade. Uma das maiores alegrias para mim, ao escrever este livro, foi pesquisar as épocas que Michele visita. Quando me lancei ao estudo dos anos da Nova York dos velhos tempos, dos alucinantes anos 1920, além do período que envolve a Segunda Guerra Mundial, senti quase como se tivesse estado lá, graças aos incríveis recursos de que dispunha.

NOVA YORK

Considero Nova York o principal elemento de *Muito Além do Tempo,* pois ela é tanto a espinha dorsal da história quanto um personagem complexo e sempre em mutação. Minha maior ferramenta para pesquisar a história desta cidade incrível foi apenas passar algum tempo por lá, andar pelas ruas como tantos antes de mim andaram e visitar os marcos da cidade que são tributos vivos a eras passadas. Se você também é fascinado pela história de Nova York, recomendo enfaticamente uma visita à Sociedade Histórica de Nova York e ao Museu da Cidade de Nova York. Além do mais, A Big Onion Walking Tours oferece caminhadas turísticas em muitas áreas da cidade. Fiz a visita histórica do Central Park, oferecida pela Big Onion, o que foi muito útil quando precisei descrever o parque como era em 1910.

Abaixo estão alguns dos materiais que usei na minha pesquisa.

At the Plaza: An Illustrated History of the World's Most Famous Hotel, de Curtis Gathje; *Central Park,* de Edward J. Levine; *Inside the Plaza: An Intimate Portrayal of the Ultimate Hotel,* de Ward Morehouse III; *Gotham Comes of Age: New York Through the Lens of the Byron Company, 1892-1942,* de Peter Simmons; *On Fifth Avenue: Highlights of Architecture and Cultural History,* de Charles J. Ziga e Robin Langley Sommer; *The New Amsterdam: The Biography of a Broadway Theater,* de Mary C. Henderson; o site do movimento para a Proteção do Distrito de Ladies' Mile, disponível em: <www.preserve2.org/ladiesmile/>; o site oficial do Central Park, disponível em: <www.centralpark.com>; e a ótima série da Public Broadcasting Service (PBS): *New York: A Documentary Film,* dirigida por Ric Burns.

A MANSÃO WINDSOR

Graças à incrível Sociedade de Preservação do Condado de Newport, podemos saber como os Quatrocentos de Nova York viviam durante os velhos tempos. Enquanto as mansões da Quinta Avenida da velha Nova York infelizmente foram todas destruídas ou convertidas em prédios de escritórios, hotéis ou edifícios de apartamentos, as casas espetaculares de propriedade dessas mesmas famílias nova-iorquinas (os Astor e os Vanderbilt, por exemplo) estão totalmente preservadas em Newport, Rhode Island. De fato, a viagem da turma de Michele para visitar as mansões de Newport foi baseada numa visita que fiz enquanto pesquisava. Hospedei-me inclusive no mesmo lugar que Michele e os colegas, o hotel Viking.

Recomendo enfaticamente visitar a bela Newport e fazer um *tour* por essas casas, que são diferentes de qualquer coisa que você possa encontrar em qualquer outro lugar do país.

A Mansão Windsor é baseada em duas diferentes mansões dos Vanderbilt em Newport: a Marble House, de Alba Vanderbilt, e The

Breakers, de Alice Vanderbilt (em geral, as casas eram atribuídas à esposa da família, pois à época eram elas que dominavam a sociedade e a casa). Tanto Marble House quanto The Breakers foram projetadas pelo mais renomado arquiteto do final do século XIX, Richard Morris Hunt. Se você decidir visitar Newport, pare em The Breakers para ver a inspiração para o Saguão Principal da Mansão Windsor, e visite Marble House para ver como era a fachada imponente da Mansão Windsor. Se não tiver a possibilidade de ir a Newport, a Sociedade de Preservação do Condado de Newport (disponível em: <www.newportmansions.org>) vende livros com fotos e descrições maravilhosas das casas, bem como um DVD que leva você pelo interior delas. Os DVDs da série *America's Castles,* da A&E, também incluem um episódio excelente sobre as mansões de Newport e as famílias a que pertenciam.

Outros livros que me ajudaram a construir a Mansão Windsor incluem *Gilded Mansions: Grand Architecture and High Society,* de Wayne Craven, e *Great Houses of New York: 1880-1930,* de Michael C. Kathrens.

OS QUATROCENTOS DOS TEMPOS DA VELHA NOVA YORK

O livro que mais me ajudou a entender os Quatrocentos de Nova York e o reinado de Caroline Astor (como descrito no Capítulo 4 de *Muito Além do Tempo*) foi *A Season of Splendor: The Court of Mrs. Astor in Gilded Age New York,* de Greg King. É leitura obrigatória se você tiver algum interesse no assunto. Também recomendo as interessantes e divertidas biografias e autobiografias de membros das famílias dos Quatrocentos, entre elas: *Consuelo and Alva Vanderbilt: The Story of a Daughter and a Mother in the Gilded Age,* de Amanda Mackenzie Stuart; *Fortune's Children: The Fall of the House of Vanderbilt,* de Arthur T. Vanderbilt II; *King Lehr and the Gilded Age,* de Lady Decies; e *Sara and Eleanor: The Story of*

Sara Delano Roosevelt and Her Daughter-in-Law, Eleanor Roosevelt, de Jan Pottker.

Outros livros que consultei incluem *Dawn of the Century: 1900-1910,* parte da série *Our American Century,* da Time-Life, e os romances de Edith Wharton, em especial *The House of Mirth* e *The Custom of the Country.*

A ERA DO JAZZ E OS ALUCINANTES ANOS 1920

A história do *jazz,* e como ele evoluiu do *ragtime* e depois originou o rhythm and blues, é um assunto que me apaixona. Os gênios envolvidos na criação dessa música e as canções fantásticas que escreveram e executaram são, para mim, um dos maiores presentes que a história estadunidense nos deixou. Jazz, a série da PBS, dirigida por Ken Burns, dá uma visão completa dessa música e de suas origens. E apenas ouvindo os gigantes da época, como Bessie Smith, Louis Armstrong, George Gershwin, Duke Ellington, Billie Holiday, Count Basie e Cab Calloway, você vai sentir a atmosfera de renascença do Harlem.

Alguns dos livros que recomendo para ajudá-lo a imergir nos anos 1920 são *Anything Goes: A Biography of the Roaring Twenties,* de Lucy Moore; *The Jazz Age: The '20s,* parte da série *Our American Century,* da Time-Life; e os romances de F. Scott Fitzgerald, em especial *O Grande Gatsby.* Também há filmes fantásticos que trazem esse mundo à vida, em particular *Cotton Club,* de Francis Ford Coppola; *Mrs. Parker and the Vicious Circle,* de Alan Rudolph; e *The Great Ziegfeld* [Ziegfeld, o Criador de Estrelas], de Robert Z. Leonard.

ESTADOS UNIDOS EM GUERRA

Para mim, as partes mais emotivas da elaboração de *Muito Além do Tempo* foram pesquisar sobre a Segunda Guerra Mundial e escrever sobre os acontecimentos envolvendo os Windsor em 1944. Foi ao mesmo tempo uma lição de humildade e uma experiência comovente e inspiradora ler sobre os sacrifícios e a força dos estadunidenses de então. Ao visitar Springwood, a casa de Franklin Delano Roosevelt em Hyde Park, Nova York, senti como se tivesse sido transportada bem para o centro daqueles anos turbulentos. A incrível Biblioteca e Museu Presidencial Franklin D. Roosevelt abriga exposições e artefatos que trazem à vida Roosevelt e os anos da guerra.

Também recomendo os seguintes livros: *Decade of Triumph: The '40s,* outro volume da série *Our American Century,* da Time-Life; *New York in the Forties,* de Andreas Feininger (fotos) e John von Hartz (texto); *Over Here! New York City During World War II,* de Lorraine B. Diehl; e *Summer at Tiffany,* de Marjorie Hart.

Há incontáveis filmes belíssimos que se passam durante a Segunda Guerra Mundial, mas recomendo especialmente a maravilhosa homenagem de John Cromwell à frente doméstica, *Since You Went Away.* Outra escolha excelente é "FDR", da série *American Experience,* da PBS.

TEORIAS DE VIAGENS NO TEMPO

Como Caissie diz a Michele, Albert Einstein acreditava mesmo que a viagem no tempo fosse possível. De fato, ele provou que seria possível viajar para o futuro! Para mais informações sobre esse assunto fascinante, veja a página do site Nova, da PBS, disponível em: <pbs.org/wgbh/nova/time/think.html>.

A maioria dos livros sobre Einstein discute suas teorias sobre o tempo. Dentre vários, recomendo *Einstein 1905: The Standard of Greatness,* de John S. Rigden. Quem sabe, talvez dentro do próximo século, viajantes como Michele irão caminhar entre nós. ☺

Para mais notas e recomendações, visite meu site: <alexandramonir.com>.

AGRADECIMENTOS

Este projeto foi um verdadeiro trabalho de amor, e há muitas pessoas a quem desejo agradecer.

Primeiro, à editora da Delacorte Press, que acreditou em minha história e me deu uma oportunidade única: Stephanie Lane Elliott, sou tão grata a você! Você e Krista Vitola são o time dos sonhos. Muito obrigada às duas por tornarem essa experiência tão maravilhosa.

Ao meu incrível agente, Andy McNicol, da William Morris Endeavor, que me incentivou a escrever *Muito Além do Tempo* quando tive a ideia. Isto não teria acontecido sem você, e lhe agradeço muito!

Obrigada à minha publisher, Beverly Horowitz. É uma honra ser sua autora! E à brilhante editora de texto Jennifer Black, muito obrigada.

Muitos agradecimentos a Brooke e Howard Kaufman, minha equipe de gerenciamento em HK Howard: sou tão agradecida pela orientação e apoio ao longo destes anos. Brooke, obrigada por ser minha irmã mais velha honorária, gerente e grande amiga, tudo junto!

Seth Jaret, sinto-me afortunada por ser representada por você. Obrigada por acreditar em mim desde o início e por me ajudar a me mover nesse ramo.

Michael Bearden, obrigada por trazer toda a sua experiência musical para as músicas de *Muito Além do Tempo*. Trabalhar com você é uma emoção e uma honra!

Charlie Walk, você tem sido um mentor incrível para mim. Obrigada por incentivar minha escrita e por me mandar para William Morris.

Heather Holley e Rob Hoffman, sou grata a vocês por colaborarem comigo nas músicas que abriram tantas oportunidades. Heather, obrigada por sua incrível musicalidade, que sempre faz aflorar o melhor de mim, e também por sua amizade maravilhosa.

Muito obrigada à Biblioteca Pública de Nova York, por me deixar usar a Sala Frederick Lewis Allen para minha escrita e pesquisa.

Obrigada a Chad Michael Ward e Angela Carlino pela linda arte da capa. Neal Preston, obrigada por emprestar sua arte para minha foto de autora.

Agradecimentos especiais a Eric Reid e Laurie Pozmantier, da WME, Chad Christopher, da SMGSB, e todos da Random House que estão envolvidos com *Muito Além do Tempo.*

Quero também agradecer ao meu incrível círculo familiar e de amigos, que sempre torceu por este projeto. Primeiramente a meu pai, Shon: você teve o maior impacto na minha vida e me deu uma lição de humildade; sinto-me inspirada por você. Seu apoio e fé em mim foi o que deu asas ao meu sonho, e agradeço-lhe, com todo o meu coração, por tudo.

À minha mãe, ZaZa: você é minha melhor amiga e foi nossa relação que inspirou a proximidade entre Michele e as mulheres da sua família. Não posso lhe agradecer o suficiente por tudo que me deu.

Arian, obrigada por seu valioso *feedback* sobre este projeto, por seu amor e apoio. Sinto-me uma sortuda por ser sua irmã!

Papa, obrigada por todas as histórias criativas que nos contava quando éramos crianças. Elas me fizeram querer ser, eu mesma, uma contadora de histórias. ☺

Muitos agradecimentos a Stacie Surabian e Marise Freitas, por me ajudarem nos meus projetos ao longo dos anos e por serem como parte da minha família. Obrigada aos meus incríveis mentores e amigos Maury Yeston, Karen McCullah-Lutz & Kirsten Smith e Greg Brill.

Mia Antonelli, obrigada por ser a amiga mais maravilhosa que uma garota pode querer e por sempre estar ao meu lado. Chris Robertiello, obrigada por todas as risadas e momentos inspiradores.

Gratidão e amor aos meus avós, tias e tios na Califórnia do Norte e do Sul, e aos meus amigos próximos Roxane Cohanim, Ami McCartt, Adriana Ameri, Kirsten Guenther, Sai Mokhtari e Rita J. King. E não posso esquecer o pequeno Honey, meu companheiro especial durante as longas horas de escrita!

À memória de uma mulher incrível: minha avó e xará, Monir Vakili. Sempre desejei poder tê-la conhecido, e foi esse desejo que me fez escrever sobre Michele e seu encontro com os parentes do passado.

E, claro, obrigada aos leitores! Espero que tenham gostado!

OUÇA AS MÚSICAS ORIGINAIS DE

Muito Além do Tempo

Baixe as músicas originais apresentadas no livro!

Visite <alexandramonir.com> para mais detalhes, e então curta as músicas enquanto lê, para ter uma experiência completa de *Muito Além do Tempo*!

Próximos Lançamentos

JANGADA

Para receber informações sobre os lançamentos da Editora Jangada, basta cadastrar-se no site: www.editorajangada.com.br

Para enviar seus comentários sobre este livro, visite o site www.editorajangada.com.br ou mande um e-mail para atendimento@editorajangada.com.br